『周元』进阶档案

身份：混元天神府境第一、苍渊大尊亲传弟子

境界：神府境巅峰（贯穿九神府，源气星辰破亿）

气运：圣龙气运

功法：龙吸术·引气术、混沌神磨观想法·锻魂术、祖龙经第二重·镇世天蛟气

源术：龙碑手、龙步、玄芒术、皇极印、元爆劲、大风雷、化虚术、九龙典、天阳神录·天阳火、玄蟒大金钟、太乙青木痕·太乙纹、太玄圣灵术、苍天术、荡魔剑丸术、影仙术、玄圣体、雷狱术、魂灯术、怨龙变、四灵纹、银影（进化级）

源兵：天元笔

圣纹：苍玄圣纹

目前经历：周元率天渊域精锐征战陨落之渊，寻找灵机，挑战神府王者赵牧神，突破境界桎梏，夺得九域大会第一。万祖域暗中推动五大顶尖势力宣战天渊域，郗菁公布周元苍渊亲传弟子身份，全力备战！

周元陨落之渊征战图

夺九域大会第一

赵牧神
（再遇）

圣莲逆转术
PK
天诛法域

徐暝

天源饲傀术
PK
银影（进化级）

袁鲲

万兽玄纹、兽魔体
PK
四灵归源图、玄圣体

九宫

子午金光结界
PK
龟镜结界

赵云霄
柳清淑

赵－武神咒
柳－六龙环
PK
四灵归源纹
四灵归源图

赵牧神
（初遇）

九灵破魂梭
PK
天元笔、魂灯术

赤云剑派
卢海等五人

五灵乾坤塔
PK
影仙术

元尊

14

陨落之渊

天蚕土豆 著

长江出版社 知音动漫

目录

Contents

第九百二十二章 大会开始

翌日。

当晨光洒满大地，本就一夜未歇的陨落城再度爆发出滔天沸腾。

各方势力摩拳擦掌，因为今日便是九域大会开启之时。

九域大会虽说最开始是属于九域之间的争斗，但随着时间的推移，诸多顶尖势力想要跻身其中，获得竞争资格，因为陨落之渊中诞生的先天灵机的确是稀罕之物，对神府境而言是难得的至宝。

对这种要求，九域本不欲理会，可随着一些顶尖势力的实力渐渐强横，为了制衡，也为了激励九域天骄，九域大会最终还是开了一个口子。

所谓的口子，就是在开场好戏上加一重，即如今的“过三关”。

而过三关的第一关，便是由混元天诸多顶尖势力联合组成，叫作斩九龙。

九域人马，各闯一路，每一路都有顶尖势力的人马阻拦。当然，这些顶尖势力单论实力必然不及任何一域，所以他们是以联合的方式来抗衡。

九路以抽签决定，签分九等，其中难度各有不同，一等最难，九等最易。

按照这些年来的规矩，一等路都是留给上届九域大会的域魁，而上一届的域魁正是万祖域，所以这次九域大会万祖域不需要抽签。

余下八域便是抽签分路。

如果这一关某一域未闯过，其九域大会的资格就会被那一路的镇守势力夺走，成为代替者继续参加九域大会。

失去参加九域大会的资格，即便没有争夺先天灵机的机会，对九域这种资源丰富的超级大域来说，仍算不上太大的损失，只是……发生资格被夺这样的事，足以让九域颜面扫尽，这是九域绝对要避免的。

当然，这么多年来还从未出现过九域在过三关时资格被夺之事……

不过，今年的情况却有些不同，诸多顶尖势力蠢蠢欲动，他们的目光都投向了天渊域。

这些年来，因为苍渊大尊失踪，天渊域的实力逐年减弱，而一些敏锐的人也能察觉到，其他八域中似乎有一只大手在对天渊域进行压制。

今年的天渊域，更是历年来最弱的！

所以，如果要找九域的突破点，天渊域绝对是其中的短板。

如今陨落城内云集的诸多顶尖势力皆如那草原上的豺狼，它们虎视眈眈地盯着天渊域这头日渐衰老的雄狮，一旦对方显露出疲态，它们就会蜂拥而上，将其撕碎吞食。

世间的竞争本就如此残酷，即便是九域，也无法脱离弱肉强食的森林法则。

当陨落城天光亮起时，这方空间忽然开始剧烈扭曲起来，天地间的源气为之沸腾。

无数道敬畏的视线望着扭曲的虚空，所有人都知道，这般异象是九域那些法域境强者即将现身的标志。

他们才是九域大会的主导者。

虚空愈发扭曲，源气疯狂地朝着陨落城上空汇聚而来，下一瞬间，所有人都感觉到一道道恐怖的威压在这天地间降临。

在那股威压下，这座庞大雄伟的陨落城仿佛都在微微颤抖。

虚空上，浩瀚的源气汇聚而来，一道道光影凝现。

在那最中央位置有九道身影，更外围处，还有着数道身影，皆散发出恐怖威压。

“拜见诸位法域大人！”

陨落城内，无数人弯身行礼。

在六号楼楼顶处，周元望着虚空上出现的那一道道恐怖身影，不出意料地在其中见到了郗菁的身影。

此次天渊域的法域境代表就是她。

周元将目光转向其他八道身影，率先印入眼帘的是一位白发男子。该男子长发披散，颇有些不羁，他容貌俊朗，自有一股不凡的气质，其眉心处一枚朱红痣似乎正闪烁着淡淡光华，显得神秘莫测。

“那一位是万祖域的赵仙隼大人，乃是万祖大尊的亲传弟子。”周元身旁的伊秋水低声道。

“这位赵仙隼大人的实力极为不凡，论法域境排名的话，他恐怕能进前三。”

周元目光一动。混元天内有神府榜、天阳榜、源婴榜，但并没有法域榜，因为一旦踏入那种层次，便是整个天地间最顶尖的一重，想要分辨他们的实力并不容易。

只不过玄机域还是对此做过一些模糊的评判，这赵仙隼便是能够进入前三的人选。

“郗菁大人呢？”周元问道。

伊秋水笑道：“据说前十之内有郗菁大人之名。”

周元微微点头。他之前和郗菁聊天时，她曾说过自己算是如今混元天中最年轻的法域境强者，这足以说明她的天赋，但也意味着相较其他法域境强者，其底蕴尚有不足，可即便如此，她依然能够进入前十，可见并不简单。

“不知道咱们混元天最强的法域境强者是谁？”周元有些好奇地问道。

伊秋水闻言，白玉脸颊上顿时浮现出一抹骄傲之色，笑道：“你猜？”

周元瞧得她这般模样，目光微转，心中一动，但还是笑道：“猜不出来。”

伊秋水微笑道：“在混元天，法域境第一人当属咱们天渊域的颛烛大人。”

“颛烛……”

周元咂了咂嘴，果然是这位。

大师兄啊！

苍渊师父在他之前还收有两位亲传弟子，一位是郗菁，另一位便是这颛烛了。

只不过颛烛闭关多年，谁也不知道他此时什么情况，以前周元还没有太大感触，如今一听，这位素未谋面的大师兄竟然是混元天的法域境第一人，瞬间令周元对其敬重之心犹如高山仰止。

大师兄厉害啊！

周元暗自感叹一声，然后目光继续从虚空上扫过，紧接着他忽然一怔，因为他竟见到了一道熟悉的身影。

那是一名灰袍老者，神态惫懒，须发皆白，正是当年在大周带走苏幼微的人！

“那是紫霄域的陆玄罡大人。”一旁的伊秋水继续道，犹如百科全书。

周元暗自点头，果然是紫霄域的法域境强者。

当周元瞧着那名为陆玄罡的灰袍老者时，对方似乎也有所察觉，惫懒的目光扫来，待看见周元时，脸上顿时浮现出一抹似笑非笑之色，显然已将周元认出。

不过他很快收回目光，双眼微垂，犹如假寐。

周元也赶紧将视线移开，然后他又看见了一名面色金黄的光头大汉，大汉身躯壮硕，脸庞显得格外憨厚，他的皮肤似乎时刻都在散发着金光。

周元看着那具肉身眼角直跳，他同样修炼过肉身，所以很清楚光头大汉的金光乃是自血液中散发出来的，也就是说，大汉体内的血液早已尽数化为金血。

这是肉身将要超凡入圣的标志啊！

“那位是武神域的金钟大人，在混元天法域境强者中，他的肉身是数一数二的强大。”

周元面色凝重地点点头。能够将肉身修炼到这种地步，这位武神域的法域境强者的战斗力简直恐怖。

周元感叹着，然后心怀希冀地将在场的法域境强者尽数看遍，毕竟往日里想要见到这么多强者齐聚，可不是什么容易的事情。

看了一圈后，他发现虚空上共有十四位法域境强者，其中九位来自九域，还有五位来自混元天其他一些顶尖势力。

虚空上，十数位法域境强者经过短暂交流，最终那位万祖域的赵仙隼笑眯眯地走了出来，目光扫视全场，然后淡淡的声音响彻在每一个人的耳中。

“时辰已到，九域大会准备开始。

“接下来，各域领头人准备抽签分路吧……”

第九百二十三章 抽签结果

当赵仙隼的声音回荡于天地间时，只见他袍袖一挥，陨落城中央的巨大广场开始震动，地面迅速鼓起。

地面崩裂，短短十数息，一座高约百丈的石台突现而出。

陨落城内，无数道火热的目光看向石台。

赵仙隼屈指一点，石台之上有源气光芒汇聚，裹挟着泥土，转瞬间便化为一支泥筒，泥筒之中有八支泥签，其上光芒涌动，令人无法窥探。

“万祖域乃是上一届九域大会魁首，按照规矩，可直接分配一等路。”赵仙隼说道。

所有人早已知晓此等情况，皆点头。

没有人会认为这对万祖域来说是一件倒霉的事，即便一等路上阻拦的顶尖势力实力最强，但对他们依旧难以构成威胁。

何况万祖域还有赵牧神这等强人，有他坐镇，其他顶尖势力的强者尚未交手，就已心惧三分。

“据说此次一等路上共有六方顶尖势力联手，不过可惜，他们遇见的是万祖域以及赵牧神……”

“是啊，万祖域这些年威势越来越强，已隐隐有九域之首的迹象，六方顶尖势力固然不凡，但跟万祖域相比还是差距太大。”

“呵呵，我觉得此次恐怕不用一炷香的时间，万祖域就会闯过一等路。”

……

陨落城中不少人在窃窃私语，看得出来，没有人觉得万祖域闯一等路有丝毫危险，毕竟他们的实力摆在那里。

虚空上，赵仙隼淡笑道："其他八域领头者，上台吧。"

"咻！"

他的声音一落，九域庄数座高楼上顿时有着一道道身影疾射而出，落向那座高耸石台。

随着他们的出现，天地间顿时爆发出一阵阵欢呼喝彩声。

"总阁主，手气可要好一点，最好抽到六号之后，那样闯关会简单一些。"韩渊望向周元，笑道。

"你也太没底气了，就算抽到前面，我天渊域有何惧？"木柳撇撇嘴道。

韩渊呵呵一笑，道："咱们天渊域今年就两千人，如果是四号路之前，那就是三方顶尖势力联合，人数是我们的两倍以上。据说那些顶尖势力这一次憋着劲儿，恐怕就等着阴我们天渊域一把，说不定到时候连陈玄东那等实力的人都会不断地冒出来。"

木柳的眉头皱了皱，最终没有说什么。如果是陈玄东那般实力，即便是他，遇见了都讨不了好。他们这里如今能够应付的，恐怕只有周元和吕霄了，这两个月吕霄的实力也有所精进。

周元听得他们的话笑了笑，道："尽人事，听天命吧。"

他没有再多说，身影一动，脚踏源气冲天而起，落在了那石台之上。

此时，石台上八道身影笔直站立，吸引着陨落城内无数道目光。

当周元落到石台上时，他能够感觉到在场的其他七人皆将蕴含着莫名情绪的视线投射到自己身上。

那些视线中有敌意，有好奇，有欢喜，有玩味。

周元面无波澜，他先是与苏幼微对视了一眼，对方清丽绝伦的脸颊上顿时冲着他露出一抹笑容，如冬日暖阳一般，能够缓解内心的紧张。

周元冲着她轻轻点头，视线撇过十步之外的武瑶，她依旧是一身鲜艳的大红裙，容颜无双，气质如女帝一般凌厉霸气。

不过此时的武瑶并没有看向周元，凤目微垂。

离武瑶不远的地方，周元见到一名身躯挺拔的青年，一头血红头发极为刺目，然而面庞白皙，竟带着人畜无害的微笑。

但当周元见到他时，心中却感觉到了一些危险的气息。

血海域，王羲。

此时那王羲也看着周元，还对他露出一个笑容，只不过他的笑容反而让人感觉到一种寒意。

王羲身后是一名白衣男子，看上去风度翩翩，容颜也格外俊美，他手持折扇，宛如书生一般。

圣纹域，李通神。

周元多看了他一眼，因为圣纹域是九域中专精源纹的一域，说起来与苍玄宗的灵纹峰有些相似，但它的体量显然远非灵纹峰可比。

想必这李通神的神魂境界以及源纹造诣相当可怕。

周元忽然感觉到有人一直在盯着他，当即目光一转，便见到一名容颜娇美的女子，她身穿玄袍，即便衣袍宽大，都无法遮掩她那霸道至极的窈窕身材。

她的眸子中似乎充满着审视。

玄机域，九宫。

九宫见到周元看来，美眸淡淡瞥了他一眼，便又慢悠悠转了回去，并不跟周元有什么视线对碰。

周元对她的态度并不在意，只是继续看下去。

妖傀域的徐暝昨日就已接触过，此时两人目光对碰，皆有敌意升腾。

而御兽域的袁鲲则是一个体形硕大的白胖子，圆滚滚的身材如同球一般，他满脸油光，不断地用手帕擦着脸上的汗水。

他瞧着周元，露出一副艳羡的表情，然后又贼兮兮地看了不远处的苏幼微与武瑶一眼。

周元收回目光。虽然只是匆匆一瞥，但他能够察觉到这七人的危险气息，他们之中没一个是简单的。周元心知肚明，如果交手的话，恐怕有一半的人，就算自己倾尽全力也难以取胜。

除非他贯穿第九重神府。

“准备抽签吧。”

虚空上，传来了赵仙隼的声音。

于是在场的七人陆续上前，伸出手掌，从那泥筒之中取出一支泥签。

陨落城内，无数道视线灼灼看来，一时间周围气氛有些紧张。

周元盯着手中的泥签，上面浓郁的源气光芒渐渐散去，一个数字开始变得清晰。

当那数字彻底出现时，周元的瞳孔微微一缩。

只见泥签上面，一个“二”字清晰可见。

竟然这么倒霉地抽到了难度仅次于一等路的签?!

第九百二十四章 一切有我

泥签上面醒目的“二”字令周元眉头微皱，然后他看了一眼虚空上赵仙隼的身影，八支签里他直接抽到了最差的那支，真的是他倒霉吗？

或许吧。

不过，如果从最险恶的角度去揣测，这种抽签其实并不公平，因为一切都是赵仙隼在掌控，当然，以他的身份不至于做这种事情，但……谁知道呢？

虚空上，赵仙隼笑眯眯地望着抽签完毕的众人，道：“请将手中的签展示出来吧。”

石台上，众人闻言，皆举起了手中的泥签。

其中苏幼微是五号，武瑶是三号，王羲是四号，李通神是八号，九宫是九号，徐暝是六号，袁鲲是七号……

周元面无表情地举起泥签。

上面刺目的“二”字顿时引起陨落城中无数哗然声。

而这些声音中大多充满着幸灾乐祸，谁能想到，周元竟然抽到了对天渊域而言最差的签……二等路的难度仅次于一等路！

如果换作武神域、紫霄域、血海域来闯，或许众人不会觉得有太大问题，可谁能想到最终是天渊域抽到了这支签。

谁不知道此次九域大会天渊域只有两千人马参加，论起实力算是历届九域大会中最差的一次，此时要与数方顶尖势力相碰，最终结果会是如何？

莫非九域大会延续到现在，终于要出现九域资格被夺走的一幕？

那可就真是贻笑大方了。

天渊域的颜面想必会丢尽。

吕霄、伊秋水他们见到这一幕，当即面色变得难看，眉头紧锁。

“怎么会这么倒霉？”伊秋水有些怀疑地低声道。

吕霄、韩渊、木柳等人没有说话，遇到这种事的确很倒霉，让他们不得不怀疑是不是有人在暗中针对天渊域。

毕竟这种抽签看似公平，实则漏洞不少。

但他们最终没有说出来，因为一旦开口，那就是在质疑赵仙隼这位法域境强者，法域之怒不是他们这些神府境的小辈承受得起的，即便心中再多怀疑，都只能咽下去。

石台上，其他数道身影也都惊奇地盯着周元，眼神略显玩味。

唯有苏幼微柳眉微蹙，眼中掠过一抹担忧之色。

“周元总阁主，看来你的运气真的不怎么样啊。”徐瞑笑道，言语间满是讽刺，“你们天渊域可要小心了，那二等路上有五方顶尖势力，其中不乏你这般的超级黑马，若是无法闯过，参会资格就会被人家夺去，到那个时候，咱们九域的颜面可就被你们丢光了。”

周元眼神漠然地看了他一眼，道：“阁下还是管好自身吧，我天渊域还不需要你来操心。”

徐瞑也不在意，笑眯眯地道：“周元总阁主真是好魄力，那我可就拭目以待了。”

周元没有再说话，而是望着虚空上。他们在这里说什么都没有用，想要改变什么，那是只有法域境强者才有资格做到的事情。

此时，亦有无数道目光投向虚空处那些散发着恐怖威能的身影之上。

在那里，郗菁看了赵仙隼一眼，淡淡地道：“我天渊域的运气竟然这么差？”

赵仙隼面带笑意道：“是有点差。”旋即他微微偏头，冲着郗菁道，“郗菁元老言语间的意思，莫不是以为我在从中作梗？”

郗菁冷笑道：“那就只有你自己最清楚了。”

赵仙隼无奈一笑，道：“如果郗菁元老真是如此觉得的话，那么在场的法域境强者可以选择投票，若是赞同重新抽签的人更多，我便将摆签的权力交给你。

“诸位要不要表个态？”他看向虚空上其他法域境强者。

其他七域的法域境强者皆是一默，他们没有支持郗菁，但也没有支持赵仙隼。

此处除了他们，还有数位来自顶尖势力的法域境强者，他们微微一笑，道：“此签并无问题，无须重新来过。”

他们当然乐意见到天渊域倒霉，因为这样他们才有机会。

一旦今日天渊域无法闯过，对其声望打击将会极大，远超之前三山盟对他们挑衅失败的影响。

郗菁冷漠地看了一眼那几位法域境强者，她知晓以如今天渊域的状态，的确是墙倒众人推，这都是因为缺乏圣者坐镇，但凡苍渊能够现身，混元天内这些顶尖势力哪敢对天渊域有半点不敬？

郗菁看向笑眯眯的赵仙隼，道：“赵仙隼，等颛烛师兄出关，我会让他亲自来问候问候你。”

听到这个名字，赵仙隼脸上的笑容微微凝滞了一瞬，旋即淡笑道：“听说他在闭死关，这么多年没什么动静，只怕是身殒了吧？”

“无胆鼠辈，正面交锋毫无胜算，就只能如此期盼了。”郗菁轻蔑地道。

赵仙隼的脸色终于变得阴沉下来，他冷冷地盯着郗菁，然而对方夷然不惧，瞪了回来，又道：“怎样？想要动手吗？那我倒想领教一下颛烛师兄的手下败将这些年有什么提升？”

“咳……”

就在两人剑拔弩张的时候，那位灰袍老者——紫霄域的陆玄罡轻咳一声，道：“两位莫要耽搁了九域大会。”

赵仙隼眼神冷冽，道：“郗菁，你不要以为胡搅蛮缠就能够改变什么，签数照旧！你若是不满意，可以让你们天渊域直接不参与！”

说完，他便不再理会郗菁，目光俯视整个陨落城，声音响彻而起。

“签数已定，各方准备吧！”

陨落城内传出了一些低低的声音。虚空上那些法域境强者经过一番博弈后，最终还是选择签数不变，这天渊域果然是大不如从前了啊！

若还是如从前那般强悍，即便是抽到二号签，那也没什么好为难的。

众人暗暗感叹，仿佛见到一座巨山即将倒塌。

石台上，周元听到赵仙隼的声音，神色依旧没有波澜，他并不在乎其他人幸灾乐祸的目光，而是抬头遥遥看向郗菁所在的方向。此时郗菁的脸上有寒霜笼罩，虽与赵仙隼有过争执，但最终还是无法改变结局。

周元冲着郗菁轻轻点头，脸上露出一抹笑容，有无声传出。

“放心吧，师姐，一切有我。”

想以这种手段打倒天渊域，没那么容易！

第九百二十五章
闯关开始

当抽签结果定下后，陨落城内顿时有无数道光影迅速掠空而起，然后分为一批批人马铺天盖地地朝着远处而去，声势惊人。

那是各方顶尖势力开始做着准备。

在陨落城外数十里的地方有一片古老山脉，其中地形复杂，深渊纵横，而在这山脉之后便是陨落之渊。

当整个陨落城内一片乱哄哄时，周元的身形已落到了天渊域众弟子之中。

他目光环视，见到吕霄、木柳、韩渊等人脸上噙着丝丝忧虑之色，显然是在担心他们接下来会面临的难题。

“二号路的情报已经传来，此次阻截我们的将有五方顶尖势力，他们的人马共有四千左右，而神府境后期实力的人数差不多有九百。”周元说道。

此言一出，众人心头一沉。对方人数是他们的一倍，神府境后期更是比他们多了五百余人，如果交手的话，他们的压力太大了。

虽然在同等级中，天渊域神府境的战斗力应该要比对方强一分，但想要弥补双方人数上面的差距仍然不够。

吕霄看了周元一眼，道：“而且最麻烦的是，这五方顶尖势力中必然有隐藏的黑马，他们的实力恐怕不会逊色于陈玄东。

“我能够打败一位，但这已是我的极限了。”

木柳与韩渊沉默了一下，道：“我们能各自缠住一人，但胜算不大，只能拖延。”

他们二人的实力的确要弱吕霄一线，如果遇上陈玄东那种级别的强者，只能拖延。

所有人都知道，一旦放任这些超级黑马率队冲杀而来，己方的防线将会被迅速撕裂，到时整个局面就会彻底崩盘。面对数千位神府境的攻势，就算是周元正面迎击，也只能惨败而归。

周元感受着此时沉重的气氛，微微沉吟道：“那些黑马你们都不用管。”

他盯着面露惊诧的吕霄等人，道：“他们全都交给我，你们的任务只有一个——帮我拖住那四千人马，给我一点时间，我来斩首夺旗！”

这次连吕霄都有些震惊，忍不住道：“全部交给你？你要知道，他们中间像陈玄东这般黑马恐怕不少于三位！”

虽然周元之前打败了陈玄东，但现在对方可是好几个陈玄东！

周元平静地道：“陷入大规模的缠斗对我们不利，我们不能在这里有太大的损失，不然进入陨落之渊后，我们的局势会更加不妙。

“这一点对方应该也能想到，如果发现我试图斩首夺旗，他们多半会乐意接受。他们同样想这样做，因为这能让损失减到最小。”

木柳犹豫了一下，道：“你有把握吗？”

如果周元被对方打败擒住，那他们这两千人马的士气恐怕会直接溃散，到时候天渊域将会颜面扫尽。

周元一笑，道：“我说有的话，你们或许也不信吧？”

木柳他们面面相觑，皆有点尴尬，他们还真是有点不太相信。

周元见状，没有多做解释，只道：“反正也没有更好的办法了，就这样安排吧。”

见到他已然决定了，其他人只能点头答应。

陨落城内，此时气氛反而开始变得安静下来，不过任谁都知道，这只是风暴来临前的片刻安宁罢了。

一个时辰后，虚空上那赵仙隼袍袖一挥，天地间有一道悠扬的钟吟声响起。

“时辰已到，九域大会此时开启！

“各方人马，出动吧！”

随着他的声音落下，下一瞬，无数道磅礴的源气陡然自陨落城内冲天而起，一道道身影如蝗虫般掠空而过，铺天盖地，一时间连阳光都被遮蔽。

“走！”

周元毫不怠慢，率先冲天而起。

在其身后，吕霄、木柳等四阁成员迅速跟上。

九拨人马浩浩荡荡地掠空出城，彼此间泾渭分明，纷纷将速度催动到极致，朝着南边那片古老山脉破空而去。

陨落城内，无数道目光望着那些远去的身影。

此时，赵仙隼手指一点，虚空荡漾，源气汇聚，化为九面巨大的镜子，镜面上映照着九拨浩荡的人马。

无数视线望着源气光镜，不断地窃窃私语。

“不知道今年的斩九龙，是否会有一龙被斩？”

“嘿嘿，你明说那天渊域要倒霉了便是。”

“可怜啊，堂堂九域之一竟然没落至此，再这样下去，恐怕真要让位了……”

“天渊域的两千人马如何跟那五方顶尖势力相斗？”

“输定了。”

……

无数人暗暗摇头，或感叹，或幸灾乐祸，基本上所有人都觉得天渊域此次遇到了绝境。

周元等人全速赶路，约莫一刻钟后，一座辽阔的古老山脉出现在视野中。山脉内满是悬崖峭壁，犹如剑锋一般直冲云霄。

这座山脉之高，连神府境强者都难以飞跃。而且在那高空，源气风暴肆虐，无法穿梭。

九条路是分开的，九拨人马来到山脉后便迅速分开，朝着不同的路线而去。

周元此时第一次见到了那位号称混元天神府境王者的赵牧神，对方立于万祖域数千人马的最前方，衣袍飘动，神色淡然。

的确是丰神如玉般的人物，也确实很傲。

赵牧神同样察觉到了周元的目光，但他并未看过来，如同平常对待路人对他的尊崇目光一般。

倒是赵牧神身侧有一名略显娇媚的女子看了看周元，然后小嘴轻撇，有点不屑。

周元没有理会，不再犹豫，手掌一挥，带着天渊域两千人马疾掠而出，冲进了那山峦叠嶂的险峻古老山脉中。

望着他们的身影，无数人此时觉出一种风萧萧兮易水寒的味道。

此行一去，天渊域恐怕会随之动荡，他们的声望也将在此次遭受到前所未有的致命打击！

第九百二十六章 掉入陷阱

云雾缭绕的山林间，两千道身影敏捷前行，犹如山林中的猿猴，任何障碍都无法拦下他们的脚步。

行进中的队伍始终保持着安静，周元处于他们的最前方。

他能够感觉到队伍中弥漫的沉重气氛，想必都知道如果此次输了会给天渊域带来什么样的后果，但他们对此深感无奈。这些年天渊域诸事不顺，实力的确在不断削弱，眼下这两千人马已经是神府一辈中的精锐了。

苍渊大尊的失踪，给天渊域带来的影响实在太大了，或者说圣者所具备的能量太大了。

天渊域能够屹立混元天这么多年，苍渊大尊在其中占的比重超过了七成。

苍渊大尊失踪多年，所有人都清楚，如果不是他余威犹在，天渊域的处境恐怕会比现在更惨。凭借几个法域境强者，想要守住天渊域这种级别的地盘，还是比较困难的。

周元的身影自山林间疾掠而过，他目光闪烁，旋即变得凛冽坚定起来。不管有多难，这一次的九域大会，他都必须取得最好的成绩，将祖龙灯争夺过来！

这是他来到混元天的首要目的！

“唰！”

他脚下源气涌动，身影冲天而起，率先跃上了一座山头，然后双目微眯。

“唰！唰！”

在其身后，数千道身影铺天盖地地落下，皆面色凝重地望着前方。

只见那群山之间旌旗飘荡，黑压压的人影在前方形成重重防线，几乎将通往远处的道路封死了。

防线之后，如剑锋般的山巅上，有三道身影抱胸而立，眼神戏谑地盯着周元等人，在他们的后方，一面巨大的赤旗随风飘动，犹如一团火焰。

赤旗之上隐约可见源气光芒闪现，封印着进入陨落之渊的凭证。想要拿到这个凭证，就必须闯过眼前这一关。

“呵呵，周元总阁主，在下赤云剑派卢海，你可真是让我们好等啊。”山巅上一名赤袍男子的大笑声传来，他的身后背负着一柄赤红大剑。

他毫不掩饰自身的源气波动，周身赤红源气席卷，宛如滔滔火海，那般底蕴，即便隔着远远的距离，都令吕霄等人眼神一凛。

这人丝毫不比陈玄东弱。

“他们还真是会藏。”伊秋水银牙轻咬。为了今日，这些顶尖势力已准备多年，为了培养出这种级别的神府境天骄，想必付出了极为庞大的资源。

反观天渊域，如果不是突然冒出一个周元，光凭吕霄的话还真是尴尬至极，由此就可看出天渊域这些年内忧外患是何等严重，难怪如今这些顶尖势力个个都敢对他们蹬鼻子上脸了。

“周元总阁主，这条道你们是闯不过去的，若总阁主不想大动干戈，请直接退去吧，至于这次九域大会资格，就由我等帮你们享用了。”卢海的笑声再度传来，满是狂傲。

听到此话，天渊域两千人马大感愤怒，皆眼神喷火地盯着卢海。

周元却神色不变，根本没有理会卢海的挑衅，而是看了一眼前方的山林，那里数千道的源气波动足以说明对方已做好了准备。

“按照我先前所说的计划行事。”周元看向吕霄他们。

“真要这么做？”吕霄反问道。

“只要你们能将那四千神府拦住，其他的事情交给我来处理。”周元道。

吕霄深深地看了周元一眼，道：“你是总阁主，一切都听你的。到时候如果因为你的决策而导致失败，最后的责任也需要你来承担。”

周元笑着点点头。

吕霄见状不再多说，手掌一挥，身影率先暴射而出，火阁成员紧紧跟随在其身后。

叶冰凌、木柳、韩渊此时也率领着其他三阁成员，与吕霄等人兵分四路，直插前方那重重防线。

"轰轰！"

天地间，无数道源气波动爆发。

周元望着动荡的天地，视线牢牢锁定远处山巅上的三道身影，下一瞬，他的身影破空而出，直接掠向那座山巅。

山林中爆发出源气攻势，试图阻拦他，皆被他轻巧避过。

山巅上，卢海见到这一幕，顿时大笑出声，道："周元总阁主这是想单枪匹马来斩首夺旗？哈哈，真是好大的魄力呢！"笑声中略有讽刺。

"也罢也罢，将你擒住，天渊域自然不战自溃！"

卢海手掌一挥，山林间那些试图冲出来阻拦周元的身影都停了下来。

十数息后，周元在无数道目光的注视下，径直落在了山巅之上。

卢海三人笑眯眯地盯着周元，道："周元总阁主只身赴险，当真是厉害。"

周元面色平淡，道："陈玄东的下场，听说过吗？"

卢海微微一笑，道："周元总阁主最近名气不小，战力强横，我等自然知晓。我也明白你想独自击溃我们三人，减少损失，但你有没有想过，我们会不会同样是如此打算的？"

周元道："凭你们三人吗？"

卢海淡笑道："虽然我觉得我们三个人已经足够，但既然周元总阁主口气这么狂，那再多点人又有何妨？"

"轰！"

随着他的声音落下，山巅之上忽有两道磅礴雄浑的源气再度冲天而起，搅动风云。

两道长啸声响起，只见两道身影出现在周元后方的一座峭壁上。

"我等先前不敢露面，就是怕惊走了周元总阁主，不过眼下来看，倒是多虑了。

"周元总阁主这等胆魄，不知道是真的无所畏惧，还是愚蠢呢？"那两道身影拦住了周元的退路，笑声中充满讥诮。

此时，吕霄等人察觉到了山巅的动静，当即面色一变。没想到对方竟然还隐藏了两位实力强横的超级黑马，显然，这场局对方早就做好了！

他们就是在等着周元主动上钩！

不过这个时候他们想要支援也来不及了，因为那四千神府境强者已自四面八方呼啸而来。

吕霄深吸一口气，压制着内心的寒意，看了一眼山巅上。

“周元，对方有备而来，一切都只能靠你自己了，希望这一次你还能创造奇迹！”

他收回心思，眼神变得凌厉起来。

“杀！”

他暴喝出声，率领着众人与那四面八方而来的人马冲撞在一起。

瞬间，厮杀声响彻。

无数道源气震荡山林。

第九百二十七章 一拳秒杀

陨落城中。

众多视线望着虚空上的光镜，里面有无数道磅礴源气爆发，人影如蝗虫般交错，争战看上去激烈无比。

九域的人马此时都已开始闯关。

“啧啧，万祖域的实力真是太恐怖了，六方顶尖势力组成的防线，摧枯拉朽般就被撕裂……”

“那六方顶尖势力的黑马，真是不敢出现在赵牧神的面前。”

“实力差距太大了，怎么敢上去？”

“其他地方也没有什么悬念啊……”

“错了，有一个地方的悬念倒是不小呢……”

有人哄笑着，然后一些戏谑的目光望着一方光镜，那里映照的正是天渊域的闯关情况。天渊域的人数相对五方顶尖势力而言处于劣势，但论起单独作战的能力，天渊域的神府境要更强一分，因此即便人少，那些顶尖势力的人马依然难以突破。

只是……

一些目光望向一座山巅，那里，周元正深陷于五位超级黑马的包围中。

“周元真的是太狂了，竟敢独自犯险，真以为对方没有准备吗？”有人忍不住摇头，认为周元的行为实在太过鲁莽。

“他是想要斩首夺旗，否则正常攻伐的话，天渊域必然有所损伤。”

“想得倒是天真，这下子看他如何是好。卢海等人每一个都是各方势力倾尽全力培养出的神府境天骄，实力并不逊色陈玄东，如今五人联手，周元就算有再大的本事，恐怕都难逃一败！”

无数人暗暗点头。混元天内藏龙卧虎的人不知多少，神府榜上榜者只是其中少数而已，唯有到了这种关键时刻，那些冒出来的黑马方才让人惊叹混元天的水之深。

眼下，周元这匹最为亮眼的黑马，则遭遇了数位深藏不露的黑马的围剿。

接下来，周元是继续一往无前，还是在这场围剿之中黯然收场？

无数人对这个结果都抱着极大的期待。

山巅上，周元望着五道周身萦绕着磅礴源气的身影，有些感叹道："不愧是混元天中的顶尖势力，隐藏得真深……那么接下来，你们是打算一起上还是单独战？"

卢海脸上露出笑容，道："周元总阁主，不要用这种低劣的激将法，我们知晓你实力不弱，所以没打算和你玩单打独斗那一套。"

卢海是个极为狡诈之人，他明白自己这方的优势在于人数多，怎么可能因为周元的一点激将手段就放弃？

"动手！咱们先验一下周元总阁主的成色！"卢海陡然暴喝。

"轰！"

就在他声落的那一瞬间，五道雄浑磅礴的源气洪流猛然席卷而出，贯穿虚空，自四面八方呼啸而来，狠狠地对着周元轰杀而去，将其退路尽数封锁。

卢海五人一出手便是全力，源气映照虚空，在他们身后形成漫天源气星辰。

皆是数量不低于三千万的源气底蕴！

五人同时出手，那等攻势可谓山崩地裂，声势骇人。

若此时周元的实力还是之前和陈玄东交手时一样，恐怕这般攻势就足以将他轰杀！

但让卢海等人惊疑的是，面对这种攻势，周元似乎并没有躲避的迹象，只是面无表情地立于原地。

"哼，既然你找死，那就怪不得我们了！"卢海面露冷笑。这种交锋，死伤在所难免，就算周元是天渊域的总阁主，也只能说他自己愚蠢。

"轰！"

在无数道目光的注视下，五道磅礴源气洪流宛如怒龙一般，直接轰向周元所在之地。

那一瞬间地动山摇，巨大的山巅都开始崩裂了。

双方激烈厮杀的人马被这里的动静惊到，待他们知晓情况后，五方顶尖势力的人马顿时爆发出欢呼声，而天渊域四阁成员面色则一变。

吕霄心头不禁一沉，先前卢海等人出手的动静他已察觉到，对方没有丝毫留手，那种程度的攻击换作是他，若硬生生承受这一击，恐怕会尸骨无存。

“这周元……未免太托大了！”吕霄眼神微沉，道。

他们这里的压力已经不小了，如果周元还当着这么多人的面被击溃，对天渊域士气的打击将会是巨大的。

伊秋水、叶冰凌等人也将心高高提起。

山巅上，源气余波渐渐消退，烟尘也慢慢散去。

首先印入众人眼中的是那如蛛网般蔓延开的巨大裂缝，几乎延展至整个山巅，而裂缝的中央有一个黝黑的深坑出现。

卢海等人望着那里，下一瞬眼瞳忽地一缩，只见在那深坑的上方，有一道人影静静地凌空而立。

正是周元!

他仍在先前所处的位置，身形宛如磐石一般纹丝不动，甚至连衣角都未有丝毫破碎之处。

那一幕，如果不是脚下的深坑还在的话，任谁都会觉得卢海五人之前的攻势只是一场幻象。

周元毫发无损!

“哗！”

此时此刻，不论山脉内还是陨落城中，皆爆发出一阵难以置信的惊呼声。

卢海五人的联手攻势，竟然对周元没有造成丝毫伤害?

怎么可能？！

“不可能！”卢海的面色忽地一变。

周元平淡而凛冽的目光望着卢海等人，道：“如果是两个月前遇见你们，我还真会有点头疼，但可惜……”

他笑了笑，又道：“你们似乎失去了最好的机会。”

“轰！”

当他声音落下的那一瞬，似有蛟龙长吟在天地间响起，磅礴的源气自其体内冲天而起，青金色的源气映照虚空，无数源气星辰闪烁光耀。

足足三千八百万源气星辰！

一股惊人的源气威压以一种铺天盖地之势弥漫开来。

原本来自卢海五人的源气威压瞬间被压制！

卢海等人面色大变。在他们已知的消息中，周元上一次与陈玄东交手时的源气底蕴不过才两千多万而已！

如今竟暴涨到了这种程度？！这家伙真是好会隐藏，简直阴险！

“唰！”

就在他们震惊时，周元的身影突然凭空消失。

卢海眼瞳骤缩，厉声道：“聚拢！小心他逐个击破！”

另外四位黑马闻言，身影急忙暴射而出，试图朝卢海靠拢。

但还是有一人慢了，周元的身影如鬼魅般出现在他的前方，面色漠然，五指紧握，一拳轰出，三千八百万的源气咆哮而出，宛如一头青色蛟龙，撕裂天际，直接轰向那位超级黑马。

“狂妄，当我怕你不成！”

那名超级黑马也是性格骄傲之人，当即厉喝出声，体内的源气毫无保留地爆发而出。他知道，只要他稍稍阻拦周元一瞬，卢海等人就会趁机攻击周元。

“铁龙蛊！”

被周元锁定的超级黑马来自一方名为龙蛊宫的顶尖势力，只见他咆哮之中，源气仿佛化为黑色龙虫，盘踞在他的身体表面，犹如在他的身躯外形成了一座黝黑的钢铁之山。

防御力可怕。

“轰！”

周元没有丝毫停滞，一拳轰下，如青色蛟龙般的源气攻势便重重地轰击在那钢铁之山上。

“当！”

天地间似有巨声响彻。

下一瞬无数人的惊骇之声响起，因为他们见到那超级黑马身躯外的黑色龙虫竟在此时哀鸣一声，轰然炸裂了。

那超级黑马的脸庞上也涌现出惊骇欲绝之色。

这是他最强的防御，没想到竟然连周元的一拳都接不下来!

“轰！”

护身的黑色龙虫爆碎，磅礴洪流直接轰在了那超级黑马的身躯之上。

虚空震荡，那名超级黑马的惨叫声响彻虚空，身形如炮弹一般倒飞出数万丈，最终狠狠地撞进了一座巨山中，整个山头都在此时轰然崩塌，将其掩埋，不知死活。

周元的出手宛如电光石火，卢海等人刚欲救援，那里的战斗却已经结束了。

卢海四人望着远处崩塌的山岳，再望向虚空上揉了揉拳头、面色漠然的周元，一股寒意难以遏制地自心中涌出。

他们怎么都没想到，才两个月时间，周元竟然能强横到这种程度!

仅仅只是一拳，就秒杀了一位实力完全不逊色于陈玄东的超级黑马!

第九百二十八章 卢海反击

当那龙蛊宫的超级黑马被周元一拳轰进山中不知死活时，感到震撼的不仅是卢海等人，山脉中双方厮杀的大部队也在此时陡然一静。

五方顶尖势力的人马眼中露出骇然之色，周元那凶悍无匹的一击给他们带来了极大冲击。

龙蛊宫的那位超级黑马，实力丝毫不逊色于陈玄东啊，而两个月前周元与陈玄东交手时，虽说最后取胜了，但也历经了一番苦战。

可眼下……怎么直接就能一拳秒杀了？！

周元的实力怎么会在短短两个月内提升到这种程度？！

“总阁主威武！”

天渊域四阁成员在瞬间的震动后，猛然间爆发出惊天般的欢呼声，士气暴涨，一时间竟凭着两千人的数量，将对方四千人压制得节节败退。

吕霄、木柳、韩渊等人也收起心中的震撼，指挥着人马向前冲击。

周元的表现无疑给他们吃了一颗定心丸。

陨落城中同样爆发出诸多惊哗声，他们眼神震动地望着虚空上那面巨大的光镜，先前周元一拳轰杀龙蛊宫那位超级黑马的一幕还深深印刻在他们的脑海中。

“这天渊域的周元实力提升得好快，他的源气底蕴甚至达到了三千八百万的层次！”

“这种底蕴，已经有资格跟其他八域的超级天骄相比了！”

“是的。据说徐暝的源气底蕴也只是四千万左右，并不比周元高多少！”

“怪不得周元之前根本不怕徐暝！”

“这下有好戏看了，赤云剑派五方顶尖势力联合，看来不见得就能吃下天渊域……”

“该死！”

卢海面色阴沉地望着这一幕，另外三位超级黑马已汇聚在他身旁，此时他们都面色骇然地望着远处崩塌的山岳。

“情报有误，他的实力已提升太多！”一名超级黑马沉声道。

他们一直以为周元跟两个月前相比就算有所提升，也会在一个可控范围内，但怎么都没想到，对方的源气底蕴竟暴涨到了三千八百万这个层次。

虽说神府境最后两重如果贯穿的话底蕴会大涨，但也不是这种涨法吧？

他们几人当初贯穿第八重神府时，增加的源气底蕴甚至连周元的一半都不到！

远处，周元凌空而立，他眼神漠然地扫了一眼远处崩塌的山岳。那龙蛊宫的超级黑马就算没死，应该也是半残，接下来的战斗无法再参与。

于是，他将目光转向卢海等人。

此时在他眼中，卢海等人的身体都变得紧绷起来，眼中满是戒备与忌惮，与先前的戏谑截然不同。

他们已然知道，之前周元是在故意藏拙。

“你们倒是跑得快。”周元笑道。

原本他以为能够趁机先解决两个人，结果低估了这些超级黑马对危险的敏锐程度。

卢海深吸一口气，压制着心中的怒意，冷声道：“周元总阁主真会藏。”

“跟你们学的。”周元随意道。卢海此前也故意隐藏了两位超级黑马，等他现身后方才将人召出，打算瓮中捉鳖。

卢海听到此话，心头满是愤恨，不过最终忍了下来，他眼神阴沉地道：“周元总阁主，你莫非真以为自己赢定了不成？”

周元双目微眯，没有说话。

卢海冷笑一声，道：“不要以为只有你做了准备！我们今日对天渊域可是志在必得！”

他目光一扫，看向另外三人，厉声道：“准备秘术！”

三位黑马闻言，犹豫道：“但那秘术……少了一人！”

他们准备的秘术杀招原本是五人合力，可谁都没想到，周元一上来就秒杀了他们其中一人。

“我们四个人也足够了！”

三位超级黑马闻言，用力一点头，眼中浮现出狠厉之色。

三人双手闪电般结印，下一瞬间，磅礴源气自天灵盖冲天而起，源气之中似有什么碎片若隐若现，神秘莫测。

三道源气光柱在虚空上碰撞，其中的碎片飞快融合，隐约间形成了一个柱状物体。

卢海此时长啸出声，一道源气冲天而起，汇入虚空那渐渐成形的柱状物体内。

“扑哧！”

卢海四人一咬舌尖，精血喷出，化为万千血珠，被源气裹挟着融入柱体。

柱体之上的光芒愈发璀璨。

周元望着这一幕，眉头微挑，掌心有一枚剑丸浮现，下一瞬间直接分化为四道剑光，狠狠地对着卢海四人的本体斩去。

“嗡！”

剑光尚未触及四人，虚空上那神秘柱体中忽然喷出四道光华，将这四道剑光笼罩。剑光被迅速分解，化为光点消散。

卢海抬起头，面露讥讽地望着周元，大笑道：“周元总阁主，别白费力气了，为了对付你，我等可是准备得无比周全，今日你必输无疑！”

当他声音落下时，那神秘的柱体渐渐凝现，竟然是一座约莫百丈的光塔。

光塔悬浮于虚空，呈现四彩之光，吞吐万千源气，显得神秘莫测。

周元盯着那座光塔，眉头微微一皱，他从中的确察觉到了一丝危险的波动，但此物格外奇特，看上去是一种源术，但又蕴含着源宝的气息。

看来正如卢海所说，他们为了今日做了万全的准备。

只是，他们为何就这么肯定这种准备可以用来对付他？

这种感觉，犹如事前他们就已确定周元一定会选到二等路。

周元目光闪烁，这一切都能嗅出一点阴谋的味道，再结合抽签是由赵仙隼掌控，那么他是否可以怀疑万祖域在暗中针对天渊域？

是那位万祖大尊吗？

周元眉头微皱，心中暗叹一口气。那种层次的博弈他无法插手，只能先将眼前的难关渡过去。

他知道这座四色光塔应该就是卢海他们最后的手段，只要将其挡下，自然能够化解此次危机。

虚空上，四色光塔愈发璀璨，卢海四人的脸色越来越苍白，眼神却变得更加狂热。他们相信这等杀招必然能够将周元镇压！

三千八百万底蕴又如何？！

卢海仰天长啸。

“五灵乾坤塔！

“封镇万物！”

“咻！”

咆哮声落下时，虚空上那萦绕着四色光芒的光塔猛然间消失于原地，下一瞬，当它再次出现时，竟直接悬于周元上方，然后以一种迅雷不及掩耳之势狠狠地镇压而下。

“轰隆！”

大地颤抖。

光塔矗立，将周元的身影笼罩进去。

望着这一幕，卢海的嘴角浮现出一抹冷笑。周元落入塔中，此局他输定了！

“周元啊周元，任你惊才绝艳，今日也得成为我们的踏脚石！”

第九百二十九章 影仙逆转

“轰！”

当光塔镇压下来时，大地震动，卢海四人的脸上有着掩饰不住的轻松笑意。

“这周元还真是愚蠢！”其中一名超级黑马冷笑道。

卢海笑道：“他不是愚蠢，是太托大，根本没想过一旦陷入五灵乾坤塔内会有什么后果。此塔有五重封印，只要落入其中，封印临身，他自身的源气底蕴立即会被封印一半！

“虽说少了一人，封印效果无法达到最完美的状态，但也足以让周元从一头老虎变成病猫了。”

其他三人纷纷大笑出声。五灵乾坤塔就是他们此次准备的最强底牌，此术莫说周元，就算是徐暝、袁鲲那些超级天骄一个不慎落入其中，也会极为狼狈。

可以说，当周元落入塔内的那一刻，这场战局的结果便已定。

“周元也算有些本事，原本这等杀招是准备留着进入陨落之渊与其他八域的超级天骄交手时再用，没想到在这里就被逼出来了。”卢海淡淡道。

想起先前周元秒杀龙蛊宫那位黑马的实力，卢海心中忍不住感到一些寒意，这个家伙隐藏得太深了。这些九域的天骄的确厉害，即便是没落的天渊域，仍然存在如此人物。

好在最终周元还是栽在了他们的手中。

与此同时，山脉中厮杀的双方人马见到这一幕，吕霄、木柳、韩渊、叶冰凌等人心头一沉，虽然他们不知道那座光塔究竟是什么，但都能想到必然是卢海他们最后的撒手锏。

周元此刻陷入其中，局势恐怕不妙！

“去帮他！”叶冰凌对着吕霄等人发出了一个信号。

吕霄面沉如水，目光闪烁，最终只能咬着牙一声低骂，身影暴射而出，就要朝着山巅而去。

山巅上的卢海察觉到吕霄的动静，但并没有在意，他的视线转向那座光塔，忽然眉头微皱，有些疑惑地低声道：“为何光塔之内如此安静？”

其他三人闻言猛地一惊。按照他们的经验，一旦有人落入光塔内，里面此时应该是源气沸腾、运转封印才是，可眼下却安静得令人感到诡异。

卢海目光闪烁，心中有些不安，旋即双手结印。

远处的那座光塔波动了一下，竟隐隐变得透明起来，其内景象一览无遗。

这一看，令四人从脚底生出一股寒意。

因为他们没有在光塔内见到任何人影！

“周元没被镇压进去！”卢海头皮发麻，声音都变得尖锐起来。

其他三人神色大变，他们明明看着周元被镇压进去，怎么现在没人了？如果他不在塔内，那么又在哪里呢？！

“戒备！”

卢海厉声大吼，心中那股不安几乎要将他淹没。

然而，就在四人体内源气涌动的一瞬间，卢海身后的黑影忽然波动了一下，一道身影如鬼魅般悄无声息地飘起，四道剑光凝练而成，然后轻轻地停在卢海四人的后脑勺处。

剑光收敛，没有任何的锋利之感，可卢海四人的身躯此时却陡然僵硬，半点都不敢动弹。

因为他们感觉到后脑勺处传来的细微刺痛感，一股死亡的气息笼罩过来。他们知道只要体内的源气有丝毫动静，那抹剑光就会毫不犹豫地将他们的脑袋斩下。

卢海额头上满是冷汗，他的目光向后瞥去，只见周元正笑眯眯地盯着他们。

“周、周元！”卢海的眉头颤抖了一下，声音苦涩道，“你怎么会出现在这里？”

显然，周元是在光塔镇压下来的那一瞬间逃出来的，而且他的身法极为诡异，甚至卢海等人都未曾察觉，他就悄无声息地来到了身后。

如此速度，如此身法，简直可怕！

“你们不会真以为我傻乎乎地站在那儿让你们镇压吧？”周元笑道。

他先前施展的便是苍玄七术之一的影仙术，周元对这道身法源术心动许久，以往始终没有时间修炼，可这一次为了应对九域大会，他终于找到机会将其初步修成。

而影仙术这初次施展，便立了大功。

此术如同鬼魅，若不是第一时间竭尽全力感应，一旦让他躲进阴影中，便再难察觉。

卢海的脸皮抽搐了一下，咬着牙不甘道："周元总阁主好歹代表着天渊域的颜面，却连我等布下的挑战都不敢正面应对，竟用这种近乎偷袭的法子，就不怕胜之不武吗？"

他原本以为周元为了彰显天渊域的实力，硬着头皮也会接下他们这最后一击，可谁想到……周元根本没这个打算，反而趁着他们放松的瞬间，宛如毒蛇一般接近他们。

周元闻言，忍不住嗤笑了一声，看向卢海的眼神犹如看傻子一般。

在周元的目光下，卢海的面庞有些火烧火燎，他知道这种言语有多可笑。

周元根本没有回应此事，只是望着处于厮杀中的山脉间，道："让他们停手吧。

"这一局你们已经输了，所以不要逼我下狠手，毕竟这种争斗有所死伤太正常了。"他淡淡的声音中有一丝令人心悸的冰冷杀意。

卢海面色变幻，与另外三人对视一眼，最终黯然地低下了头。他们没想到自己会输得如此莫名其妙。

"停手。"

他低沉的声音响起来。

山脉中的厮杀顿时一滞，无数道目光望向山巅，当看见站在卢海等人身后的周元以及悬停在他们脑后的剑光时，五方顶尖势力的人马顿时感到通体冰寒。

原本打算冲向山巅的吕霄也停了下来，一脸惊愕。

谁都没想到，先前他们还在担心的周元，此时竟实现了这般逆转！

四阁成员神色振奋，眼中涌出狂喜之色。

周元望着这一幕，忽然将目光投向远处那座光塔，道："此术倒是有些意思，不过在你们五方势力中似乎没听说过有类似手段？"

这座光塔的危险性不言而喻，不然周元也不会选择闪避。

听到周元此话，卢海心头一凛，冷声道：“别小瞧人，我们虽然不如你们天渊域，但在这混元天好歹也不弱！”

周元不置可否。五人明明来自五个不同的势力，却修炼了同一种联合秘术，而且他们的一切准备都是冲着他以及天渊域而来……若说没点猫腻，他还真不信。

在混元天内，能够驱使五方顶尖势力成为其打手，那背后之人该是何等层次？

周元目光闪烁，但没有多说，只道：“既然此战已经结束，那就将其收回吧。”

脑后剑光悬浮，卢海等人虽心有不甘，也只能照做。于是他们心念一动，远处那座光塔开始碎裂，最后化为源气洪流倒卷而回。

就在源气洪流接近卢海四人时，周元目光一闪，猛然出手，只见他的掌心中有无数毫毛席卷而出，直接穿进那四道源气洪流内，然后缠绕住其中某些碎片。

周元袍袖一抖，数十枚闪烁着光泽的碎片便倒射而回。

这般变故电光石火，乃至卢海等人都怔了一下，下一瞬他们便反应过来，当即面色剧变，厉声道：“周元，你敢夺我们之宝？！”

他们都没想到周元竟然会出手抢夺！

第九百三十章
九域过关

碎片被毫毛缠绕，最后尽数汇聚于周元的掌心。

此时，周元方能够看清楚它们。这些碎片不知是何材质，上面铭刻着一些残缺的古老纹路，散发出一种莫名强大的波动。

周元凝视着这些碎片，眼瞳忽然一缩，因为他辨认出这些似乎是某种圣宝的碎片！

难怪他能从中感受到危险的气息。

只是不知道卢海等人究竟是从何处得来，而且这些残缺的圣宝碎片明显经过某种极为强大与神妙的炼制，否则光凭卢海几人，应该不可能施展出光塔镇压那种手段。

“周元，你敢夺我们之宝！”

此时，卢海四人面色大变，厉声道：“还不速速还来，否则我等定要你天渊域给个说法！”

他们体内源气就要运转起来。

不过周元面色冷漠，悬浮于卢海四人后脑处的剑光毫不犹豫地猛然前刺半寸，顿时鲜血流淌。

后脑勺传来刺痛，卢海等人眼中掠过恐惧之色，急忙停止源气运转，再不敢动弹。

“真以为我不会下杀手吗？”周元淡淡道。

正是这种淡漠的语气令卢海等人心头一颤，最终卢海艰难地道：“周元，你已经取胜了，何必吃相这么难看？”

他们知晓这些乃是圣宝碎片，还经过大能炼制，关键是此物的确不是他们五方势力所有，若在这里搞丢了，他们实在难以交代。

周元盯着手中悬浮的碎片，并没有理会卢海，他微微沉吟，忽然屈指一弹。

“嗡！”

剑光猛然爆发，直接在卢海四人惊骇欲绝的目光中刺入他们的脑袋。

“啊！”

他们惨叫出声，不过下一刻却发现并没有感觉到死亡气息，他们急忙内视，只见一道凌厉的剑气在脑海中肆虐，带来剧痛的同时也令他们体内的源气动乱起来。

一时间他们都无法动弹，只能竭力地运转源气，驱逐着脑中的剑气。

周元面无表情地从四人身旁走过，卢海能够感觉到，但不敢分神。

他知道这次任务算是彻底失败了，而且偷鸡不成蚀把米，连被赏赐下来的圣宝碎片都被周元夺了去……那东西可真不是他们几个神府境小辈就能拥有的，即便只是碎片。

因此，卢海在驱逐脑海中肆虐的剑气时，只能心痛地望着周元的身影远去。

但他发现周元并没有急着夺旗，反而身影一动，出现在远方那座崩塌的山峰处。

他袍袖挥动，源气席卷间将那一块块巨石掀开，很快就见到那位被他轰得不知死活的龙蛊宫超级黑马。

周元将手中十数枚圣宝碎片祭起，悬浮于龙蛊宫黑马的身体之上，紧接着此人体内传出异动，下一刻又有数枚碎片射了出来。

周元见状，这才心满意足地一笑。

这五个家伙手中果然都各自握着数枚圣宝碎片，它们应该来自同一圣宝，而且必然经过某位超级大能的炼制，否则凭几个神府境就想展现出圣宝的一丝威能，简直是天方夜谭。

这正是周元心动的地方。这些圣宝碎片若是用得好，无疑会为他平添一个杀器。

如今九域大会就在眼前，大战在所难免，多一个手段总归是好的。

周元袍袖一挥收起碎片，也不管那昏死的龙蛊宫超级黑马，身形一动，来到那面巨大的旗帜前，只见旗帜之上光芒流溢，他伸手便将其夺下。

周元抬起一抖，光芒垂落而下，在他掌心上形成了一道光芒卷轴。

这道卷轴便是进入陨落之渊的凭证。

周元手握卷轴，转过身，朝着那重峦叠嶂的山脉举起手，手中卷轴爆发出璀璨光芒。

山脉中，天渊域两千人马见到这一幕，顿时爆发出震耳欲聋的欢呼声。

“总阁主威武！”

“总阁主无敌！”

凭证落到周元手中，就表明斩九龙这一关他们天渊域已顺利通过，拥有了真正进入陨落之渊与其他八域竞争的资格！

所有人都很清楚周元在这一关起的作用有多大，如果不是他斩首夺旗，他们想要吃下对方，必然会付出极为惨重的代价。

吕霄望着这一幕，神色有点复杂。

一旁的韩渊低声道：“还好你不是总阁主，不然今年咱们天渊域恐怕要完了。”

吕霄的嘴角抽搐了一下，但最终没有出声反驳。在见到这些顶尖势力中隐藏的超级黑马后，他方才明白以前坐井观天的自己是多么自大，他的实力充其量和卢海等人是一个层次，若要让他同时面对五位同等级的敌人，是万万不可能取胜的。

而周元却做到了。

这足以说明周元的能力比他强太多！

与天渊域高涨的士气相比，五方顶尖势力的人马则变得垂头丧气起来，他们为今日做了那么多准备，没想到最终还是败了。

“诸位，让路吧。”周元看向五方顶尖势力的人马，淡淡道。

山脉之中，数千道身影面面相觑，最终沮丧地退去。

周元的目光转向天渊域的人马，淡声道：“天渊域众人，随我去那陨落之渊闯一闯吧！如今不知多少人想看着我天渊域从王座上跌落，但我倒是想让这混元天知晓，我天渊域终归还是九域之一！”

天渊域两千人马闻言，神色皆亢奋，心潮澎湃，心中豪气升腾。

“谨遵总阁主之命！”

整齐的咆哮响彻山林。

周元身影一动，手持卷轴，率先转身朝着那重重山脉之外暴射而去。

“咻！咻！”

周元后方，数千道身影破空而出，宛如蝗虫过境，声势惊人。

苍茫的山脉之外。

远处的天地呈现出破碎的状态，其中景象万千，隐约可见河流从天而降，如巨人般的大山倒立，似乎连基本规则都被改变，充满着神秘与未知。

那里就是陨落之渊，曾经诸多法域境强者的身殒之地。

此时，八域人马均闯过了斩九龙，已率先汇聚于此，泾渭分明地立于陨落之渊外围，其中有不少玩味的目光望着后方那辽阔的山脉。

因为，此刻只有天渊域的人尚未出现。

莫非他们已折戟？若是如此，那可真是有意思了！这么多年来，终于有九域势力在斩九龙这一关被斩落了？

徐暝面露笑意，眼中满是讥讽之意。

九宫暗暗摇头：天渊域看来真的要倒霉了……

赵牧神则是漠不关心。

武瑶神色平静，她没有看向后方。如果周元真的就此折戟，的确会让人有些失望，不过她内心深处明白，一个当年在那般绝境之中都能坚持下来并且最终翻盘的人，会被一个小小的斩九龙阻拦住的话，恐怕不太可能。

诸多人中唯有苏幼微玉手微微握紧，清丽的脸颊上噙着一丝细微的担忧。

百态横生。

就是在这个时候，周元率领着天渊域的人马撕裂山脉中的迷雾，浩浩荡荡地出现在众人眼中。

第九百三十一章
好戏开场

当天渊域的人马出现在陨落之渊外时，停留于此地的八域人马在那一瞬间明显出现片刻寂静，绝大部分人的脸庞上都浮现出惊愕之色。

“他们竟然闯出来了?!”

“似乎没有太大的损失啊……”

“发生了什么事？赤云剑派、龙蛊宫就这么没用吗？”

“不应该啊！他们联手起来的实力应该不比天渊域弱，怎么会失败?!”

……

诸多窃窃私语声在八域之中传开，很多人对此都格外疑惑。

妖傀域的徐暝双目虚眯了一下，旋即撇了撇嘴，淡淡地道：“那卢海五人还真是废物，竟然联手都搞不定一个周元。”

武神域所在之处的武瑶察觉到后方的动静，凤目微闪，但并没有转过头去，她已知晓答案。

在其身旁，蓝亭与赵云霄则眼神冷淡地望着这一幕。

“这周元倒是有点能耐呢。”蓝亭皱了皱眉头，道。

卢海五人联手的实力绝对不弱，换作他们两人都得费一番功夫，没想到周元却闯过了，看来对他实力的评估得往上调一调了。

赵云霄却淡淡道：“不必长他人威风，卢海等人只是仗着人数优势，他们有个致命的弱点，就是惧怕被逐个击破，周元或许就是用了这种方法。”

蓝亭点点头，这的确说得通。

赵云霄转头看向武瑶，笑道：“武瑶师妹，若是在陨落之渊中碰上周元，可莫要怪我们不给你留机会哦。”

武瑶绝美的脸颊上毫无波澜，她如何听不出赵云霄二人对周元的敌意，但她没多说什么，只是声音平淡地道：“随意，只要你们对自己有信心。”

蓝亭微笑道：“难不成武瑶师妹还觉得我们收拾不了他？”

这一次武瑶却是懒得开口了，凤目微闭，宛如骄傲的凤凰。

蓝亭与赵云霄的实力的确不错，但周元是一个妖孽，他能够突破卢海五人的阻拦，更加说明他的实力不简单。

蓝亭与赵云霄对视一眼，对武瑶的话不置可否。二人亦是武神域的天骄，如果不是为了隐藏实力以应对九域大会，他们早已名扬混元天，哪还有周元什么事？

万祖域，赵牧神同样察觉到后方的动静，他也没有转过头去。

倒是他身旁的柳清淑柳眉微挑地道：“真让人意外，天渊域竟然闯过了赤云剑派五方顶尖势力的阻拦。”

赵牧神单手负于身后，慢慢道：“所有人都小瞧了周元的实力。”

柳清淑一笑，眼中满是仰慕：“的确有几分实力，不过嘛……跟你比起来，还差得太远。”

在她看来，赵牧神才是这次九域大会的绝对主角。周元固然有几分能耐，但并不值得一提，他如果碰上赵牧神，或许会被秋风扫落叶般打败。

赵牧神笑笑，并不打算在这种没什么意义的话题上说些什么，他对周元没有所谓的不屑或者轻蔑，因为他的目光从来就不在周元身上。如果不是临走时大尊亲自下了命令，他根本不会对周元有丝毫的关注。

赵牧神此次来到陨落之渊是为了突破到天阳境。他明白虽然如今自己是神府境的王者，但一旦踏入天阳境，他的光芒就会变得黯淡，因为他的前面还有诸多混元天上一代的顶尖天骄。

那些人都曾经是神府境的王者，正如他现在的地位。

所以，赵牧神若是想在天阳境强者中依旧璀璨，他就必须凝练出完美无瑕的琉璃天阳——这就是他来到陨落之渊的目的。

“琉璃天阳……”

赵牧神的目光微微闪烁，旋即他轻轻瞥了一眼远处的武瑶以及苏幼微，眼睛垂下，眼中闪过莫名情绪。

紫霄域处的苏幼微看着那率领天渊域人马冲出迷雾的熟悉身影，微微握拢的小手终于松开，红润小嘴旁有一丝笑容绽放，颇为惊艳。

一旁的薛惊涛望着她脸上的那一抹笑容，眼神变得有些阴鸷。虽说平日里苏幼微经常笑意盈盈，待人平和，但他知道那种笑容与此时截然不同。

说明周元在她的心中有着不同的地位，这让薛惊涛心中妒火升腾。

不过他不动声色，收回看向苏幼微的目光，眼神平静地望着远处周元的身影，眼眸深处有一抹冷冽的杀意掠过。

不知死活的东西，我们紫霄域最美的明珠，岂是你这等人能觊觎的？不过是一个斩九龙，没什么好得意的，待进了陨落之渊，自然有你们天渊域哭的时候。

在诸多复杂视线的注视中，周元率领天渊域的人马破空而至，落向一座山头。

对那些暗怀恶意的目光，周元没有在意，他知道以天渊域目前的情况，落井下石者十有八九，恐怕这里的大部分人此前都在期待着天渊域在斩九龙时折戟。

不过，周元本就不指望得到什么帮助，在这九域大会上一切都得依靠自身的力量。

“轰轰！”

当天渊域的人马出现后，九域再度齐聚，虚空之上浩瀚的源气波动，一道道弥漫着恐怖威压的身影缓缓凝现，正是各域的法域境强者。

郗菁的目光第一时间投向周元，眼含一丝欣慰的笑意。至于那赵仙隼，他依旧面带笑意，只是目光偶尔间掠过周元时，眼神似有深意。

“轰！”

九域的法域境强者现身后即刻出手，只见天地开始剧烈地震荡。

九位法域境强者的指尖有浩瀚无尽的源气汇聚而来，隐约间仿佛化为璀璨的光束粒，其中的源气被凝练压缩到了一种近乎恐怖的程度。

“咻！”

下一瞬，九道源气光束粒暴射而出，所过之处虚空崩塌，宛如有黑洞成形。

源气光束粒直接冲进陨落之渊，那里原本扭曲的天地开始出现裂痕，然后渐渐被撕开，形成一道缝隙。

裂缝之中，古老、蛮荒的气息喷薄而出，隐约间似又响起无数厮杀声，如金戈铁马，铮铮作响。

虚空上，赵仙隼淡淡的声音响起：“陨落之渊已开，九域人马准备入场吧。”

这一刻，九域所有人的目光带着炽热与战意投向那裂缝之中，犹如那里可以通往一片古老的战场。

他们知道，九域大会现在才是真正的开始。

第九百三十二章
分队进场

陨落之渊所在天地呈现出一种扭曲状，这与外界天地形成泾渭分明的界限，如今那常年封闭的界限，在九域法域境强者的手中被强行撕开一道裂缝。

周元望着裂缝，眼中掠过一抹异彩。他对陨落之渊中蕴含的先天灵机有着极大兴趣，毕竟贯穿第九重神府后，他要考虑晋升天阳境了，而寻常的天阳品阶自然不可能满足他的胃口。

虚空上，赵仙隼淡淡地道："原本过三关还有两道小关卡，但如今看来没多大意义了，所以经过我等商议，直接开启了陨落之渊。"

周元听到此话，微微撇了撇嘴，他感觉天渊域被针对了。

过三关中最难的便是这斩九龙，这位赵仙隼大人眼见天渊域顺利通过，便打算省略其余两关，好让他们直接进入正戏，面对强敌吗？

真是有点迫不及待想要看到他们天渊域倒霉的感觉啊。

周元心思转动，面上却不动声色。不管对方究竟是不是有意要见到天渊域倒霉，他们只管做好自己的事情便可，反正省去过三关另外两关的考验，他们也能够省下一些力气。

"陨落之渊已开，此间规则想必你们都已知晓，各自做好准备吧。"赵仙隼再度道。

他的声音刚落下，九域人马便有些骚动。

陨落之渊中曾有诸多法域境强者陨落，他们身殒时，法域崩溃，影响了此间天地的规则，从而造成诸多异象，陨落之渊内部也因此形成了众多结界。这些结界宛如自成一方、各有玄妙的小空间，其内凝聚着法域的力量，诞生了大量灵机。

九域大会之争，就是争夺这些小空间。

多争夺一个小空间，各域人马得到的灵机就越多，这对所有人来说都是一份大机缘，毕竟他们在这陨落之渊中拼死拼活地厮杀，所为的不就是这些灵机吗?

而一些危险性极大的小空间内更是有着先天灵机诞生，这种地方就是那些神府榜上顶尖天骄的必争之地。

周元看向吕霄等人，道："我们分为五队，由我、吕霄、韩渊、木柳、叶冰凌五人带队。"

当各方人马进入陨落之渊的那一瞬，就会不断地被随机传送进入诸多小空间，一般来说，被传送的队伍越多，那这个小空间的危险性就越大，所诞生的灵机也可能更多、更强。

这种机制导致九域人马必须兵分多路，才能够在最短的时间里争夺到最多的小空间与灵机!

当然，分派给各支队伍的人数不能太少，否则遇见其他几域的大部队，多半是抢不过的。

按照以往惯例，各域每队人数约莫在四百到七百之间，这是最合适的范围。

天渊域此次仅有两千人马，所以周元兵分五路，各领四百人左右。其他八域人马更多，最多的万祖域恐怕要兵分十支队伍甚至更多，无疑会让他们一开始就占据优势。

因为九域大会的最终排名是以获得的灵机数量来定。

周元倒是想分出更多队伍，但力量分散最终只会让所有队伍被削弱，并不会带来什么收获，兵分五路已是他们的极限。

周元手持光芒卷轴，这是进入陨落之渊的凭证，他手掌源气灌入其中，顿时卷轴内有无数光点爆发出来，飘荡着落在了天渊域两千人马的身上。

"这些印记各自好生感应，若有性命之虞，可以将其破碎。"

周元盯着众人，又缓缓道："诸位，灵机虽好，但也莫要贪心逞强，保住性命才是最重要的。"

一旦印记破碎，人就会被传出陨落之渊，失去再次争夺的资格，总有一些人不甘心不愿意离开，可最终要付出的会是自身性命。

九域大会上，为了灵机之争，可不会有人轻易留情。

众人闻言，默默点头。

虚空上，赵仙隼瞥了一眼周元手中的卷轴凭证，眼中掠过一抹惊异，不过很快收敛下来，双目低垂，淡淡的声音再度响起："大家若已准备妥当，就开始进去吧。"

"轰！"

当他声落的瞬间，只见万祖域的赵牧神率先暴射而出，其身后人马浩浩荡荡地紧随而上，宛如蝗虫过境，声势骇人。

数千人马冲入裂缝之中，一闪过后便消失不见，犹如被空间巨口瞬间吞噬。

万祖域的动静立刻打破了此间平静，其他几域纷纷动身而起，整个天地间的源气都在此时剧烈翻涌起来。

"走！"

周元一声轻喝，身形暴射而出，吕霄等人紧随而上。

两千人马掠空而过，最终投入到那道裂缝中，瞬间消失不见。

随着九域人马尽数进入陨落之渊，此方天地变得安静下来。

赵仙隼面带笑意，道："诸位，九域大会已彻底开启，我等便在此好生等候吧。"

声音落下，只见他袍袖一挥，天地间滚滚源气汇聚而来，竟在虚空上渐渐形成了如罗盘般的光影，罗盘镜面上呈现出诸多细小的光点。

那些光点颜色各有不同，代表着九域人马。

虽说他们无法干扰陨落之渊内部的争夺，但凭证乃是九域的法域境强者联手炼制，所以能够大致感应到其中的一些变化。

其他法域境强者也凌空盘坐下来，源气在他们身下化为一朵朵庆云，天地源气在其周身汇聚，仿佛有诸多异象诞生，神妙异常。

"真是好奇此次九域大会率先被淘汰的究竟是哪一域呢？"赵仙隼轻笑一声，目光不着痕迹地掠过不远处的郗菁，嘴角有一抹高深莫测的弧度轻轻掀起。

在那更远处的陨落城内，无数目光望着天空上空空如也的光镜，有些遗憾地收回目光。他们知道接下来发生在陨落之渊内的战斗将会有多么精彩，那才是真正的九域大会！

只不过他们无法一饱眼福了。

但没关系，最终结果出来时，依旧能够引发沸腾。

于是陨落城内无数人开始猜测此次九域大会的最终排名，不出意外，万祖域与赵牧神名列榜首，武瑶、苏幼微次之……至于周元和天渊域，只是一个无人问津的冷门。

即便有了斩九龙的惊艳战绩，绝大部分人依旧不看好周元和天渊域，毕竟此次他们要面临的对手，是真正的八域！

第九百三十三章
进小空间

当周元闯入陨落之渊的那一瞬，他感觉到四周的空间开始剧烈变化，天地间的源气变得极为狂暴。

天地犹如在此处颠倒，令人神魂动荡。

好在这种情况没有持续太久，数十息后，周元便感觉到脚掌立于大地之上。他第一时间扫视开来，一方陌生的天地进入视野。

这是一片荒凉的天地，空中弥漫着厚重的云层，给人一种深不可测之感；大地上杂草丛生，生机稀薄，偶尔可见巨大的撕裂痕迹，似乎曾有强者在此有过惊天大战。

这里的空间也给人一种不稳固的感觉，时不时可见虚空中有扭曲的迹象。

周元望着这片荒凉的天地，然后转过身来，只见他所率领的约四百道身影陆陆续续出现，然后面带茫然与戒备地望着这方天地。

队伍的前方除了伊秋水，还有一些熟悉的身影，商小灵、凌峰、袁铁罡……这些人是当初周元亲自招揽进风阁的，如今他们在风阁高居副阁主的位置，此次分配人员，周元将他们放到了自己这支队伍中。

瞧得周元看过来的目光，商小灵等人皆面带恭敬，毕竟比起当初招揽他们时，如今周元的地位已不知道高了多少。

不仅仅是身份的变化，还有实力的巨大提升。

“总阁主，这里的天地源气好狂暴。”伊秋水走上前来，柳眉微蹙，有些担忧地道。

周元点点头，陨落之渊内的源气极为狂暴，想要吸收的话，效率将会远低于混元天。

这也表明寻常神府境在此处不能随意挥霍自身源气，若说在混元天想要恢复自身消耗的源气需要一个时辰的话，那么在这里恐怕需要三个时辰，无疑会让众人在战斗时变得束手束脚。

周元沉吟了一下，心念一动，自天地间汲取一道源气进入体内，紧接着催动祖龙经，体内隐有蛟龙长吟响起，震动经脉。

数息后，那道狂暴的天地源气被炼化，化为一缕精纯的天蛟气涌入神府内。

周元眉头微微一挑，有些惊讶，他发现祖龙经的炼化时间并没有变长。

这是因为祖龙经太霸道，根本不将此处天地源气中蕴含的那一丝狂暴放在眼里的意思吗？

周元眼中有一丝喜色涌现，这对他而言算是一个好消息，最起码在这陨落之渊中他有一点独特的优势。

周元暂时将这个好消息带来的欣喜压下，然后看向面前数百道身影，道："我们已经进入陨落之渊，九域大会从此时起就算是真正开始了。

"这个小空间肯定有另外一拨人马进入，若是碰上，等待我们的将是激烈的厮杀。"

数百人一片安静，面色格外肃然，他们很清楚如今九域中天渊域最弱。

好在九域人马已分散成许多支队伍，只要不是遇到他们的主力队伍，在周元的率领下，倒不见得会弱于对方。而且，说不定这里只有他们这支队伍呢？

这不是不可能的事，陨落之渊内小空间诸多，即便拥入了数万人，但也不是每次转换空间时都能遇见。

虽然他们可以有这种想法，身为领头人的周元却不能，他必须做好万全的准备，当即他看向商小灵，道："小灵，你率领二十人找寻这个小空间的缝隙，找到后发信号通知。"

那些空间缝隙是退出这个小空间的路径，从那里出去，可以再度被传送到其他小空间。

当然，如果遇见强敌，那也是一条退路。

商小灵闻言，点点头，二话不说领着二十人迅速远去。

"凌峰，你率领八十人作为斥候，四处搜寻，探寻这个小空间内是否还有其他队伍存在。"他又看向一名面色凛冽的男子说道。

凌峰领命，然后迅速带人离去。

“剩下的人马就随我去找寻这个空间内灵机最为旺盛之处。”周元看向剩下的三百人，眼神变得锐利起来，道，“陨落之渊内危机四伏，不仅有强敌窥伺，还有各种潜在威胁，所以大家务必听从命令，若是谁因自身鲁莽造成队伍损失，我定然严惩不贷！”

听到周元那严厉的声音，所有人心头一凛，恭声应道：“是！”

敲打一番后，周元点点头，道：“出发！”

他的身影率先低空掠出，在其身后，三百道身影紧随而至。

当周元率领着三百人马开始扫荡时，这个小空间的另一处，数百道身影正立于一座山脚下。

这些人皆身穿玄黄衣袍，浑身上下有强大的源气波动涌现，气势凌厉而强横，一看便知是精锐，全都是神府境后期的强者！

此时，这些桀骜不驯的精锐人马却面容恭敬地望着前方山头，那里有一道修长挺拔的身影负手而立，此人神色淡漠，一股令人心悸的威压缓缓自其体内散发，引得下方数百道身影皆感到莫大的压力。

这道身影正是混元天神府境中的王者——赵牧神！

谁能想到，周元他们在进入陨落之渊的第一轮就遇见了最强的对手……

赵牧神仰头望着虚空上翻滚的厚厚云层，轻声自语：“赵师叔，你没必要来这么一手……一个周元而已，值得你这么花心思吗？”

他顿了顿，摇摇头，道：“算了，既然都来了，那就先将大尊的任务完成吧，顺手而已。”

他的目光转下，望着下方的数百道身影，淡淡的声音响起来。

“去吧，将进入这方小空间的那支队伍找出来，然后……灭了他们。”

“轰！”

下一瞬，数百道身影冲天而起，杀气升腾。

第九百三十四章 阴谋算计

荒凉的大地上，数百道光影低空疾掠，宛如群鸟飞过。

周元处于队伍的最前方，他的目光犹如鹰隼一般扫视着四方，同时周身源气涌动，处于戒备之中。

陨落之渊内危机四伏，环境诡异恶劣，容不得有丝毫轻视。

不过，让周元稍感意外的是，他们这一路而来并没有遇见什么异常，一切都极为平静。

“是因为刚开始进入的小空间危险性都比较低吗？”周元心中沉吟。这不是不可能，据说进入陨落之渊后，小空间的危险性会在一次次转换中变得越来越高。

虽然心中掠过这般想法，但周元并没有解除戒备。这些年的摸爬滚打，早就铸就了他谨慎的性子，阴沟里翻船的事情见过太多，其中不少人还是栽在他的手中。因此，这种失误他绝不允许出现在自己身上。

迅速前行时，周元也在感应着天地间的源气流动。因为灵机最为旺盛的地方，必然是天地源气最为磅礴之处。

源气的充盈本就是灵机诞生必不可缺的一环。

当然，这并不是说每一处源气浓郁的地方就一定有灵机诞生，只是几率比其他地方更大些。

在这赶路的一炷香时间里，周元找到了两处天地源气比较浓郁的地方，但遗憾的是其中没有灵机存在。

周元并没有失望，九域大会毕竟才刚刚开始。

在率领队伍继续探寻着天地源气时，他忽然偏头看向后方远处，那里有一道源气冲天而起，在虚空形成了一座塔形，片刻后才渐渐散去。

“是小灵发出的信号，看来他们找到退出的空间缝隙了。”伊秋水说道。

周元点点头，心中微松一口气。后路确定，倒是一个不错的消息。

“继续探寻！”

他手掌一挥，速度陡然加快。

数百道光影掠空而过，如此约莫一刻钟后，周元他们终于找到第三处天地源气浓郁之地。

当他来到此处时，眼睛顿时一亮。

这是一座矗立在深渊边的万仞巨山，与其他地方的荒凉不同，这座巨山竟是绿荫葱郁，散发着勃勃生机，隐约还能够见到诸多光芒流转，颇为奇妙。

“此地必有灵机诞生！”

周元心中欣喜，但他没有第一时间进山，而是打了一个戒备的手势，神魂感知蔓延，仔细地感应着其中的动静。

半晌后，感知收回，没有异象，一切正常。

周元彻底放下心来，身形率先掠出，出现在那座大山中。

他脚踩一棵参天古树，目光锁定大树主干，那里有淡淡的光点漂浮而出，宛如萤火。

在周元的感知中，能够察觉到一道难以言明的气息正盘旋在树干内。

周元脚掌轻轻一跺，只见大树直接从树顶开始崩裂。

“咻！”

随着大树裂开，忽有一道光流自其中疾射而出，宛如箭矢。

周元早有准备，曲掌一抓，一道源气将那道光流控住，慢慢送到他面前。

目光看去，只见那道光流中有诸多细碎的光点点缀，宛如碎钻一般，整体呈现一种无法言明的气流状，内部宛如有液体流淌，给人一种极为神妙的感觉。

周元握住这缕神妙的气流的一瞬间，他感觉到体内神府发出了一种细微的震动。

是一种渴求的信号。

“这就是灵机吗？”周元眼中有一丝好奇，能够让神府这般异动，此物应该就是传闻中的灵机。

天地源气浓烈到极致，再加上诸多苛刻的条件，这种灵机才会诞生，可说是天地自然所生。

一缕灵机在周元的指尖缠绕、流淌，宛如具有灵性。

周元把玩了一下，然后抬起头，此时三百名队员眼神炽热地望着他，一副迫不及待的模样。

周元笑了笑，他知道这种灵机对其他人有着多大的吸引力，这是他们未来冲击天阳境的机缘。其实大多数人的目标只是踏入天阳境，至于何种品阶的天阳没有太大要求，因为野心要与实力匹配。

“准备挖掘吧，所得灵机先统合起来，之后再以贡献进行分配。”他挥了挥手。

听到他的声音，三百名队员顿时爆发出欢呼声，然后有序地分散于这座大山中，开始四处搜寻隐藏的灵机。

灵机有的存在于树木中，有的隐藏于岩石与地底，想要捕捉，就得开山辟地。

“轰轰！”

于是，整座大山变得热闹起来，参天古树被劈斩而断，岩石被打碎，大地也被源气撕开。

周元立于山顶，望着这混乱的一幕，无奈地摇摇头：他们这些人啊，就知道破坏。

其实周元对这里的灵机没有多大兴趣，他想要的是比普通灵机更为稀罕与珍贵的先天灵机。

而先天灵机，不是前面这些小空间会诞生的。

但周元不急，因为九域大会才刚开始。

“呼。”

周元深深吸了一口这弥漫着古老与狂暴的空气，然后双目微闭，静待众人捕捉完毕。

时间流逝，很快一炷香过去了。

就在此时，周元忽然睁开眼睛，眼神瞬间变得凌厉。他望着西北方向的远处，那里传来一些源气震动。

“咻！咻！”

在周元的注视中，远处天际很快出现了十数道身影。

他们正狼狈地急掠而来，后面有八道身影紧追不舍，雄浑强横的源气从他们体内爆发出来。

前面被追击的十数人是先前周元派出的斥候。

“轰！”

斥候朝着这边疾掠时，源气不断腾空，爆炸开来形成警示。

那是有敌来袭的信号！

大山中三百名搜寻灵机的人也察觉到了信号，当即在各位队长的呼喝中停止搜寻，然后一道道身影冲天而起。

“有人来袭？”伊秋水迅速来到周元身旁，俏脸凝重地问道。

周元点点头，双目微眯道：“只是不知道究竟碰见了哪一域的队伍。”

“他们实力好强！”伊秋水远远望着，俏脸微变，因为她见到敌人不过八名，却硬生生将他们这边十数名斥候追着跑。

要知道，他们派出去的斥候都是精锐！

“轰！”

就在他们这边看着的时候，那八名追击而来的敌人体内源气忽然暴涨，速度瞬间加快，下一瞬，一道道源气洪流直接狂暴无匹地轰向位于最后的几位斥候。

对方的攻势凶猛凌厉，眼看着那几位斥候就要被击中。

此处天渊域的队员发出惊呼。

“轰隆！”

就在那一瞬，一道模糊的黑影凭空出现在虚空上，袍袖一挥，青金色的源气匹练横扫而出，硬生生将那八人的凌厉源气攻势瞬间轰得粉碎。

“总阁主威武！”

天渊域成员爆发出欢呼声。

出手之人自然便是周元。他立于虚空，望着那八名敌人，道：“你们是哪域的队伍？队长是何人？“

那八名神府境后期看了周元一眼，脸上浮现出一抹似笑非笑之色：“你真想知道？”

周元双目微眯。

只见其中领首一人淡淡一笑，道：“我们是万祖域的队伍，我们的队长，呵呵，说起来也是你们的荣幸。

“我们队长，他叫赵牧神。”他眼神玩味地盯着周元。

此言一出，大山内三百名天渊域队员的面色瞬间变得惨白。

周元的眼瞳此时猛然一缩。

万祖域？赵牧神？!

他们进入陨落之渊的第一回，就直接碰见了赵牧神？!

这一刻，周元并不觉得这是什么倒霉，而是敏锐地嗅到了一种名为阴谋的味道。

他，可能被人算计了！

第九百三十五章 遭遇牧神

赵牧神。

这三个字带来的压迫，直接令三百名天渊域队员面色苍白，通体冰寒。

心性稍差的更是忍不住颤抖着失声道:“怎么会是万祖域？怎么会是赵牧神？！不可能啊！”

赵牧神率领的队伍绝对是万祖域中最强的，最重要的是，赵牧神本身就是混元天最强的神府境！

照众人所想，他们如果遇见其他八域的非主力队伍或许还能斗一斗，若是主力队伍，必然有所不及，更何况还是赵牧神的队伍！

如果碰撞起来，绝对是以卵击石啊！

不远处的天空上，八名万祖域的神府境后期凌空而立，他们面带戏谑地望着三百名颤抖中的天渊域队员。他们虽然只有八位，但气势竟强过了三百人。

周元此时眼神变幻，面庞微显阴沉，他觉到这恐怕是一场阴谋。

他绝不相信自己的运气真的会差到这种程度，一进来就碰见赵牧神率领的队伍，这其中必然有人做了手脚。

而谁能够做这种手脚？

赵仙隼！

周元眼中寒光一闪。只有赵仙隼那位万祖域的法域境强者才能够做到，而且早在之前抽签的时候，周元就隐约感觉到他对自己的敌意。

他究竟是怎么做到的？

那道印记！

周元摸了摸体内存在的一道印记，那是进入陨落之渊前所有人都会烙上的，乃是九域法域境强者联手炼制而成。

赵仙隼必然是以特殊手段瞒过了郗菁师姐，在他的印记上做了手脚！

这样一来就解释得通了。

想通这关节，周元心中怒意涌动。这位赵仙隼还真是不要脸皮，堂堂法域境强者竟然使出如此下三滥的手段！

他是九域大会的主持者，本应行事公正，可却趁机搞事，品性之卑劣可见一斑。

“赵仙隼，往后别让我找到机会，不然今日种种，都会让你给我还回来！”周元心中发狠，给这赵仙隼记了一笔账。

法域境强者又如何，在苍玄天，圣宫的宫主还是半圣呢！周元照样不惧！

就在周元心思转动时，不远处那领头的神府境后期强者以为他被赵牧神的名字震慑住了，当即嘴角泛起一抹轻蔑的笑容，淡淡道：“周元总阁主，此次遇见算你们倒霉，老实待在这里，等大师兄过来，再来决定如何处置你们吧。”

周元目光微闪，然后直接转头对伊秋水道：“所有人立即撤退，去往先前找寻到的空间缝隙处！”

他不打算逞强和对方硬拼，因为现在他的确打不过，不论团队还是个人的实力，他们都处于劣势。

伊秋水果断点点头，转身迅速发出命令。

接到命令，三百多名天渊域的队员虽然极为不舍，但他们还是分得清轻重，当即略做准备，就要开始大撤退。

所有人都明白，面对赵牧神率领的万祖域最精锐队伍，他们不可能是对手！

强行对战，只会损失惨重甚至遭至团灭！

不远处天空上，那位领头的万祖域神府境后期强者见到天渊域人马的动静，顿时面色一沉，道：“周元总阁主，你是听不懂我说的话吗？老老实实待着，不要给自己惹麻烦！”

然而周元并未搭理他们。

那人面色愈发阴沉，盯着周元道：“周元总阁主，你就这么不识抬举吗？”

周元依旧没有说话，只是掌心之间有一枚剑丸凝现。

“嗡！”

下一瞬，滔天剑气冲天而起，化为八道凌厉无匹的千丈剑光，直接狠狠地对着万祖域那八位斩去。

那八名神府境后期见状，顿时怒喝出声，体内源气毫无保留地爆发。他们虽然知晓周元实力不弱，但如今想要以一对八，未免太狂了！

毕竟他们八人在万祖域神府境中也算小有名气！

“轰！”

八人出手，凶猛的源气攻势在虚空中碰撞。

不过，就在对碰的瞬间，八人面色猛地一变，因为那八道剑气之凌厉已超乎他们的想象，反击瞬间被斩裂，残余剑气狠狠地斩在他们的身躯之上。

“扑哧！”

八人同时喷血，狼狈地身躯倒飞而出。

那领首之人满脸惊惧，他没想到八人联手竟然连周元一剑都挡不下来，对方的源气之强实在可怕！

大山之中，准备撤退的天渊域队员见到周元大发神威，爆发出欢呼声，原本低落的士气都有所恢复。

伊秋水不断催促，三百多人迅速升空，对着先前商小灵发出的信号之地疾掠而去。

周元立于虚空，眼神淡漠地望着远处那八位万祖域的神府境，此时他们再不敢靠近过来，眼神又怒又惧。

周元微微撇嘴。万祖域的人还真是狂傲，几个无名之辈也敢在他面前趾高气扬，真当他的剑气是摆设吗？

“赵牧神的确很强，但可惜，凭你们几人还镇不住我。”周元淡淡道，“若是再追来，就别怪我下杀手了。”

声音落下，他转身而去，速度不急不缓。

万祖域那领头之人望着周元带着大队人马远去，咬牙切齿地道：“让你装！此处消息我们早已传给大师兄，待得他追来，看你周元如何跪地求饶！”

虽然嘴上这般说着，他却再不敢追上去了，先前周元那一剑之凌厉的确惊到他了。

“咻！”

三百多道人影将速度催动到极致，疯狂地掠空远去，而沿途还不断有四散的斥候回归。

与来时的心情不同，此时天渊域队员的内心深处皆有些惊惶，碰见万祖域以及赵牧神，让他们感觉到了巨大的压力。

周元位于最后方，他神色平静，并没有出言安抚，因为起不了多大作用。

“赵牧神……”

周元望着神色惶然的天渊域众人，心中忍不住暗叹。此人不愧是混元天神府境中的王者，即便人未至，光是一个名字就能将这么多人震慑得惶恐不安。

不过周元明白，现在的自己如果与赵牧神动手的话，胜算极低。固然他有一些底牌，但他可不信赵牧神就没有。

除非贯穿第九重神府。

但第九重神府的贯穿最为艰难，周元想要短时间打通，显然是不太现实的事，所以他打算先避其锋芒。

陨落之渊内机缘诸多，他必须趁此打通第九重神府，才能够与赵牧神正面硬碰。

在此之前，周元并不介意见到赵牧神一次就跑一次。

他并不觉得这是什么丢脸的事情，明知道不可敌还要硬上，那只是找死而已。

三百多人风驰电掣，半个时辰后，前方有十数道身影迎上，正是商小灵等人。

不远处，空间呈现扭曲的迹象，一道约莫数丈的空间裂痕蠕动着，正是退出这个小空间的缝隙。

周元手掌一挥，数百人保持沉默，有序地向着空间裂痕拥去。

所有人都有些沮丧，谁都没想过这第一次竟然会如此狼狈。

周元立于虚空，望着飞快撤退的队伍。此时正是争分夺秒的时候，一旦赵牧神赶来，只要他出手，他们必然会有所损伤。

眼下，只能希望赵牧神晚点来了。

就在周元心中掠过这般念头时，他的眼角忽然颤动了一下，旋即他面无表情地抬起头，只见远处的虚空波荡了一下，一道修长挺拔的身影缓缓出现。

一股惊人的威压弥漫开来。

撤退的天渊域众人望着那道身影，眼中皆涌现出浓浓的惧色。

赵牧神，还是赶来了！

第九百三十六章 首次交锋

赵牧神立于虚空，他神色波澜不惊地望着试图从空间裂缝退出的天渊域众人，然后目光转向周元，淡笑道："周元总阁主，这就打算走了吗？"

周元一笑，坦然道："我们不是你们的对手，我现在也还打不过你，不走留下做什么？"

赵牧神微微一笑，道："听你的意思，只是觉得现在打不过我？莫非以后就可以了？"

周元不置可否地耸耸肩，背在身后的手掌对着伊秋水他们打了一个手势，让他们抓紧时间通过空间缝隙离开。

赵牧神似是不知晓周元的小动作，只是饶有兴致地看着他。

"看来阁下对我很感兴趣？"周元察觉到赵牧神的眼神，眉头微挑地问道。

"为什么这么说？"

"能够让你们那位法域大人亲自出手，在第一轮就让我们碰上你们万祖域的精锐，如此煞费苦心，还不算感兴趣吗？"周元道。

赵牧神笑笑，道："你的感觉很敏锐啊。"

周元见到对方都懒得否认，双目虚眯了一下。与赵牧神初步接触下来，他发现对方看似平和，内心深处实则极为傲气。

他看向周元的眼神没有丝毫轻蔑，因为当你看见脚下的蝼蚁时，也不会对它产生任何轻蔑的情绪。

"周元，不要想拖延时间了。如果你不动，我可以放天渊域的人安全离去，我对一群杂鱼没多大兴趣。"赵牧神望着正在陆续进入空间裂缝的众人，淡笑道。

"你知道，我现在出手的话，他们的死伤会不小。"

周元面色平静下来，道：“好，我不动。”

赵牧神面带笑意，似是相信了他的话。

于是，虚空上两人对峙着，而在那下方，数百名天渊域的队伍带着一丝仓皇，陆陆续续钻进了空间裂缝之中。

伊秋水走在最后，她望着天空上的两人，美眸中满是焦急，她如何不知道周元这是被赵牧神给盯住了。

但她也明白，现在自己要做的就是赶紧离开，留在这里只会成为周元的拖累。

伊秋水深吸一口气，忽地素手一抖，竟有无数树枝从她的乾坤囊中飞出，铺天盖地地朝着周元砸过去，带起漫天阴影。

随后她不再犹豫，果断地冲入空间缝隙之中，迅速消失不见。

就在伊秋水丢出漫天树枝的同时，周元目光一闪，下一瞬他的身影直接化为一道黑光消失而去。

那漫天的树枝投掷在虚空，在阳光的照耀下有阴影出现。

周元所化的虚影便在这些阴影中以一种难以想象的速度跳跃着，如鬼魅般悄无声息地朝着空间缝隙暴射而去。

影仙术！

半空中，赵牧神望着周元消失的身影，却没有动怒，只是淡笑一声，道：“真是好奇妙的身法源术，难怪敢留在这里。”

他眉心的莲花光印此时绽放出微光，紧接着眼瞳内也有莲花出现，那一瞬，赵牧神的双目神光绽放，整个世界仿佛都在他的眼里变得立体、清晰起来。

黑暗退散，阴影消失。

化为黑光跳跃于阴影中的周元被他看得清清楚楚。

“看来你还真是不甘心呢。”赵牧神轻笑一声，道，“不过想要从我手中逃掉，恐怕没你想的那么容易。

“真以为先前只是在与你对峙吗？那个时候我已用秘术将你锁定，所以我接下来的攻击，不论你遁逃到哪里都躲不掉。

“周元，你太弱了。”

赵牧神双手合拢，掌心之间有一抹微光凝现出来，下一瞬间，这抹微光随着他双掌张开逐渐拉升，一枚寸许的光梭迅速成形。

那光梭呈流线型，尖端闪烁着极端锋锐的光芒，微微震荡时，连虚空似乎都能被撕裂。

光梭周围缠绕着九彩光芒，看上去绚丽至极，然而这种绚丽之下，蕴含着致命的危机。

全速对着空间缝隙疾掠而去的周元，在这一刹那感觉到了一股极端危险的波动，他眼角跳了跳，旋即速度再度暴涨。

他体内的源气此时毫无保留地爆发出来。

“唰！”

两息之后，周元出现在空间缝隙之外，就要一脚踏入其中。

虚空上，赵牧神神色依旧淡漠，他屈指轻轻一弹，低语声响起。

“九灵破魂梭。”

“咻！”

声落的那一瞬，赵牧神掌心的光梭微微一颤，直接消失而去。

“嗡嗡！”

唯有实力极强的人才能够感应到虚空泛起的细微波澜，一抹微不可察的流光带着致命的危机直接穿透空间，对着周元的后背暴射而去。

当那光梭射来时，已经半只脚踏入空间缝隙的周元，他的皮肤开始有些刺痛，因为他感应到极其危险的攻击正朝着他而来。

他知道，如果被击中，即使是他这具已被锻造得小有所成的肉身，恐怕也会被轻易洞穿。

不过周元知晓此刻自己不能停下，否则赵牧神就会彻底拦住他的退路，到那个时候，面对如此强势的赵牧神以及万祖域的精锐队伍，他会陷入绝对危险的境地。

所以他毫不犹豫，直接踏入空间缝隙内，空间波动涌现，将他的身影掩盖。

“咻！”

就在周元身影消失的那一瞬间，一抹光梭破空而来，追逐着那道空间波动，一闪而逝。

天地间的源气波动渐渐平息。

赵牧神立于虚空，眼神淡漠地望着那恢复平静的空间缝隙，自言自语道：“如果能从我的九灵破魂梭中活下来，那就算你命大。”

他这一手破魂梭，神府榜排名前十的高手中，除了武瑶、苏幼微、王羲三人外，其他人稍有不慎就会付出极大代价，因为一旦被击中，神魂都可被震碎，可谓凶狠到了极致。

他先前已锁定周元的气息，此梭一出，不将周元的神魂抹灭绝不会散去。

这些年来死在他这一招上的强敌不知有多少，如今或许又要多一个了。

“原本大尊是说将你擒回去……现在看来，恐怕只能带个尸体回去了……”

赵牧神摇摇头，有点无奈地笑笑，看也不看那空间缝隙，直接转身悠然地离去。

对于这种级别的对手，他实在提不起多大的兴趣。

不过好在已顺手解决了。

接下来，他该好好享受这场九域大会，希望武瑶、苏幼微她们不会让他太失望吧。

第九百三十七章 退避三舍

空间通道，周元的身形如光影般疾掠而过。

陨落之渊内极为奇特，即便闯出了小空间，也会进入一个四通八达的空间通道。

这个通道呈现扭曲的状态，四周遍布着色彩不一的空间光膜，光膜之后都是一个个小空间，看上去数不胜数，奇妙至极。

周元面色凝重，将速度催动到极致。

即便进入了空间通道，他依旧没有丝毫放松，因为他隐隐感觉到后方有一道极端锋锐的波动正在急速接近他。

应该是来自赵牧神的攻击，让他如芒刺在背，生命受到威胁。

“这家伙……果真有些手段。”周元眉头微皱。按理来说，他躲入空间之后，赵牧神的源气攻击应该会直接丢失才对，但现在看来，这道攻击已彻底锁定了他。

初次交手就可看出，这位混元天神府境王者的能耐的确不小。

“咻！”

就在周元心思转动时，后方的空间通道猛地一颤，一抹流光闪现而出，直指周元后背。

周元此时终于看清了那道流光。

那是一枚流线型光梭，看上去纤细轻盈，但其上蕴含的锋利气息让周元神色微变。

“嗡！”

那枚光梭出现在空间通道后，似是感应到了周元的气息，下一瞬速度陡然暴涨。

周元见到这一幕，面色一变，身影变得模糊起来，宛如一抹阴影，疾掠而出。

空间通道内，一追一逃，速度极快。

渐渐地，周元发现那光梭似乎没有变黯淡的迹象，它竟然能够在追击中不断吞吐天地间的源气，补充自身消耗，甚至随着时间推移还会越来越强。

也就是说，这东西不落到周元身上，是绝对不会停下来的。

更危险的是，他们之间的距离在不断拉近。

周元目光闪烁。经过这段追逐，他彻底感应到了光梭的力量有多强，而且凭着化境初期的神魂，他还敏锐地察觉到，那光梭内隐藏着一种能够对神魂产生破坏的波动。

不仅对肉身有伤害，甚至还能够伤及神魂，当真是霸道！

赵牧神出手看似平常，却透着狠辣。

“看来一直跑不能解决问题了……”

周元深吸一口气，他已感应到伊秋水他们所在的位置，就在前方一处空间光膜内，如果错过的话，接下来恐怕就得自己一个人行动了。

在这陨落之渊内，他再强也不可能一个人跟几百人的队伍对战吧。

所以，他必须在那里将这光梭抵挡下来！

心中有了决定，周元不再犹豫，身影暴射而出。十数息后，一道空间光膜出现在前方，他身影一闪，直接撞了进去。

他的身影消失时，后方的光梭瞬间洞穿空间光膜，消失不见。

一个小空间内。

数百道身影有些沮丧地聚在一起，正是先前逃走的天渊域众人。首战告败，对他们的士气有着不小的打击。

伊秋水立于一块岩石上，美眸不断看向后方那片虚空，眼中满是焦急与担忧。

在其身旁，商小灵等人出言安抚着，只是他们也没什么信心。周元虽说实力不弱，但他要面对的可是混元天神府境最强的人啊！

所以众人只能心情忐忑地等待着，如果周元真的输在赵牧神手中，他们这支队伍基本等于溃散了。

“嗡！”

就在他们等待时，后方的虚空忽然碎裂，一道身影暴射而来。

数百人见到那熟悉的身影，顿时爆发出激动的欢呼声。

不过冲进这片小空间的周元没有心情理会他们，他速度极快地朝着不远处的一座大峡谷疾掠而去。

“咻！”

几乎同一瞬间，那抹光梭裹挟着无法形容的凌厉波动破空而来，闪电般对着周元的背心暴刺去。

周元的身影率先一步闯入峡谷。

“轰！”

磅礴的源气此时毫无保留地自他体内爆发开来。

三千八百万源气星辰显露。

四道源纹同时催动。

再添一千三百多万源气底蕴！

四灵归源图！

再涨六百多万源气底蕴！

足足五千八百万的源气星辰浮现，磅礴的源气威压席卷开来，令山谷都开始崩裂。

感受着体内那股强悍无匹的源气波动，周元仰天长啸，手掌一握，天元笔闪现而出。

周元手握天元笔，望着自虚空中暴射而来的毁灭光梭，这一次他不再躲避，脚掌一跺，地面崩裂，直接冲天而起。

他手中的天元笔也在这一瞬爆发出璀璨光芒。

“破源！”

如枪尖般的雪白毫毛化为黝黑色。

“万鲸！”

天地间有古鲸长吟，只见数百头巨鲸虚影出现在天空，最后俯冲而下，直接冲进天元笔内。

周元手中的黑笔如龙，锋利的笔尖裹挟着磅礴恐怖的力量，在这一刻撕裂虚空，与那毁灭光梭重重地撞击在一起。

“轰！”

那一瞬间，天地间巨声响彻，宛如雷鸣。

肉眼可见的源气冲击波自虚空横扫开来，脚下的大峡谷此时轰然炸裂，地面被一层层掀起，当真挖地三尺。

原本急急赶来的伊秋水等人连忙狼狈退避。

轰击的源头处，周元的眼睛死死地盯着天元笔的尖端，只见那里有光梭散发着刺目的光芒，一波波恐怖的力量爆发，笔尖的毫毛不断崩碎，但很快又长出来……

两者陷入短暂的僵持。

周元额头的青筋跳动，手臂上不断有血痕崩裂开来，看上去极为惨烈，但他不敢有丝毫松懈，因为一旦光梭穿透了天元笔的封锁，就会立即对他造成致命伤害。

好在这种僵持只持续了十数息，细微的破碎声突然响起。光梭上浮现出裂纹，下一刻陡然爆裂。

那一瞬间，一道肉眼难以察觉、宛若透明的小小光影竟如鬼魅般对着周元的眉心窜去。

这般诡异的袭击并没有逃出周元的感知，他早有准备，袍袖一抖，一盏灯笼闪现而出，其中有火苗跳动。

“魂灯术！”

“熊熊！”

下一瞬，雄浑的魂炎喷射而出，将那小小光影覆盖。

光影似爆发出尖锐刺耳的声音，宛如某种虫子在魂炎中张牙舞爪，仍顽强地试图冲向周元的眉心，但在尚有寸许时，在魂炎的炙烧下，它最终化为虚无。

当光影彻底消散后，周元浑身萦绕的强大源气也尽数散去。

他那紧绷的身躯此时才慢慢松缓下来，已是大汗淋漓。

周元盯着眼前残留的光点，嘴巴抿了抿。他的皮肤下有点点银光浮现，这是银影将要被催动的迹象，如果先前抵挡不住，他只能召唤银影了。

好在……在倾尽全力的情况下，他终于将来自赵牧神的攻击彻底化解。

峡谷外，伊秋水等人见到立于天空的周元，知晓了结果，当即有着此起彼伏的欢呼声激动地响起。

他们的眼中满是尊崇之意，在他们看来，能够从赵牧神手中顺利逃脱，并且化解掉他的攻击，已足以说明周元的实力。

但周元对这些欢呼声无动于衷，他可不觉得接下了赵牧神的一招就是一件值得骄傲的事情。

他低头望着握着天元笔的手臂，上面满是被碰撞的力量所撕裂的血痕。

仅仅是赵牧神的随手一击，就将他逼得倾尽全力，甚至险些将银影这种底牌都施展出来，赵牧神的力量之强超出他的预料。

如果是真正交战的话，周元接下来必然会处于致命的劣势中。

周元面无表情，手臂上的血痕正在渐渐愈合。

此次交锋让他明白了赵牧神的强大，但他并不因此感到沮丧，反而被激起好胜心，战意升腾。

他深深地吐了一口气，目光望着虚空，似乎透过重重空间看见了赵牧神的身影。

“赵牧神，此次算你先下一城……”

他双目微闭，旋即猛地睁开，眼中满是坚定。

他已决定，接下来这段时间要想尽办法贯穿第九重神府！

“赵牧神，等我贯穿第九重神府后，这一笔账，我们再来好好算算……”

第九百三十八章
法域争斗

一片狼藉的大峡谷中。

周元待手臂上撕裂的血痕渐渐痊愈后，方才身形一动，落向峡谷一侧正在欢呼中的天渊域众人。

“周元，你没事吧？”伊秋水率先迎上前，漂亮的鹅蛋脸上满是担忧。

虽说他们隔着比较远的距离，但依旧能够察觉赵牧神那一道攻击的可怕，最关键的是，那道攻击竟然可以穿透空间跟随周元而来。

周元摇摇头，道：“赵牧神的确很强，如果留在那里和他对战，现在的我十有八九已经栽了。”

一旁的商小灵等人也拥了上来，纷纷道：“总阁主，你已经很厉害了，那可是赵牧神呢，你竟然从他眼皮底下顺利撤退，说出去绝对能引起震撼。”

周元笑笑。他清楚赵牧神在混元天神府境一辈中拥有何等声望，不怪商小灵他们在提及赵牧神时眼中充满畏惧。

他没有在这个话题上多说什么，只是望着众人道：“遇见万祖域与赵牧神是我们倒霉，既然已安全退走，就没必要争一时胜负。

“接下来继续探索这个小空间，若是发现有其他队伍，先暗中搞清楚他们的底细，再来向我汇报。”

周元将一系列任务吩咐下去，天渊域众人老老实实听着，最后领命四散而去。

周元寻了块岩石盘坐下来。

眼下最重要的问题其实是检查印记，否则赵牧神再度率众追来，那才是真的麻烦，他们不可能这么一直撤退下去。

周元抬起手背，只见上面有一枚淡淡的印记浮现出来。

周元神魂运转，侵入印记之中，仔细地感应着其中是否残留着异样的波动。这枚印记乃是由九域的法域境强者共同炼制，有他们九人的气息，维持着平衡，也算互相之间的监控。

所以周元可以凭借那个平衡点，来查探印记是否正常。

半晌后，周元放下手背，神色微松，因为他发现印记内的气息处于极度平衡中，说明赵仙隼做的手脚应该就是先前那一次。

这其实说得通，不管赵仙隼多厉害，他总不可能在其他法域境强者的眼皮底下动作太多。

接下来他暂时不必担心赵牧神会追杀而来，让他有时间来提升自身了。

放下最担心的事情，周元闭上了双眼。先前的危机他虽然化解了，但自身的消耗也不小，他需要先恢复源气。

此时，周元并不知晓陨落之渊外因为他的事掀起了不小的波澜

半日前，陨落之渊外。

一众法域境强者盘坐虚空，浩荡源气云集。

他们的目光皆盯着面前的一方巨大罗盘，其中成千上万的光点在闪烁，代表着进入陨落之渊的九域人马。

郗菁瞧着罗盘，凭着印记中的气息，分辨出那些光点分别是哪方人马。

她也一直在盯着周元的光点。

直到他率众进入一个小空间，不过紧接着她便发现了同时进入的另一批人。

下一瞬间，她眼瞳微缩，立即认出了这些人！

万祖域，赵牧神！

郗菁沉默了一下，下一刻，在场所有法域境强者猛地侧目，因为一股恐怖的波动自郗菁体内爆发出来。

“嗡！”

郗菁纤细的手指一抬，无边无际的天地源气汇聚在她的上方，直接化为一枚万丈的青色光刃。光刃宛如晶石所铸，是源气凝练压缩到极致的表现。

光刃一出现，这方天地开始呈现出碎裂的迹象。

“咻！”

下一瞬，青色光刃洞穿虚空，裹挟着毁灭的力量，直接对着赵仙隼狠狠斩下。

赵仙隼眉头微挑，袍袖一挥，无边源气汇聚，一双万丈羽翼凭空而现，遮天蔽日。羽翼上的羽毛晶莹透彻，闪烁着璀璨光芒。

“当！”

青色光刃与晶莹羽翼相撞，虚空层层震裂。

其他法域境强者见到两人不分青红皂白就动手，大吃一惊，纷纷出手抵御两人战斗的余波，否则下方这片大地会瞬间被摧毁。

“郗菁元老，你是疯了吗？”赵仙隼淡淡地道。

郗菁冷笑一声，道：“赵仙隼，没想到你堂堂一个法域境强者竟然会如此卑劣，使出这种手段，就不怕让你们万祖域丢尽颜面吗？”

她指向罗盘，其他法域境强者看去，顿时也发现了周元与赵牧神的碰面，当即眉头微微一皱。

他们能够踏入法域境，当然不可能是蠢人，所以知道周元第一回合就与赵牧神碰上的概率的确太小了。

赵仙隼闻言，笑道：“郗菁元老，话可不能乱说，你有什么证据吗？”

他手脚做得极为干净，并不担心被发觉，只要咬死不承认，对方也奈何不得他。

然而郗菁并不打算跟他耍嘴皮子，她眸光冰冷，纤细的身躯缓缓升起，青色光芒自她体内散发出来。

下一瞬间，一座巨大的青色法域出现在她身后。

法域之内有无边青风呼啸，带着毁灭之力，所过之处，万物化为虚无。

风神法域！

赵仙隼见到郗菁竟然直接开启了法域，眼神一凛。法域唯有法域方可对抗，他可不敢轻易让自身落入对方的法域中。

于是他冷哼一声，袍袖一挥，同样有一座法域以他为源头陡然涌现、蔓延。

法域之内，隐约可见一直看不见尽头的飞禽虚影盘踞着，散发出无边之威。

仙隼法域！

传闻赵仙隼的仙隼法域，曾经一张口就吞噬了一座绵延十万里的雄伟山脉，威能可怖。

两位法域境强者展开法域对峙，整个天地间都弥漫着肃杀气息。

其他法域境强者见状，纷纷出声喝止。此地接近陨落之渊，如果在这里展开法域对战，说不定会引起陨落之渊异动，到时候出点状况，九域弟子恐怕都会死伤惨重。

紫霄域的法域境强者、名为陆玄罡的灰袍老人沉声道："若是在这里交战，引发了什么后果，恐怕两位都承担不起。"

"若是要打，等九域大会结束，你二人寻个机会好好打一场便是。"武神域的金钟声如惊雷，响彻天地。

其他法域境强者纷纷点头，表示如果两人要交手，他们会出手驱逐。

陆玄罡看了看赵仙隼，道："赵仙隼，九域大会须秉持公平，你是此次大会的执掌者，使一些小手段，有失身份。"

赵仙隼眼睛眯了眯，笑道："我真不知道陆老哥在说什么呢。"

武神域的金钟笑呵呵道："你怎的还是如此无耻？"

赵仙隼说出这种装傻的话，对寻常人恐怕有用，对他们这些法域境强者而言却是毫无作用。

赵仙隼依旧一副笑眯眯的模样，根本不在意金钟的讽刺，脸皮显然极厚，而且不择手段。

倒是妖傀域的法域境强者，一位皮肤白皙、无眉，手中转动着数颗光珠的男子微笑道："各位说这些没什么用，就算真是赵仙隼做的手脚，先前没有察觉，其实也是我们无能。"

此人名为甄鱼，在混元天中也是赫赫有名的人物，不过他言语间显然是向着赵仙隼的。

一时间，虚空上诸位法域境强者纷纷争论，显得嘈杂不已。

眼下这样子，郗菁和赵仙隼也无法继续打下去了。

"咦？那周元带人跑了？"就在此时，一位始终关注着罗盘的法域境强者忽然出声道。

虚空上的吵闹声一顿，所有目光立即投射而去，果然见到代表周元的那道光点竟撤离了那个小空间。

"赵牧神发动了追击！"陆玄罡目光一闪，突然道。

其他法域境强者点头，他们同样察觉到周元后面有一道凌厉无匹的攻势正在追击，显然是赵牧神的手笔。

郗菁紧张地望着这一幕。

谁都想知道周元能否化解赵牧神这一记追击而来的杀招。

在这些法域境强者的注视下，周元遁逃到另外一个小空间，然后与紧追而来的攻击发生了对碰。

周元所代表的光点剧烈地颤了颤，然而十数息后，虽然稍稍黯淡了一些，但仍保持着明亮。

他，化解了赵牧神的杀招！

在场的诸多法域境强者此时都微微挑了挑眉——这个结果有点出乎意料。

这个周元还真是有点能耐啊，只贯穿了八重神府，竟然能够跟赵牧神这种神府境王者过招。

郗菁周身涌动的恐怖波动渐渐平息，微竖的柳眉也变得平缓，身后法域随之而散。

她眼眸淡淡地看向赵仙隼，此时对方虽然还保持着笑眯眯的模样，但郗菁能够看见他眼中一刹那闪过的恼怒之意。

“赵仙隼，记住你使过的这些卑劣手段，往后有机会我天渊域会找回来的。”

郗菁冷声道，然后身影落下，再度来到罗盘处。

其他法域境强者看了赵仙隼一眼，暗暗摇头。这一次，赵仙隼可以说是有点丢脸，辛苦做了一番手脚，最终却没起到半点作用。

当真是偷鸡不成蚀把米，平白丢了颜面。

赵仙隼也收了法域，默默回到原处，只是袍袖中的手忍不住握紧了。

“赵牧神，你究竟在做什么？竟然能让那种废物逃掉？！”低沉的怒声在他心中回荡。

不过他最终还是收敛了怒气。这次虽然失手了，但没关系，他相信之后还有机会，那个周元这回如丧家之犬一样逃了，下一次必然不会再有这般好运了。

这小畜生终归得死！

第九百三十九章 陨落妖影

一片狼藉的峡谷中。

周元盘坐于岩石上，天地间的源气源源不断涌来，经祖龙经炼化，化为天蛟气涌入神府，渐渐恢复了之前的消耗。

源气恢复后，周元没有立即停止，而是微微沉吟，将心神沉入神府内。

如今周元的神府已经贯穿了八重，极为辽阔，其中三千多万的源气星辰闪烁，璀璨无比。

周元的目光投向通往第九重的壁障，那仿佛是一层斑驳的壳，遮掩住了神秘。

周元心念一动，三千八百万源气星辰顿时爆发出光芒，倾洒而下，落在斑驳的壁障上，一点一点打磨。

如此这般持续了约一个时辰，周元的眉头忍不住皱起。此番行事效率极差，由此可见想要贯通第九重神府究竟有多难。

当真有一种要将铁棒磨成针的感觉。而且，不知道是不是错觉，周元总感觉第九重神府内仿佛有什么东西，使得贯通的难度更大了……

“早知道就将那神府无量果留到现在来试试了……”

周元心中掠过这般想法，随即又摇摇头，估计就算是神府无量果，恐怕也没办法帮他立即打通第九重神府。

因为他的第九重神府，有点说不上来的怪异。

周元略感苦恼，看来自身的神府品阶太高，也会有一些让人头疼的麻烦。

带着苦恼，周元只能将心神退出神府，然后睁开双眼。

不远处一直盯着这边的伊秋水见状，立即轻盈地掠来。

“还好吗？”她关心地问道。

周元笑着点点头，道："这个小空间如何？有什么情况吗？"

伊秋水道："经过半日的探测，这个小空间内恐怕只有我们这一支队伍……"

周元闻言，对此并不感到意外，不是每次转换小空间都能够遇见其他队伍。陨落之渊内衍变出来的小空间数不胜数，不是几万人就能够填满的。

"先前看你在恢复源气，所以我就让他们继续找寻灵机去了。"伊秋水笑道。

周元点点头。陨落之渊内虽然危机重重，但同样蕴含着诸多机缘，如果想要尽快贯穿第九重神府，他也需要赶快去找寻机缘才行。

他站起身来，正欲说话，神色忽地一动，抬头望向远处，只见数道光影自那里疾掠而来。

他们迅速来到峡谷中，落下来，正是商小灵几人。

"总阁主，我们发现了一处灵机旺盛之地，不过在那里还发现了一些古怪的东西，应该是'陨落妖影'。"商小灵说道。

"陨落妖影？"周元微怔。他知晓陨落妖影，因为陨落之渊的天地规则变化，那些陨落在此的强者会化为一种没有意识的影子，被称为陨落妖影，拥有生前的部分实力，而且还具备某些特殊的能力。

说起来，陨落妖影算是陨落之渊内最危险的存在之一。

只不过这种影子的实力也分强弱，据说越往后的小空间，里面的陨落妖影就越强大，传闻甚至还存在着法域妖影。

"去看看吧。"

周元略做沉吟，然后直接说道。

商小灵点头，然后一行人迅速在前引路，周元与伊秋水随后跟上。

一行人全速赶路，约莫半个时辰后，终于抵达了目的地。

周元立于山丘上，望着前方。那里有一座巨大的湖泊，湖面浓雾弥漫，连感知都无法蔓延进去，不过湖底倒是能够隐约看见流光闪烁，正是诞生的灵机。

此时，数百名天渊域人马齐聚湖泊周围，他们眼神渴望地望着湖底，但没人敢直接踏入其中。

"总阁主，之前有将近二十位队员闯入其中，却没人出来，经我们探测，湖泊上面的浓雾可能是一座源纹结界。

"随后我们组织精通源纹的队员试图破解，可进展比较缓慢，我们担心时间太长，之前陷入其中的队员会有性命之虞。”商小灵道。

周元目光专注，那些浓雾翻滚腾挪间看似没有规则，他却敏锐地察觉到一些异样的波动。

“的确是一座源纹结界。”

周元说道。而且他还发现在那浓雾深处有一股隐晦而强大的波动，如果所料不错，应该就是一道陨落妖影。

“能破解吗？”伊秋水问道。她知道周元的源纹造诣在整个天渊域的神府境内都是首屈一指。

“试试吧。”周元沉吟了一下。如今有人身陷其中，不能再拖下去了，不然会造成死伤。

声音落下，周元不再犹豫，身影一动，如大鹏般呼啸而出，直接投入那浓浓的迷雾之中。

甫一进入，周元顿时感到身体一沉，有一种陷入泥潭的感觉。

四周的雾气似乎在不断涌来，仿佛一层层黏雾，周元体内的源气运转竟然也变得迟钝起来。

周元眉头微挑。这座结界的确有些麻烦，难怪能够让那么多人都陷入其中。

不过周元并没有惊慌，他眉心神魂光芒闪烁，开始探寻这座结界。

想要破坏这座结界，就必须找出它的节点。

这个时候，周元有些怀念他曾经拥有的破障圣纹，有它在，一眼就能够看出这个结界的节点。

没有破障圣纹，就只能凭着神魂感应以及自身的源纹造诣了。

周元漫步向前，任那重重黏稠浓雾加身。

在他的眼中，浓雾的深处有一道道奇妙的源痕，正是这无数的源痕组成了这座浓雾结界。

只要探寻出其中的规律，自然能够找到节点。

周元仔细探测着，片刻后目光微闪，有了一些眉目。

不过，随着时间推移，他似乎没有察觉到身上缠绕的黏稠浓雾开始变得越来越浓郁……

“唰！”

他身后某处的迷雾微微波动了一下，一道肉眼难以察觉的虚影悄无声息地掠出，暗含一股极为可怕的力量，直接对着周元的后背狠狠拍下。

就在掌风即将落到周元后背的瞬间，他的唇角微掀，自语道："总算出来了吗？"

他眉心间神魂光芒闪烁，魂炎爆发开来，直接将身躯笼罩。

"嗤嗤！"

魂炎燃烧，他身上原本缠绕的那些黏稠迷雾顿时被焚烧得干干净净，体内的源气运转瞬间恢复。

天元笔此时出现在他的手中，直接裹挟着磅礴源气，闪电般对着后方暴刺而去。

"砰！"

两者硬撼，顿时有狂暴的波动横扫而开。

周元身躯一震，竟是退后了一步。那道虚影也被震退，察觉到周元并没有被迷雾束缚源气，当即身影一转，隐匿而去。

周元见状却是一笑，屈指连弹，数十朵魂炎疾射而出。

不过魂炎并非追着那道虚影而去，而是四射散开，直接撞进了迷雾之中。

周元微笑道："既然现了身，那就先烧了你的老窝。"

虚影出现时，周元就知道那是陨落妖影，而且它发动攻击时引动了整座结界，在那一瞬间，周元已将这座结界的节点窥探得清清楚楚。

"砰！"

周元的声音刚落，迷雾结界便剧烈动荡起来，随着一道闷声响起，只见炽热的火焰波动横扫，浓浓的迷雾开始迅速变得稀薄。

结界被破了！

"唰！"

迷雾迅速消散，忽然有一道仿佛蕴含着愤怒的嘶吼声响起，一个虚幻的影子暴射而出，疯狂地对着周元发动攻击。

周元此时终于看清楚了这陨落妖影，它依旧有着人类的模样，但身躯略显虚幻，面庞也很模糊，只是从其体内散发出来的强横源气让人忌惮。

"当！当！"

周元挥动着天元笔，将其攻势尽数挡下。

随着雾气散去，周元的眼神忽然一凝，只见湖水中有二十道水漩，漩涡中皆困着一道人影，而且还有湖水形成的管道自湖泊中探出，连接在这陨落妖影的身上。

湖水管道内，有血红的气息不断被抽离出来。

陨落妖影在抽他们的血气。

周元眉头微皱，旋即他袍袖一挥，卷走雾气，喝道："集火！"

此时湖泊周围，数百位天渊域的队员也发现了陨落妖影，再听得周元的喝声，当即源气爆发而起。

"轰！"

下一瞬，数百道源气洪流咆哮而至，狠狠地轰在陨落妖影的身躯上。

"砰砰！"

源气爆炸，陨落妖影爆发出惨叫声，身上的涟漪剧烈波动，被轰得连连后退，身躯开始变得更加虚幻。

察觉到情况不妙，那陨落妖影忽然化为一道流光，就要朝湖泊深处逃遁而去。

"唰！"

它身影刚动，一抹阴影便犹如瞬移般闪掠而至。

周元五指紧握，雪白的毫毛缠绕在手掌上。

破源！

毫毛化为漆黑色。

周元身后，三千八百万源气星辰闪烁。

"轰！"

周元一拳轰在涟漪动荡的陨落妖影身躯上，那妖影顿时发出尖锐的声音，然后整个身躯一瞬间爆炸开来。

周元眼疾手快，清晰地见到它的核心处有一点璀璨之光，当即迅速抓过。

这是一枚约莫拳头大小的珠子，通体晶莹剔透，似乎蕴含着一种特殊的力量波动。但周元还来不及分辨，那落入手中的珠子便迅速融化，然后顺着手掌融入了他的身体中。

周元轻声惊呼，然而还不待内视，他的心头忽然猛地一震，眼中有神光爆发。

他发现就在这一瞬间，神府内第九重壁障竟然悄无声息地消融了一层……

第九百四十章

清淑云霄

当周元察觉到神府第九重壁障消融了一层时，直接愣在当场，眼中涌现出一抹狂喜之色。

他没想到陨落妖影的核心源珠竟然还有这等奇效！

“当真是瞌睡来了送枕头。”周元忍不住笑了起来。先前他还在头疼那古怪的第九重神府应该如何去打磨，结果转眼就出现了核心源珠。

此物虽然没有神府无量果的效果大，但它显然没有次数限制，也就是说，只要数量足够多，便完全可以借助它的力量，将那第九重神府壁障贯穿！

随着陨落妖影被斩杀，困在湖水中的二十位天渊域队员也恢复了自由，当即踉踉跄跄地爬上来，个个面色苍白。

有人赶紧将他们扶了上去。

周元低头看向湖泊中。随着迷雾散去，湖水变得清澈，他能清楚地见到湖里有不少璀璨的灵机在游荡，宛如一尾尾游鱼。

周元抬头，对着伊秋水等人道：“准备采集灵机。”

四周顿时爆发出欢呼声，下一刻，“扑通扑通”的落水声接连响起。

周元掠上山丘，叫来商小灵，道：“接下来将探测的人数增加一倍，如果发现陨落妖影的踪迹，直接汇报给我。”

既然知道了陨落妖影有这般好处，周元自然不能放过。

对他来说，此时陨落妖影的吸引力可比普通灵机更大。

商小灵闻言点点头，立即着手去办了。

众人齐力，这座湖泊内的灵机一炷香后便被采集得干干净净。

所有人都一脸喜色，之前因被赵牧神追赶而变得低落的士气一下高涨起来。

周元继续将他们打发去探寻这个小空间，他本人则在原地等待各方消息。

接下来的两天，周元这支队伍将这个小空间可谓探测得彻底，他们一共找到四处灵机旺盛的地方，获得了两百多缕灵机。

除灵机外，周元最关心的陨落妖影也找到两个，不出意料收获了两枚核心源珠，将他那第九重神府壁障再次消融了一些。

这个速度远比周元凭借自身源气消磨来得更快！这倒是一个让周元心情不错的好消息。

在将这个小空间搜刮得干干净净后，第三天，周元终于率领着心满意足的队伍来到一处空间缝隙，然后鱼贯而进……

这个空间内狂风呼啸，看上去环境十分恶劣。

周元立于一座光秃秃的山头上，双目微眯地望着这方新进入的小空间，仔细感应了一下天地间的源气浓度，片刻后眉尖一挑，道："这个小空间的源气浓郁程度比之前的两座都要高。"

身旁，伊秋水螓首微点，脸色微肃道："那就是说危险程度会更高，而且……遇见其他八域队伍的概率也会更大。"

源气越是浓郁的小空间，诞生的灵机就越多，同时也更容易撞见其他队伍，竞争无疑会更加激烈。

周元沉吟一下，看向商小灵等人，道："先派出斥候，小心探测，如果遇见其他队伍，搞清楚他们的身份以及实力。"

商小灵立即应下，然后雷厉风行地点了百人左右，如飞鸟般直接朝着四面八方疾掠而去。

周元则吩咐其他人戒备，他感觉这个小空间内必然会有其他队伍，如果对方有敌意，他们之间恐怕会迎来真正的大战。

除非又倒霉地遇见赵牧神所率领的队伍……那样的话，就继续跑吧。

想到此处，周元有点无奈。这种一直被压制的感觉已好多年未曾有过了，但这也是一种动力，激励着他尽快贯穿第九重神府。

约莫一个时辰后。

周元见到远处有十数道光影疾掠而来，领头者正是商小灵。

远远看去，似乎能够见到商小灵脸上的凝重。

周元当即一挥手，后方数百人顿时身躯紧绷，警戒起来。

商小灵带人落下，迅速来到周元身旁，汇报道："这个小空间的确有其他队伍，一支是由万祖域的柳清淑带队，另外一支是武神域的赵云霄带队。"

"柳清淑、赵云霄……"

周元重复着，特别是念到后面那个名字时，他的脸上划过一抹古怪之色。

对这个名字他也算记忆深刻，当初在大武都城与武瑶碰面时，这赵云霄暗中出手偷袭他，说起来的确有些恩怨。

至于柳清淑，他知晓对方名气不小，神府榜上的排名同样不低。

"我们跟这万祖域还真是有缘呢。"周元笑了笑。他们才进入三个小空间，两个竟都遇见了万祖域的队伍。

商小灵道："我们的斥候也遇见了对方的人，他们发现了我们。"

她迟疑了一下，又道："柳清淑、赵云霄已派人传消息过来，要总阁主你去与他们面谈，商量这个小空间内的灵机分配。"

周元闻言，道："既然人家有请，那就去吧，看看他们说什么。"

伊秋水担忧道："会不会有诈？"

"你们到时候戒备四周，我去会会他们。"周元笑道，"柳清淑与赵云霄的实力虽然不弱，但要留下我，恐怕想得太简单了。"

在陨落之渊内，若不考虑队伍的整体实力，能让周元忌惮的也就排行榜上前几位那些人，作为假想敌的话，这柳清淑、赵云霄根本不在他的考虑范围内。

有了决定，他便不再磨叽，手掌一挥，身影率先冲天而起。

在其后方，数百人的队伍紧随而上。

半个时辰后，周元望向前方，只见狂风中山丘连绵，其中最高处有两道身影若隐若现，下方可见两支数百人规模的队伍候立着。

周元对着后方的伊秋水等人打了一个手势，旋即他身影陡然加速，十数息后自那山丘上徐徐落下。

当他出现时，山丘上的两人立即将目光投射而来。

周元也看了过去。万祖域的柳清淑倒是一个娇媚的美人，容颜看上去清纯，眉目间却有着丝丝媚意，只是她看向周元的眼神有一点不加掩饰的傲然。

周元转向赵云霄，只见他一脸笑眯眯的模样，眼神略有戏谑。

“啧啧，周元，没想到几年不见，你竟然混成了天渊域的总阁主，真让人意外呢。”赵云霄含笑道。

“不过你倒是真会挑地方。”他的话语中似是带着赞赏，实则讽刺意味十足，言下之意无非是说周元如果在其他八域，恐怕就没如今的地位了。

周元看了他一眼，淡淡地道：“一只喜欢偷袭的老鼠……当初我还只是刚刚突破到神府境，你的偷袭都奈何不得我，如今来看，你似乎并没有多少长进。”

赵云霄眼眸一寒，道：“好狂的口气！”

一旁的柳清淑见到两人火气这么大，当即摆了摆手，道：“两位的恩怨以后再解决吧，我们来这里的目的是分配这个小空间的灵机。”

周元将目光转向柳清淑，他如何感觉不出她隐藏的傲然，却没多理会，道：“如何分配？”

柳清淑微微一笑，道：“我们先来一步，已经探测过这个小空间，一共发现了九处灵机诞生之地。经过商议，我们万祖域分四座，武神域得其三，剩余两座就由你们天渊域去采集吧。”

她语气淡然，说出的话看似商量，却已经决定了分配结果。

赵云霄点点头，眼神似笑非笑地盯着周元。

柳清淑望着周元，露出微甜的笑容，道：“周元总阁主，这样分配，你们天渊域可能会稍微吃亏点，但凡事都有个先来后到，不然打打杀杀伤了和气，总是不好的，对吗？”

她笑容虽甜，可言语间分明是在提醒与威胁。

周元笑着点点头，道：“理解。”

柳清淑眼眸中掠过一丝轻蔑。

然而旋即，周元脸上的笑容收敛起来，淡淡地道：“可惜不好意思，我是个粗人，就喜欢打打杀杀，所以这九个灵机诞生之处，我全部要了。

“你们……一根毛都没有。”

第九百四十一章 三方谈崩

“你们……一根毛都没有。”

当周元这句话淡淡地说出来时，柳清淑与赵云霄的脸色明显一变。

特别是柳清淑，眉毛微竖，脸上寒霜笼罩。她乃万祖域天骄，虽说在神府榜上的排名只是十多位，但同样是万祖域的一颗明珠，平日里追捧者不知道有多少。

就算是赵牧神，与她说话时都是和气温柔的。

所以从一开始，她对周元都抱着一种居高临下的心态，在她看来，以自己的身份，能够如此平和地跟周元说话商谈，已经给足了面子。

她怎么都没想到，周元竟然如此不给她面子！甚至还敢在她面前说出如此粗鲁之言！

简直是不识抬举！

柳清淑美目冷冽地盯着周元，道：“周元总阁主真是好大的口气，敢对我万祖域说出这般粗鲁之言，这些年来你还真是头一个。”

柳清淑显然不是省油的灯，周元的话明明只是冲着她去的，她却直接偷换概念变成了万祖域。

如此一来，只要此话传开，整个万祖域的人都会对周元充满敌意。

她冷笑道：“之后若是遇见了赵师兄，我会将你这些话如实告诉他的。”

这是以赵牧神的威名来施压了。

周元闻言却是笑了笑，道：“赵牧神嘛……放心吧，我跟他的梁子已经结下，进第一个小空间时我就碰见了他，的确很厉害。”

此言一出，柳清淑与赵云霄都是一惊，周元竟然在第一个小空间就撞见了赵牧神？！

那为何他还能够出现在这里？

难道他从赵牧神的手中顺利逃脱了？但看他带来的那些人，似乎没有损失什么啊。

柳清淑撇撇嘴，道：“满嘴胡言，你这总阁主的位置不会就是这样得来的吧？若真撞见了大师兄，凭你的实力，怎么可能逃得出他的手心？”

在她的心中，赵牧神是当代无敌的人物，周元呢？一年前整个混元天可没人听过他的名字呢。

虽然外人都说他是超级黑马，但在柳清淑看来，这些年的超级黑马还少了吗？他们在赵牧神这等妖孽面前，最终只能前仆后继地成为其踏脚石，为他本就无敌的威望再增添一分谈资。

所以周元说他撞见了赵牧神，并且安然逃脱，这些话柳清淑一个字都不信。

一旁的赵云霄也笑了笑，玩味地道：“你的手段倒是不少，用这种办法给自己长脸，真是幼稚啊。”

柳清淑摇摇头，语气微寒：“周元，我没兴趣跟你玩这些，既然你对我们的商议结果不认同，那就带着你的人离开这个小空间吧。”

周元瞧着这两人，目光犹如看待傻子：“离开？你以为你是赵牧神吗？”

听出他言语间的嘲弄，柳清淑脸上的寒霜更浓了，道：“听你的意思，是想要强来了？”

赵云霄则笑眯眯地道：“虽说周元总阁主率领的是天渊域的精锐人马，但如果乱来的话，我们就只好联合，教教总阁主什么叫作规矩了。”

说话时，赵云霄的身影已出现在周元后方，挡住了他的退路。

与此同时，他与柳清淑对视一眼，皆是轻轻一挥手。

“轰！”

手势落下，只见后方的两支队伍顿时爆发出磅礴源气，下一瞬，上千道身影暴射而出，落在这座山丘前，刚好将天渊域的人马阻拦在外。

同一时间，伊秋水察觉到变故，当即眼神一凛，立即传讯，天渊域众人也爆发出滔天源气，与那两支队伍对峙。

“看来是谈崩了。”商小灵脸色凝重地道。

伊秋水点点头，道：“一切按照计划行事。”

此前在赶来的路上时，周元已料想到这般情况，所以他们商量过对策。

“一旦开战，真要将源气彻底爆发吗？”商小灵有点犹豫。在陨落之渊里，源气的恢复颇为困难，他们平常都是省着用，而按照周元的计划，却是要他们肆无忌惮地施展源气。

如此一来，固然战斗力会更强，可被消耗的源气怎么办？如果留在这里恢复，无疑会浪费不少时间。

伊秋水沉吟了一下，道：“还是按照他所说的做吧。过了眼下，才有以后。”

商小灵闻言，不再多说，迅速传令下去。

于是，三拨人马在山脉间对峙，源气席卷天地。

山丘上，周元察觉到后方的情况，偏头看了一眼赵云霄，又看了看柳清淑，笑道：“这是打算二打一吗？”

柳清淑微笑道：“周元总阁主好歹是天渊域神府境的一号人物，我们给予这般待遇，不是理所应当吗？”

这女人狡猾得很，虽然对周元的身份有些轻视，可真要动手了，她却毫不犹豫地选择以多欺少。

对周元言语间的嘲笑，她完全当作听不出来。

果然越漂亮的女人就越危险。

周元神色淡淡，道：“这就是你们最后的选择吗？”

赵云霄冷笑一声，道：“周元，这个时候你还在装什么！真以为你那第九的排名在我们眼中有多少含金量吗？当初没一掌拍死你，今日倒可以让你再试试！”

对于周元如今的地位，赵云霄内心早已十分妒忌。不管天渊域多么没落，总归是九域之一，周元能够成为天渊域的扛鼎者，那般身份足以跟武瑶比肩。

而他努力多年，都还没达到。

偏偏这个曾经被他看不起的苍玄天的一个土包子做到了！

“轰！”

他声落的瞬间，磅礴强悍的源气猛然自其体内冲天而起，映照虚空，三千三百万的源气星辰闪耀着。

这般源气底蕴比之前卢海等人还要强，由此可见，平日里武神域这些天骄究竟隐藏了多少实力，其目的都是为了在九域大会上一鸣惊人。

感受着体内那股磅礴源气，赵云霄内心有着强烈的自信涌动，眼神睥睨，喝声震天。

“周元，既然你不识抬举，那我今日就让你明白，你根本没资格跟我们谈条件！

“给脸不要，就别怪我踩到烂泥里去了！”

第九百四十二章 各出绝招

"轰！"

三千三百万的源气星辰映照虚空，赵云霄气势凌厉。

而这还没结束，他眼神凌厉地盯着周元，冷笑道："周元，我知晓天渊域有四灵归源纹，但你以为其他八域就没有类似秘法吗？

"我现在就让你知晓，以往你打败的那些顶尖势力的天骄，跟我们八域的天骄比起来究竟有多大的差距！"

当喝声落下的那一瞬，赵云霄双手变幻印法，化为道道残影。

"武神咒！"

厉喝响彻，只见赵云霄体内有一股异样波动涌现，然后周元便见到他的皮肤表面竟有一道道咒印缓缓凝现。

足足四道咒印！

而每伴随着一道咒印出现，赵云霄身后的源气星辰数量就暴涨三百万！

四道同现，便暴涨到了四千五百万之数！

望着这一幕，周元那始终没有波澜的脸庞终于微微动了动。他凝视着赵云霄身躯表面出现的光芒咒印……武神咒吗？类似四道源纹一般的秘法，能够暂时增涨自身的源气底蕴？

看来对方的武神咒丝毫不逊色于四灵归源纹。

这是周元来到混元天后，第一次见到同样强大的秘法。九域，果然名不虚传。

见到周元的眼神，赵云霄嗤笑一声，道："武神咒有五道咒印，如今我只能凝练四道，如果遇见武瑶师妹，她会让你见识一下完整的武神咒有多强。"

周元眼神淡漠，心中微微盘算。武神咒每一道咒印能增添三百万源气星辰，五道便是一千五百万，从某种意义上来说比四灵归源纹还要更强。

当然，如果能够启动四灵归源纹的第二形态——四灵归源图，当然还是后者更强一些。

只是……到了那个时候，也不会有什么太大的优势了。

这也说明，随着周元开始碰上九域顶尖天骄，四灵归源纹已经难以给他带来以往面对对手时的碾压优势了。

因为他有的，其他八域的顶尖天骄也有。

“其他八域的顶尖天骄的确不可小觑啊。”周元在内心感叹了一声。

当然，说的不是眼前的赵云霄，而是武瑶他们……

就在周元心思转动的时候，前方突然有惊人的源气爆发，他看过去，只见那柳清淑娇躯飘起，磅礴强悍的源气自她的体内爆发出来。

她自身的源气底蕴比赵云霄还要强上一分，达到了三千五百万之数！

“既然武神域展示了他们的秘法，那也请周元阁主评价一下我万祖域的吧。”

她双手合拢，天地间似有龙吟响彻，只见四道光环出现在她的娇躯外，光环上似缠绕着龙影，散发着惊人威压。

而她的源气强度此时暴涨了一千两百万，数量达到了四千七百万！

“此为我万祖域的秘法，六龙环……只不过我天赋不够，只能凝练出四环。”柳清淑轻笑一声，道。

周元眼皮一抬。柳清淑的实力也比往日更强一些，这真是一件让人郁闷的事情，其他八域的天骄都在隐藏实力，偏偏天渊域这边……是真的弱……

这次九域大会如果不是有他，天渊域简直就是来被吊打的。

“师父啊，您老人家如果继续失踪，天渊域真的会情况不妙。”周元暗叹一声。天渊域的盘子太大，很容易遭人觊觎，而且这些年天渊域的情况越来越不好，必然是有一只极为强大的手在暗中推动……从之前万祖域针对他的种种事情来看，那只大手说不定就是万祖大尊。

想着这些，周元似有一些分神。

柳清淑眸光一闪，忽然屈指一弹。

“轰！”

周元脚下的地面忽然崩裂，无数源气匹练破地而出，竟如蟒蛇一般将周元的身体缠绕。

“周元总阁主，分心可不是好习惯哦。”柳清淑笑道。

“轰！”

与此同时，赵云霄长啸出声，磅礴的源气在其身后如层层乌云般涌动，带来可怕之威，而他的身影如电般瞬间逼近周元身后。

赵云霄一拳轰出，虚空震荡，脚下的大地都被撕裂开一道巨大的裂痕。

“周元，当年没一拳打死你，这一次我来给你补上！”

赵云霄笑声如雷，趁着周元被捆缚的瞬间，一拳狠狠地轰在他的后背。

柳清淑见到这一幕，眼中轻蔑更甚。什么天渊域总阁主，随随便便就中了招，当真是愚蠢，也不知道那苏幼微是不是眼瞎了，竟会跟这般人物有牵扯，平白辱没了身份。

“砰！”

磅礴的源气在周元的后背炸开。

就在那一瞬间，赵云霄的面色猛地一变，他见到周元的身影是直接炸开，犹如化为阴影流淌下来。

“糟了！”他的心一沉。

还不待他有任何举动，那阴影直接在他的背后成形。

“换作武瑶和赵牧神在这里，或许我还有所忌惮，但你们二人算什么货色？”

看他们蹦跶了半天，不过是想要显摆下武神域和万祖域的秘法罢了。

周元眼神漠然，下一瞬间，三千八百万的源气星辰爆发。

四灵归源纹启动！

四灵归源图！

周元的源气星辰数量直接爆发到了五千八百万！

“玄圣体！”

他的身躯爆发出璀璨玉光。

“青蛟形态！”

他皮肤上青色的蛟鳞层层涌现。

周元的气势疯狂暴涨，达到了一种极为惊人的程度。

他眼神冷漠，一掌拍出，浩荡的源气涌动，将面前的虚空轰裂，宛如万丈涛浪，对着眼前的赵云霄席卷而去。

呼啸而来的恐怖力量让赵云霄惊得面色骇然，此刻方才知晓，他手中有关周元的情报也落后了，周元爆发出的力量比起上一次已增强太多！

他体内源气疯狂涌动，暴吼出声：“武神甲！”

源气在他皮肤之外凝聚，竟形成了一副充满攻击性的战甲。

这副战甲与银影不同，乃是一种源术，以源气所化。这是赵云霄能够催动的最强防御！

他知道，只要阻拦瞬间，柳清淑就会抓住机会出手，助他脱难。

当源气战甲成形时，周元的掌风也浩浩荡荡地拍了下来。

“当！”

金铁之声响彻，肉眼可见的狂暴波动横扫而出，整座山丘都在这一瞬崩塌，烟尘弥漫。

“咔嚓！”

然而被赵云霄寄予厚望的武神甲并没有起到太大作用，裂痕迅速蔓延，最后轰然一声爆裂开来。

“扑哧！”

狂暴的力量如潮水般涌入体内，赵云霄当场一声惨叫，口中鲜血狂喷。

“砰！”

他的身躯如炮弹般飞了出去，沿途将一座座山丘尽数轰爆，然后在地面上撕裂出长达数千丈的痕迹，最终被废土掩埋。

漫天的烟尘渐渐平息。

远处，三支队伍震撼地望着这一幕。

谁都没想到，先前铺垫那么久、气势那么强的赵云霄，竟然直接被周元一掌打得死活不知……而且，周元还是在以一敌二的情况下找到机会，一招败敌。

在那寂静的瞬间，周元轻吐了一口气，眼神淡漠地望着远处的废土，语气平淡。

“当初你偷袭的那一掌，现在就算是扯平了……

“如果，你能活下来的话。”

第九百四十三章 独吞灵机

大地上的烟尘还在继续扩散。

所有目光都惊愕地望着出现在大地上的裂痕，之前赵云霄那凛冽的气势还记忆尤深，然而谁能想到数息后他就被一掌轰得不知死活呢？

周元竟然这么强？！

半空中的柳清淑见到这一幕，俏脸忍不住一变。她的实力或许比赵云霄强一点，但也绝对有限，周元能够一掌打败赵云霄，那么对她而言恐怕也是相同的结果。

她眸光变幻，忽然喝道："武神域众人还不出手击溃天渊域的队伍，为赵云霄报仇！"

不远处，武神域的队伍有些骚动，显然赵云霄被击溃的一幕让他们有些惊慌失措。

就在他们犹豫间，后方突然传来厮杀声，只见万祖域的那支队伍直接冲了上来，看似对着天渊域众人而去，但也逼得武神域的队伍往前方冲。

武神域的人马无奈，只能怒火爆发，源气涌动，开始对天渊域的队伍发动进攻。

只是，身在高处的周元能够看见处于前方的基本都是武神域的人，万祖域的人则在稍后的地方，如此一来，面对天渊域的反击时，武神域会首当其冲，损失最重。

"这个柳清淑还真是心狠手辣。"周元看了一眼柳清淑，这个女人看上去娇媚，实则是个狠心肠。

天渊域这边，伊秋水望着呼啸而来的两支队伍，俏脸肃然，旋即娇喝道："攻击！"

于是下一瞬，早已准备妥当的天渊域队伍直接将源气彻底爆发，磅礴浩瀚的攻势铺天盖地地对着那两支队伍轰击而去。

"砰砰！"

这一片山脉此时不断塌陷，地面被一层层削平。这种完全不留空隙的轰击，宛如天雷降临。

天渊域毫无保留的攻击，让武神域与万祖域皆措手不及，第一时间就损失不小，不少人身上的印记被打碎，顿时周围空间蠕动，化为旋涡将他们的身影吞噬，被直接踢出了这个小空间。

武神域与万祖域两支队伍的人被压制得头都抬不起来，他们看向天渊域众人的目光犹如看待疯子一般，因为他们发现天渊域众人根本就没有节省源气的打算。

这种毫无节制的挥霍，之后想要恢复得消耗多长时间？他们不打算继续争夺接下来的小空间了吗？

柳清淑不可思议地看着这一幕，然后冲着周元冷笑道："周元总阁主，你还真是只顾当下呢，为了这么一个小空间，就打算让你们的队伍在接下来的时间里毫无作为吗？"

陨落之渊内的源气恢复缓慢，所以每一支队伍都将源气节省着使用，像周元他们这种一上来就倾尽全力的真是极少数。

周元眼神淡漠，懒得跟这女人解释什么，身影一动，便化为一道流光直射向她。

柳清淑见状，俏脸微变，身影急忙后退。

见识了先前周元一掌击败赵云霄的场面后，她当然不敢和周元硬碰。

后退的同时她打了一个手势，只见万祖域的队伍中顿时飞出十数道身影，这些人都是神府境后期的实力，乃是万祖域内的精锐强者。

他们直奔周元而来，打算帮助柳清淑。

远处，伊秋水见状，立即指挥队伍爆发出更强的攻击，将武神域、万祖域的队伍轰得千疮百孔。

"轰轰！"

那十数道神府境后期的精锐直接爆发源气，洪流贯穿虚空，裹挟着可怕之力轰向周元。

周元手掌一握，剑丸升起。

"唰！唰！"

十数道磅礴剑光斩出，将那些源气匹练尽数斩碎。周元眼神冷漠，身影一转，化为阴影消失了。

“小心！”柳清淑见状，急忙喝道。

她也精通身法源术，所以才能避开周元的追击，但其他人并没有她这般速度。

“唰！”

然而，她的声音刚落，周元就已经出现在一位神府境后期高手的前方，手中剑丸爆发出璀璨剑光，宛如彗星划过天际，直接斩在那位强者的身上。

“啊！”

那万祖域的强者爆发出惨叫声，急坠而下，身上的印记被引爆，空间蠕动，将他的身体吞噬进去。

周元一击得手，身影迅速化为阴影消失。

半空中，十数名万祖域的神府境强者顿时乱作一团，每当周元的身影闪现时，便会有一人被踢出空间，损失不可谓不惨重。

柳清淑气得俏脸微青，却又奈何不得，一时间进退两难，竟有点后悔招惹周元了。

周元的棘手程度远超她的想象。

她又看了一眼三支队伍的交战情况，面色更不好看了。虽说万祖域与武神域的整体实力都比天渊域更强，但她与赵云霄毕竟不是两域的一号人物，因此他们率领的队伍并非两域的最强精锐。

而周元却是天渊域的一号人物，因此他这支队伍的总体实力比起他们都要更强一些。

眼下再看他们肆无忌惮地使用源气，在以一敌二的情况下，几乎将两支队伍压制得节节败退。

不过让柳清淑稍微松一口气的是，被淘汰的人基本都是武神域的，万祖域的队员位居后方，损失并不算大。

只是，如果这么持续下去，溃败是迟早的事情。

柳清淑美眸闪烁，忽然开口道：“周元总阁主，何必如此咄咄逼人，若是你对分配不满意，我们可以重新商量。

“九个灵机旺盛处，天渊域占五处，如何？”

周元身形一闪，出现在半空中，周围那十数位万祖域的神府境强者如今只有数人，皆眼神忌惮而又惊惧地看着他。

“那武神域呢？”周元似笑非笑道。

柳清淑微微一笑，道：“赵云霄已被你打败，武神域的队伍也损失惨重，他们已经没有资格与我们瓜分灵机了。”

周元眉头挑了挑。这女人当真是狠啊，眼见武神域没了作用，便直接一脚踢开。

武神域众人听了柳清淑的话，当即喝骂出声，然后开始纷纷惊慌逃窜。

天渊域的队伍见状也停止了攻击，等待着周元的指令。

周元望着这一幕，淡淡地道：“如果最开始你能这么想，那该多好！”

柳清淑面上保持着微笑，心中却是嗤笑一声：如果不是看你太棘手，想要有现在的待遇，简直是做梦！

“周元总阁主，虽说现在的确是你强势，不过你总得为之后考虑不是吗？我这支队伍的实力在万祖域中连前五都算不上。”柳清淑道，“如果你能退让一步，想必能够获得我们万祖域的友谊。”

周元神色淡漠，盯着柳清淑，道：“你见风使舵的本事真是不弱。”

柳清淑见到他说得如此不留情面，心中有些恼怒，暗恨道：“你就得意吧，往后有你后悔的时候！”

周元摇了摇头。这个女人看上去漂亮，心机却极深，她说出这些服软的话，只不过是情势所迫，至于友谊什么的更是笑话。

恐怕是敌视吧。

等以后找到机会，柳清淑指不定会怎么报复回来。

周元看了一眼人员还算是完好的万祖域队伍，倒是想在这里将对方给灭了，但那样一来他们必然会有所损失。

沉吟了一下后，周元直视着柳清淑道：“我先前已经说过，在这个空间里，你们毛都别想得到一根，九个地方我全都要了。

“你若是识趣，现在带着人走，否则你们此次的九域大会就到此为止吧。”

见到周元如此咄咄逼人，柳清淑顿时银牙都咬紧了，她恨恨地盯着周元，道：“周元总阁主真要做得这么绝吗？”

周元面无表情，再懒得理会，只是道：“十息之后，我天渊域将会发动攻击。”

柳清淑气得玉手紧握。周元油盐不进，让她极为愤怒。

但周元不再说话，只是静待十息之后。

时间眨眼而过，周元身上的磅礴源气再度开始涌动。

当最后一刻来临时，柳清淑终于做了决定，她紧咬银牙，深深地看了周元一眼，道："周元总阁主，九域大会才刚开始，希望你能一直这么得意下去。

"走！"

她倒是很果断，下了决定就不再犹豫，一声轻喝，率先转身而去。

万祖域众人见状，虽然不甘，但还是跟了上去。

他们选择了退出这个小空间的灵机之争。

天渊域众人此时爆发出欢呼声，击败了万祖域与武神域，足以让他们扬眉吐气。

周元的神色没有太大波澜，他感受到了柳清淑的愤怒，想必这个梁子已结下，他们和万祖域的关系越来越僵了。

不过没关系，反正最终都得做过一场。

周元摇摇头，看向欢呼中的众人，伸手一挥。

接下来，先将这里的胜利果实享用了再说吧。

第九百四十四章
净化玉牌

“轰！”

雄浑磅礴的源气撕裂天际，源气光虹之中，斑驳黑笔微微震动，发出了惊天动地般的嗡鸣声，引得虚空震颤。

斑驳黑笔从天而降，最终重重地轰在一道略显虚幻的身影之上。

“轰隆！”

巨大的源气冲击波在此时横扫而开，大地崩裂，裂痕如蜘蛛网一般朝四周蔓延。

那道散发着强大源气波动的虚影此时发出凄厉之声，身上涟漪激荡，最后轰然一声爆炸开来。

一道阴影鬼魅般出现在其身后，手掌瞬间洞穿虚影胸膛，从中抓出一颗光珠。

阴影现出身来，正是周元。

他轻轻抛了抛手中的核心源珠，眼中浮现出一抹满意之色。经过整整一天的奔波，他们总算将这个小空间内的所有陨落妖影一网打尽。

这颗核心源珠，刚好是第九颗。

周元屈指一弹，另外八颗核心源珠升起，汇聚在一起，熠熠生辉。

将这九颗核心源珠炼化，应该能够让第九重神府壁障消融不少。

“咻！咻！”

此时，数百道身影从远而近，落向四周，正是天渊域的队伍，先前他们负责联合驱赶陨落妖影。

伊秋水落到周元身旁，看了一眼那些核心源珠，笑道：“这可是这个小空间内最后一个灵机旺盛之处了。”

周元道：“吩咐下去，采集此处灵机吧。”

伊秋水点点头，然后将命令吩咐下去。

旋即她那温婉俏美的鹅蛋脸上又浮现出一抹担忧之色。

“怎么了？”周元问道。

伊秋水苦笑一声，道：“之前和万祖域、武神域的队伍交手，我们都没有保留，源气消耗极大。这种状态下如果去新的小空间，遇见一些强队的话，战斗力恐怕堪忧。

“而如果等他们完全恢复，起码需要将近三日时间。”

如今各个队伍都在争分夺秒地搜寻灵机，休息三日无疑会令他们损失许多。

周元闻言却笑了笑，神色从容。

伊秋水瞧得他的神情，忍不住好奇道：“难道你有办法？”

周元手掌一握，一道玉牌出现在手中，上面有诸多源纹痕迹，而且隐约可见一道青金色的源气在流动。

他将玉牌递给伊秋水，道：“你先将天地源气吸入玉牌，然后再从玉牌内吸收源气试试。”

伊秋水有些疑惑，但还是照他所说的去做。只见天地源气在进入玉牌后，上面流光绽放，铭刻的源纹也变得明亮起来。

特别是其内部的一缕青金色源气发出了若有若无的蛟龙长吟。

伊秋水的玉手握住玉牌，将里面的天地源气吸入体内。

片刻后，她的美目陡然瞪圆！

她震惊地发现，那些天地源气竟以极快的速度被自己炼化，然后汇入神府之内。

“怎么会这样？！”伊秋水难以置信地道。

要知道陨落之渊内的天地源气极为狂暴，正因为如此，想要炼化吸收需要耗费极大的工夫，可刚才她吸收的那些天地源气中似乎并没有那种狂暴因子。

周元笑了笑，道：“看来有效果啊。”

伊秋水将目光转向手中的玉牌，道：“是因为这个？”

周元点点头道：“这是我创造的‘净化玉牌’，能够净化天地源气中的狂暴因子，有了此物，你们源气的恢复速度应该能够达到外界的八成。”

净化玉牌其实不算太复杂，只不过它的核心之物极为特殊，是周元的一缕镇世天蛟气。

周元凭借祖龙经才能够炼化天地源气中的狂暴因子，他做过试验，现在的净化玉牌就是最终的产物。

“周元，你太厉害了！”伊秋水的俏脸上满是欢喜之色。此物对他们而言可是真正的宝贝，有了它，他们就能够肆无忌惮地使用源气，遇见其他队伍时，无疑能够占据优势。

周元笑笑，道：“不过这净化玉牌也有缺陷，无法长时间使用，顶多三天，之后就会自动失效，只有交给我重新炼制，才能够继续使用。”

其实失效的原因是那缕镇世天蛟气顶多只能存在三天，当然，这一点他就没必要解释得太清楚。

“这倒是小问题。”伊秋水摇摇头。三天时间足够了，而且他们随时都跟着周元，失效了再找他炼制便是。

周元袍袖一挥，数百枚玉牌飞出，环绕着伊秋水，他笑道：“这些玉牌你分发下去吧，让他们采集完灵机后，迅速恢复源气，接下来我们还有得征战呢。”

伊秋水一招手，便将那些玉牌尽数收入腰间秀气的乾坤囊中，随后笑吟吟地道：“那些家伙恐怕会高兴坏的，为了恢复源气，他们担心好几天了。”

说着，她便转身而去，倩影袅袅。

周元则找了一处巨石盘坐下来，开始将那些核心源珠一颗颗炼化吸收。

当炼到第三颗时，他听见周围传来了诸多欢呼声。

“总阁主威武！”

“总阁主无敌！”

……

想必众人都领到了净化玉牌，兴奋之下方才欢呼出声。

周元笑笑，继续闭目炼化。

待周元将剩下的核心源珠炼化后，已是半日过去，天色略显暗沉，云层翻滚，狂风大作，肆虐于这方小空间。

周元站起身来，目光扫视开，只见此时天渊域众人都已采集灵机完毕，盘坐于各处，握紧净化玉牌，吸收着天地源气，恢复自身。

他望着天色，眼露沉吟之色。在这陨落之渊内，据说越往后的空间，危险度就越高，不过周元并不感到害怕，反而有些期待。

因为只有那些高度危险的小空间内，才能诞生出先天灵机。

九域大会最终的排名是以灵机数量来定，要知道，先天灵机在其中的占比超乎想象的高，据说一缕先天灵机便可抵上千缕普通灵机。

所以最终的比拼还是得放在先天灵机上，那才是真正的重头戏。

就在周元沉吟间，周围天渊域的队员渐渐睁开双目，眼中精光闪烁，是源气充盈的表现。

他们起身，齐刷刷地对着周元恭敬地行了一礼。

周元点点头，没有多说什么，只是一挥手："动身，前往下一座空间。"

声音落下，他率先掠出，数百人跟随而至。

他们来到事先就找好的空间缝隙处，鱼贯而进。

当周元微闭的眼睛睁开时，出现在眼前的是一方葱郁的天地，弥漫着勃勃生机，远处古老的林木矗立，仿佛有兽吼声传出。

周元望着这片天地，面色渐渐变得凝重。

因为这个空间内的天地源气浓郁到了相当惊人的程度，比之前几个空间要强盛数倍。

而且，他还在那浓郁的天地源气中感应到了一种令他神府都微微颤抖的奇妙气息……

那是……

先天灵机！

周元的眼中有璀璨精光涌现——先天灵机，终于遇见了！

第九百四十五章 第八袁鲲

天地碧绿，生机盎然。

山脉重峦叠嶂地自平原蔓延开来，远远看去，宛如屏障矗立于天地间。

此时，周元率领着队伍落向一座巨峰，当众人落下时，顿时爆发出此起彼伏的惊呼声与狂喜声。

因为他们在这座山峰内发现了数量不少的灵机存在！

周元有些感叹，这个空间的天地源气太过浓郁，乃至于诞生的灵机也远超之前遇见的那些空间。要知道，这座巨峰只是斥候随意探寻时发现的，可以想象在其他地方必然还存在着更多的灵机。

而且，这个空间也比之前那些更为辽阔。

“这片山脉内应该还有不少灵机，散出斥候，先搜寻定位吧。”周元看向商小灵，说道。

商小灵点点头，立即转身去吩咐。

伊秋水站在周元身旁，踮足眺望，道：“这个空间的天地源气如此浓郁，可能会有先天灵机。”

她顿了顿，又道：“这也表明我们有可能会遇见其他八域的主力队伍。甚至……还可能不止一支。”

周元的神色微现肃然，却没有多少惧色，道：“没关系，不管来的是谁，能打就打，不能打那就跑。”

伊秋水“扑哧”一声，忍不住白了他一眼，还以为他要说点什么鼓舞的话，没想到竟如此干脆。

周元笑笑，没什么负担地道：“实力不如人，暂时撤退不算丢脸。在没有贯穿第九重神府前，我还不打算跟排名前四的那几位硬碰。”

伊秋水啧啧道：“这话我怎么听出一些傲气呢，你是说遇见后面的四位就有把握跟他们扳腕子了？”

要知道神府榜前八位可是真正的绝顶天骄，是八域倾尽全力培养的新鲜血液，他们的天赋以及得到的资源足以让其他顶尖势力的天骄望尘莫及。

虽然周元这一路来打败了卢海、赵云霄、柳清淑等诸多天骄，但他们与那八位比起来可有着巨大的差距。

在伊秋水看来，现在的周元就算比不过那八位也不算丢人，但他的言语间显然只认为遇见前四那几位他会选择暂时退避，而后面那四位还不能够让他闻风即退。

从某种意义而言，这话算是比较狂妄了。

周元笑笑，没有多说什么，而是双眼微闭，静心地感应着天地间那一丝令他体内神府都为之颤动的奇妙波动。

那是先天灵机。

不过可惜的是，他虽然能够感应到这个空间内存在先天灵机，却没办法找出它的方位。

看来，只能一点点慢慢探索了。

半晌后，周元睁开双目，刚欲说话，神色忽地一变，目光凌厉地望着连绵山脉的另外一个方向，因为那里突然传出了剧烈的源气对碰。

“传令戒备，斥候遇见了其他队伍！”

伊秋水闻言一惊，连忙转身发布命令。

山中，正在采集灵机的天渊域众人闻言，立即腾身而起，汇聚于山巅，源气涌动，戒备地望着源气对碰传来的方向。

在众人的戒备中，遥远之处迅速有着破风声响起，十数道身影急急地掠来。

这些正是派出去的斥候。

周元的目光盯着更后方，只见那里的天地间似有无数的兽吼声响起，震耳欲聋，紧接着数百道身影铺天盖地地掠空追来。

当周元瞧得那些身影时，眼中不由掠过一抹惊讶之色。

因为那数百道身影皆骑着各种各样的源兽，或飞禽或走兽，到来时兽吼声震天，当真声势骇人。

“是御兽域的队伍！”伊秋水见状，立即道。

九域中，唯有御兽域的人才能驱使这么多源兽。

“只是不知道这支队伍是谁率领的？希望不是主力队伍，不然可有的是麻烦了。”伊秋水轻声道。

然而，对于她的心存侥幸，周元却是直接泼了冷水：“你猜得没错，就是御兽域的主力队伍。”

他的目光锁定在御兽域队伍中央，一头通体暗黄的肥牛发出懒洋洋的“哞”声，踏着地动山摇般的步伐慢悠悠地走了出来，壮硕如山的身躯上驮负着一位圆滚滚的白胖子。

肥牛配胖子，倒是滑稽。

可伊秋水他们望着这个圆滚滚的白胖子，面色变得极为凝重，因为他们也已认出，这位正是御兽域的一号人物、神府榜名列第八的袁鲲！

“那是大地神牛，力大无穷，可背山而行。据说完全成熟后可达七品，堪比源婴境强者。”伊秋水低声道。

周元点点头，然后身形缓缓飘起，立于半空。

“天渊域周元，见过袁鲲阁下。”周元朗声响起。

巨牛身上，袁鲲将细眯的小眼睛投来，瞧着周元，露出憨厚的笑容，道：“没想到竟然是周元总阁主率领的队伍。”

周元笑了笑，道：“袁鲲阁下，这片区域是我们天渊域先行到达，不知阁下为何驱逐我们的斥候？”

袁鲲闻言摇摇头，道：“周元总阁主这话就不对了，九域大会的规矩可从来没有先来先得啊。”

他的目光在周元的身上扫了扫，眼眸深处有一丝审视之意。先前发现天渊域的队伍也在此的时候，他没有太过在意，直接率众驱赶。

但没想到这支队伍竟然是周元率领的。

对于周元，袁鲲没有心存轻视之意，别看他一副憨厚的模样，实则格外精明谨慎，在周元身上，他隐约察觉到了一丝危险的味道。

这个人，并没有其他人想象的那么弱。

正因为这一丝谨慎，他才没有直接下令动手。

但是想让他就此放弃也是不可能的事情，终归到底，还是得看周元的能耐，他需要知道，这位天渊域的新晋之秀究竟是不是有资格和他们这些老牌天骄平起平坐。

周元闻言，微微沉默了一下，旋即道："那这样看来，袁鲲阁下是打算与我们做过一场了？"

他知晓，虽然袁鲲一副白白胖胖、宛如富家子弟的样子，能够坐稳御兽域神府境第一人，如果谁真的以为他如表面上这般简单，那就真是个蠢货了。

周元伸出手掌，轻轻一挥。

"轰！"

在其后方，数百名天渊域队员直接爆发出磅礴源气。

御兽域这边也蠢蠢欲动，双方之间的气氛渐渐变得剑拔弩张。

袁鲲坐在大地神牛的背上，伸出袖子抹了抹脸上的油光。他望着这个局面，然后拍打了一下神牛，神牛慢悠悠地踏空走出。

他来到周元前方千丈的位置，道："周元总阁主，两支队伍若是交战，大动干戈难免有所损伤。不如……"

他笑起来，眼睛眯成了一条缝，一副人畜无害的样子。

"我们两个来玩玩？"

第九百四十六章 初战袁鲲

周元望着骑着大地神牛、满脸油光的脸上带着笑意的袁鲲，感觉到了对方似乎想要试探他实力的心思。

这是想要掂量一下他这天渊域的总阁主究竟有没有资格和他对话吗？

周元心思转动，神色却没有波澜，只是平静地道："若是阁下想，我奉陪便是。"

他之前与伊秋水说过，神府榜前八只要不是前面那四位，其余人就算撞见了，他也不会惧怕，此话并非说说而已，而是他对自身实力的自信。

另外，他也想试试八域这些老牌顶尖天骄的水准。

袁鲲虽然排名第八，实力却绝对不容小觑，倒是最好的试探目标。

袁鲲见到周元接战，道："周元总阁主的魄力倒是不小。希望你的实力也莫要让我失望才是。"

"轰！"

当他声落的瞬间，磅礴浩瀚的源气冲天而起，遮天蔽日，映照虚空，显露出无数源气星辰，有四千五百万之数！

"四千五百万的源气底蕴……"周元见到这一幕，眼神微凝。

他贯穿第八重神府后，自身的源气底蕴是三千八百万，凭借于此，面对卢海、赵云霄等人时，几乎是碾压般取胜。

眼下，总算遇见底蕴更强的对手了。

这就是八域老牌顶尖的底蕴吗？果然惊人。

周元未曾说话，身躯一震，源气爆发，三千八百万源气星辰闪耀虚空。

紧接着，他再度催动了四道源纹以及第二形态的四灵归源图。

源气星辰迅速暴涨，化为五千八百万之数！

如此磅礴的源气呼啸虚空，令御兽域那边传出诸多惊呼声，一些人的眼神凝重又惊惧，周元这般源气强度显然出乎他们的预料。

袁鲲见状，笑呵呵地道：“我就知晓，周元总阁主敢与徐暝对峙，必然是有些本事的。”

自身底蕴能够在贯穿第八重神府时就达到三千八百万，又在外力手段之下暴涨到五千八百万，这般实力相当惊人。袁鲲身为过来人，很清楚第九重神府一旦贯通，底蕴增涨的程度将是神府境内最恐怖的一次。

等周元达到那一步，真要比起源气底蕴，恐怕足以跟神府榜前四位相比。

那徐暝极为讨厌周元，未必就没有怀着一些嫉妒忌惮的心思。

袁鲲笑呵呵地感叹着，却没有半点要收手的迹象，只见他双手合拢，肥胖如小山般的身躯上有奇异的光纹涌现出来。

那些光纹宛如兽纹，每出现一道，自他体内爆发出来的源气波动就往上攀升，其身后虚空的源气星辰也开始暴涨。

当一切结束时，袁鲲的身躯上闪烁着诸多兽纹，浑身上下散发出一股精悍至极的气息。

到得此刻，他的源气星辰暴涨了一千六百万，最终达到了六千一百万之数！

那般源气，直接引得天地间风声呼啸，山脉都为之颤动。

袁鲲笑道：“这是我御兽域的秘术，万兽玄纹……只不过还是比不得周元总阁主，竟然能够将天渊域的四源纹开发出第二形态。”

有了第二形态的四源纹，论起源气增幅，足以成为九域中顶尖级别的秘术。

袁鲲袍袖一挥，只见磅礴的源气咆哮，竟在那虚空上化为数十道源气洪流，隐隐有巨兽虚影显现，散发着滔天凶威。

“吼！”

袁鲲嘴上说得客气，出手却毫不留情，那如凶兽般的源气洪流席卷而出，直接对着周元铺天盖地地扑杀而去。

凶悍的兽吼响彻天地，周元神色微凝。除了之前与赵牧神的那一个照面外，这恐怕是他首次真正面对其他八域的顶尖天骄，容不得一点轻视。

他手掌一抬，剑丸升起。

五千八百万源气星辰闪烁，浩瀚源气灌注而进。

“嗡！”

剑吟响起，下一瞬间，璀璨剑光划过天际，宛如流光，直接斩向那些凶兽源气洪流。

“砰！砰！”

双方在虚空对碰，动静可谓惊天动地，可怕的余波扩散出来，直接将下方一座座山头夷为平地，林海之中也被撕裂出深深的裂痕。

这是纯粹的源气碰撞。

剑光凛冽，将那些凶兽源气洪流不断斩碎，但后者尤为诡异，一旦被斩碎，反而化为更多洪流，源源不断地扑杀而来。

随着凶兽洪流愈发狂暴，剑光似有所不支，开始被震退。

片刻后，周元周身的天地已遍布凶兽洪流，那些凶兽爆发出嘶吼声，俯冲而下，欲将周元给撕碎。

“嗤。”

正当它们冲下的时候，周元的身影却化为一抹阴影，直接消失在天地间。

漫天凶兽洪流扑了一个空。

袁鲲见状，眼神微凝。周元这般身法相当诡异。

不过他并未惊慌，双手结印，眼瞳渐渐出现变化，竟化为了锐利的鹰隼之瞳。

“灵鹰瞳术！”

鹰瞳内光芒绽放。

眼前的世界陡然变得清晰，袁鲲终于察觉到，一缕阴影正闪电般对着他疾射而来。

就是在这一瞬间，那抹阴影在袁鲲的前方爆炸开来，周元踏空而出，他的身躯上有晶莹剔透的玉光绽放。

玄圣体！

心脏内所有的金血都在此时爆发，金光隐隐渗透出周元的皮肤，恐怖的力量在体内如洪水般奔腾。

雪白的毫毛自拳头处涌出，宛如拳套一般将其覆盖。

破源！

雪白毫毛化为漆黑色，充满着破坏力。

万鲸！

一道道古老鲸影涌现，带来可怕之力。

“轰！”

周元这一拳凶悍无匹，一招击出，前方的虚空都开始隐隐崩裂。

袁鲲的瞳孔微微一缩，察觉到周元这般反扑的厉害，喉咙间有低沉的吼声爆发：“兽魔体！”

他那肥硕的身躯此时出现了巨大的变化，只见肥肉缩紧，宛如化为黑硬的肌肉，短短数息间，一个白胖子便变成了一个满身可怕肌肉、宛如铜浇铁铸般充满视觉冲击力的黑巨人。

他的身躯上还有黑色的鳞甲出现，闪烁幽光，那股滔天的凶威宛如凶兽之魔！

“吼！”

他的嘴中爆发出暴虐的咆哮声，巨手紧握，一拳狠狠轰出，似乎有无数狂暴的兽吼声响彻，震荡天地。

“轰！”

在无数道变色的目光中，两人的重拳在虚空狠狠地碰撞在一起。

瞬间的巨声宛如怒雷，百里之外都清晰可闻。

恐怖的冲击波肆虐而开，以两人为源点，将下方一座座巨山尽数夷为平地。

双方的队伍狼狈退后，跑得比兔子还快，生怕被余波牵连，但即便如此，还是有人倒霉地被卷飞出去，好半天才鼻青脸肿地跑回来。

两支队伍都站得远远的，眼神惊惧地望着对碰的中心处。

“轰轰！”

那里的两道身影在短短十数息里轰击了上百回合，拳拳硬撼，带起阵阵音爆。

“轰隆！”

最终两道身影被冲击波击中，身躯皆是一震，然后倒射而去，脚掌在虚空上每一次点下都会引发刺耳的音爆声。

两人退后了上千丈，终于稳住了身影。

周元揉了揉拳头，道：“好厉害的兽魔体。”

袁鲲看上去浑身肥胖，跟个圆球一般，但让周元没想到的是，他的肉身竟然如此强横。

他的玄圣体并没有取得多少优势。

袁鲲那凶悍的身躯渐渐恢复，化为平常的形态，他盯着周元道："能够这么快将我逼得使出兽魔体，周元总阁主……很厉害啊！"

周元道："先前只是试探而已，你也没使出所有手段。"

袁鲲是御兽域的人，御兽域的强大手段很多时候要配合着源兽施展，那大地神牛可还没参与战斗呢，它若是加入，袁鲲的战斗力将会成倍暴增。

袁鲲摇摇头，道："我也感觉得出来你隐藏了手段，真要生死斗的话，胜负还真难说。"

周元笑笑。虽说是在交手，但他从袁鲲身上并没有感受到太多敌意，当即他沉声道："这片山脉中的灵机就各分一半吧。"

袁鲲笑呵呵道："周元总阁主大气，这个主意不错。"

如果是之前，袁鲲或许会对这个分配不置可否，但经过刚才一番交手，周元的实力证明了他有这个资格。

两人决定了分配方案后，场中的气氛顿时缓和下来，双方的队伍也从远处而来，开始接洽。

袁鲲如圆球般的身躯飘过来，靠近周元，然后冲着他笑眯眯地道："周元总阁主，有没有兴趣跟我合作，搞一把大的？"

周元看了看他，露出一丝笑容。袁鲲自从露面，便在试探他的实力，如今终于将真实的目的暴露出来。

周元笑道："先天灵机？"

袁鲲竖起大拇指，道："明白人。"

周元双目眯了起来，看来袁鲲知晓先天灵机的所在呢，于是他想了想，笑着点点头。

"袁鲲兄，此事我们可以坐下来好好说一说……"

第九百四十七章 双方合作

“熊熊！”

山林间，篝火升腾，一头丈许的肥牛被剥皮洗净，以木棍贯穿，袁鲲单手握棍，轻巧而熟练地将那肥牛在篝火上不断地翻滚着炙烤。

他随手撒出一些香料，落在上面，香气顿时弥漫出来。

肥牛被他烤得表面金黄，油脂滴落，在篝火中溅起火苗，那股香味令人垂涎欲滴。

看他一副极为熟练的样子，宛如大厨。

半晌后，袁鲲满意地点点头，伸手撕下一只热腾腾的牛腿，递给了一旁的周元。

“嘿嘿，尝尝，我这手艺在御兽域中可是独一份。”袁鲲的言语间十分骄傲，在他看来这份手艺似乎比御兽域神府境一号人物还要更加自豪。

周元嘴角扯了扯，伸手接过，然后看着袁鲲将剩下的肥牛一分为二，一份留给自己大快朵颐，另一份扔给了一旁趴着的大地神牛。

大地神牛似乎对此极为喜爱，吃起来比袁鲲还利落，满嘴油光。

周元见到这奇葩的一幕，有点无语地摇摇头，然后再不管他们，低头慢慢享用着手中的肥牛大腿，别说，还真是极其美味，怪不得袁鲲如此得意。

待周元将牛腿吃完，袁鲲也拍了拍肚子，一副舒坦之极的模样。

“袁鲲兄，咱们还是来说说先天灵机的事吧。”烤全牛大宴享受完毕，周元说起了正事。

袁鲲拿着树枝剔牙，笑眯眯道：“周元兄想必在进入这个空间的时候，已察觉到了天地间蕴含的那一丝奇妙波动吧？

“这个空间的确存在先天灵机。你们来得稍微晚了几天，其实我们早已发现了它的位置。”

周元有些疑惑地道：“那你得到先天灵机了？”

袁鲲笑容一僵，道：“如果得到了，哪里还会来找你合作？”

“被别人捷足先登了？”周元目光一闪，道。

袁鲲有点无奈地道：“这个空间内的主力队伍除了我们，还有九宫那小娘儿们，另外还有一支紫霄域的队伍，不过并非主力。”

“玄机域，九宫？”周元有点讶异，没想到此地还有一支主力队伍。

玄机域九宫他虽然不熟，但对其名声早有耳闻，毕竟是神府榜的审核者，他之前排名一直上不去，就是她的原因。

“你没争过她？”周元笑道。

袁鲲白胖油腻的脸庞上似是浮现出一抹红色，旋即悻悻道：“那小娘儿们霸道得很，抢先一步占了先天灵机所在的地方，布下一座子午金光结界。我带人闯了半天都未能闯过，只能带人离开，想要找寻有没有其他先天灵机，但可惜这一圈溜达下来，也没发现第二处先天灵机。”

周元轻声道：“袁鲲兄的意思是……我们联手闯过九宫布下的子午金光结界，夺取先天灵机？”

袁鲲点点头，道：“不然的话，以那小娘儿们的霸道性格，这个空间内的先天灵机，我们怕是难以染指。”

他看向周元，道：“怎样？周元兄可有想法？如果你不想得罪九宫，我也不怪你。那小娘儿们眼高于顶，又因为玄机域地位特殊，在混元天内还真是有点不好惹。”

周元听得出他言语中的激将之意，笑了笑，道：“袁鲲兄不必激我，我们来这九域大会，所为的就是先天灵机。那九宫虽然名气很大，但在我眼中是万万不可能跟先天灵机相比的，她若阻拦我，那就是敌人。对待敌人还要怜香惜玉，那就太过愚蠢了。”

袁鲲眼睛一亮，嘿嘿笑道：“周元兄这话对我胃口，那等我们的队伍将这片区域的灵机采集完毕就动身？”

周元自然没有异议，笑着点头。

对那位在混元天神府境一辈中名气仅次于武瑶、苏幼微的女孩，他有些好奇。

如果她想要独占先天灵机，那得问问他手中的天元笔同不同意了……

在先天灵机面前，美人……又算得了什么？

随着两人命令的发布，两支队伍采集灵机的速度开始加快，半日之后，终于将这片山脉内的灵机尽数采集。

紧接着，袁鲲率队在前引路，周元带着天渊域众人紧跟而上。

两拨人马浩荡地掠过天际，直奔西南方而去。

西南地域。

与这个空间内其他生机盎然的地方相比，西南地域却是截然不同，此地十分严寒，狂风凛冽，宛如刀锋一般呜啸于天地间。

连绵的雪山起伏，在那最深处更是有一座座高耸入云的冰山矗立。

此时，最高的一座冰山上有璀璨的金光闪耀，将整座冰山笼罩其中，令人难以看透。那闪烁的金光极为玄妙，仿佛连天地间肆虐的凛冽寒风都难以侵入。

远处，忽有破空声响起。

大批的黑影踏空而来，最后落在那座冰山之外，气势汹汹。

正是一路赶来的袁鲲与周元。

“就是这里吗？”周元眺望着这座闪烁着金光的冰山，眼中浮现出一丝讶异之色，因为那些并非金光，而是由无数源纹所化。

这种结界相当奇特，乃是源纹与源气的结合。

“早就听说玄机域的源纹造诣仅次于圣纹域，如今一见，的确名不虚传。”周元道。

袁鲲摸了摸脸庞上的油光，有些晦气地道：“如果真刀真枪地跟那九宫斗一场，我倒是不怕，偏偏让她布置好了结界，那就真要被她耍成无头苍蝇了。”

周元点点头，道：“先派人送个信进去吧，先礼后兵，免得人说我们两个大男人欺负一个女人。”

袁鲲表示赞同，招来一人，前去送信。

当周元、袁鲲他们两拨人马刚到此处时，那被金光笼罩的冰山内便有不少人察觉到了。

其中一人打量了他们一下，露出讥讽的笑容，道：“我道来的是谁，原来是天渊域那位总阁主。”

此人乃是紫霄域这支队伍的队长，薛惊涛。

薛惊涛身后有一名紫霄域的女弟子，她有些犹豫地道：“那周元与苏幼微师姐相识，我们没必要为难他吧？”

薛惊涛眉头一皱，淡淡道：“你想多了，苏幼微师妹怎会与这般泥腿子相识，而且就算真的认识，也没你想象的那么交情深。

“再说了，进入九域大会后彼此都是竞争对手，既然遇见了，又怎么可能留手？另外，此地做主的可不是我们，而是九宫姑娘。”

他摆了摆手，不让那女弟子继续说话，只道：“我将消息通报给九宫姑娘，看她如何定夺吧。”

说完，他身影一动，于原地消失。

冰山的山顶处，薛惊涛的身影现出，他望着前方，那里有一名柳眉微蹙的美丽女子，身穿宽松月袍，却难掩婀娜的身材曲线。

其实纯比容颜，她并不比武瑶、苏幼微差多少，她们各有千秋。如果说武瑶是凌厉强势，苏幼微是温和坚韧，那么九宫便是冷傲知性，同样有着令人心动的魅力。

面对这般女子，薛惊涛也难免心动，不过他可不敢显露，只抱拳道：“九宫姑娘，那袁鲲又回来了，这次还带来一支队伍当帮手。刚刚他们派人来传信，让九宫姑娘打开金光结界，共享先天灵机。”

九宫纤细的柳眉轻轻一挑，道：“他找来的帮手是谁？”

“天渊域，周元。”薛惊涛道。

“哦？竟然是他！”

九宫俏美的脸颊上浮现出一抹似笑非笑之色，道：“袁鲲这是病急乱投医，真以为找来了一位神府榜第九，就能够破得了我的子午金光结界吗？”

她歪着头，想了想，又道：“传回消息，告诉他们想要共享先天灵机，先闯过子午金光结界再说吧。若是没这个本事，那就哪里来的回哪儿去……”

若袁鲲找的是其他哪域的主力过来，她或许还会考虑一下，只是这位天渊域的总阁主嘛……恐怕还有些欠火候。

她望着薛惊涛离去的身影，眸光投向山外，喃喃自语：“我倒要看看，你有什么能耐，竟能够让苏幼微对你青睐有加？”

第九百四十八章
推演阵法

“嘿，看来人家不给我们两人这个面子啊。”

冰山山脚下，袁鲲望着前方的薛惊涛，面色有些不太好看，然后对着身旁的周元道。

薛惊涛闻言，则是微微一笑，道：“袁鲲兄说的哪里话，九宫姑娘可没有不给你面子的意思，只是她先来一步，占了先机而已。”

他的目光稍稍扫了周元一眼，慢悠悠道：“只是九宫姑娘说了，她这子午金光结界也不是袁鲲师兄随随便便找个人来就能够破得了的。”

周元的视线从冰山上闪烁的金光转向薛惊涛，他如何感觉不到对方言语间对他的恶意，淡淡地道：“你是紫霄域的人？”

薛惊涛微笑道：“在下紫霄域薛惊涛，周元总阁主有何指教？”

“你们在这里面掺和什么？”

薛惊涛道：“制造这座金光结界所需人数不少，如果没有我们，九宫姑娘想必也是巧妇难为无米之炊，所以九宫姑娘诚意相邀，我等便打算相助一次。”

他言语间略有得意，仿佛这座金光结界也是他们的杰作一般。

周元言语平淡地道：“看在苏幼微的面子上，奉劝你早些离去，莫要胡乱掺和，你们还不够资格参加这种争斗，否则到时候损失惨重，再后悔就来不及了。”

薛惊涛听到此话，面色变得难看，他阴沉沉地盯着周元，旋即冷笑道：“周元总阁主，就算你们破不了这子午金光结界，也没必要玩这种不上台面的手段吧？

“你是想要劝离我们，然后让这金光结界不攻自破吗？”他有些轻蔑地道，“别玩这些。既然九宫姑娘信得过我们，我们自然会坚定地站在她这边。你要真有本事，就先闯过这金光结界再说吧。若是闯不过，趁早滚蛋，免得浪费时间！”

慷慨激昂的声音落下，薛惊涛不再停留，直接转身而去。

周元目视他离开，眼神平淡，毫无波澜。

他之所以会开口，只是看在苏幼微的分上。先前他观测这座金光结界的时候，发现紫霄域人马所掌控的节点皆是格外危险的那种，一旦遇见外力，就会成为靶子。

显然，这是九宫故意所为。

毕竟她与薛惊涛的合作并不平等。她是主力队伍，如果是苏幼微，她必然不会要这些心眼，可一个薛惊涛显然还没那个资格。

薛惊涛却没明白这些，偏偏自视甚高，自以为有多重要……

既然如此，那就不怪他了。

“这小娘儿们还真是不识趣。”一旁的袁鲲气愤地道，“周兄，既然软的不行，那就直接来硬的。两支队伍强冲，我就不信破不了她这结界！”

周元连忙将他拦住，道：“两支队伍硬上虽然不见得破不了，但必然会付出不小的代价，没必要一来就这么莽撞！”

袁鲲皱皱眉头，道：“那怎么办？”

周元有点无奈，指了指那笼罩冰山的金光，道：“这个结界也是有迹可循的，只要一点点剥析，将其理清，自然能够抽丝剥茧，令其自溃。

“袁鲲兄，你能看见那金光之内流动的无数源纹吗？”

袁鲲听到此话，瞪着小眼睛看了半天，看得眼泪都要流出来了，才尴尬地道：“周元兄啊，我对源纹一道可谓一窍不通，实在看不懂啊。”

在他看来，那就是一团金光，虽然其中的源气波动有些奇特，但要让他看出源纹、源痕的轨迹，简直不可能。

周元的嘴角微微抽了抽，敢情说了半天是在对牛弹琴。

怪不得袁鲲之前对金光结界毫无办法，原来他的源纹造诣如此之差。

袁鲲瞧见周元的面色，更为尴尬，悻悻道：“既然周兄懂得源纹，那就先由你来探测探测，我随时配合。不过我得提醒你，玄机域擅长源气与源纹结合，手段相当独特，九宫更是其中翘楚，她布置的金光结界并非简单的源纹结界。”

周元笑着点点头，然后身影一动，便出现在庞大的金光结界之外，然后沿着光罩凌空而行。

他双目之中光芒闪烁，眼前的金光结界在他眼里出现了变化，无数源纹如游鱼般流动。随着观测得越多，周元渐渐有些讶异。

他发现金光结界内的确并非单纯的源纹，还有诸多源气节点，两者结合，令得金光绽放，一旦落入其中，神魂被炫目的金光一照，闪烁间便会昏迷，以致轻易被制。

“的确有几分奇妙。”周元观测了足足一炷香，忍不住点头。玄机域的手段真是让人有些叹为观止，源纹与源气的结合，比起寻常的源纹结界更加棘手。

这座结界，勾起了他不小的兴趣。

冰山内。

薛惊涛立于一座山崖处，眼神讥讽地望着外界，目光透过金光结界，他能够看见四处游走了约莫一炷香的周元。

“呵呵，这位周元总阁主真以为窥探个三两下就能找到破解之法吗？”薛惊涛转头看向身旁几位紫霄域的师兄弟，戏谑道。

其他人都与他交好，当即纷纷哄笑出声。

“简直就是痴人说梦。之前那袁鲲也尝试过，不过忙活了半天，还是被我等驱赶了出去。”

“连袁鲲都在这里吃瘪，周元排名还不如他，就想破了这金光结界？”

薛惊涛轻笑一声，眼中带着轻蔑，不过他还是挥了挥手，道：“吩咐下去，所有人紧守节点，全力运转金光结界，不要让他有丝毫可乘之机。”

身后有人应下，迅速转身传讯而去。

薛惊涛单手负于身后，眼神冷冽地盯着结界之外的身影，喃喃道：“周元，这一次，我偏偏要让你灰头土脸，看你往后还有什么脸面出现在幼微师妹面前。”

金光结界外。

立于半空许久的周元，眼中有无数流光闪烁。他正在进行极致的推演，凭着那些源纹的流动轨迹，摸清了结界的诸多节点所在。

眼中的光芒渐渐变得黯淡，周元的唇角有一抹微笑浮现出来。

终于有眉目了。

九宫，的确是手段不凡……不过可惜，这次撞见了他。

第九百四十九章 周元闯阵

冰山山脚下。

袁鲲望着围绕金光结界转了许久的周元，不断地用袖子擦着脸上的汗水，微眯的小眼睛中有着担忧。

虽然他的源纹造诣奇差，但还是有些眼力的，而且之前还亲自体验了这座子午金光结界的威力，知道一旦陷入其中，以自身的实力都被照得神魂晕眩，若非源气雄浑，真有可能栽在里面。

这座结界，可是九宫的得意之作。

所以他不确定周元是否真的能够破解这座金光结界。

若是做不到，最后恐怕只能硬来了……

“嘁，九宫这小娘儿们真是过分，竟然想吃独食！”袁鲲咧咧嘴巴，有些不爽地骂了一声。

骂声刚落，一道光影从天而降，正是周元。

袁鲲见状，连忙问道：“周元兄，如何？”

周元轻笑一声，道：“应该有一些把握，先尝试一下吧。”

袁鲲闻言顿时大喜，竖起大拇指：“周元兄靠谱！”

虽然他不知道周元的把握究竟有几分，但总比毫无头绪要好。

“容我做一些准备。”周元说了一声，便在一旁盘坐下来，袍袖一挥，取出诸多玉简，同时手持天元笔，笔尖落下，化为一道道源纹，融入玉简。

袁鲲瞧着，对他这种源纹白痴来说，周元的举动虽然看不懂，但总觉得很厉害的样子，于是点点头，对着身旁御兽域的人点评道：“专业。”

半炷香后，周元将一切准备妥当。

他与袁鲲将双方的队伍召集起来。

“两支人马派出最强精锐，十人一队，随我进入金光结界。”

随着周元的声音落下，两支人马骚动了一下，然后很快有人影陆陆续续地站出来，组成队伍。

周元袍袖一挥，先前准备好的玉简飞出，悬浮在每支小队面前。

“你们手持玉简，进入结界后封闭自身神魂，否则被金光扫中，神魂被控制住，你们便只能任人揉捏。”周元吩咐道。

听到此话，那些精锐对视一眼，有些犹豫地道：“封闭了神魂，我们对外界的感知就会变得极为迟钝，若遇偷袭，便难以察觉。”

周元摆摆手，道：“没事，一切听我指挥便是。”

天渊域的众人自然点头没有异议，毕竟周元在他们心中还是很有威望的。倒是御兽域的精锐有些迟疑，他们对周元根本不了解，这种将小命交给对方的行为实在让人忐忑。

袁鲲瞧得手下人马迟疑，面色有些挂不住，狠狠地瞪了他们一眼，道：“一群怂瓜！那九宫虽然仗着这乌龟壳让我们奈何不了她，但她也不想真的得罪我们，不然我们不走，直接守在这里，他们这支队伍同样哪里都去不了。”

他这话的意思是让御兽域的众人不要太过担心，这只是一场破阵的较量，对方也不敢撕破脸皮，手段不会太险恶。

被袁鲲训斥一顿，御兽域的那些精锐讪讪一笑，不敢再说什么。

周元冲着袁鲲笑了笑，感谢他的信任。

袁鲲道：“不需要我进去吗？”

周元微微沉吟道：“你刚才也说了，这只是一场破阵，不是真要和九宫厮杀，你进去作用不大，反而会让九宫认为我们只是仗着人多，到时候就算破了阵，她也不认。”

他感觉得出来，九宫让他们闯过结界再说，更多是在针对他。

虽然他不知道这位素未谋面的玄机域天骄为何会对他有挑衅之意，但他并不惧，论起源纹造诣，他不信对方能够强过自己。

袁鲲虽然看上去胖乎乎的，心思却颇为细腻，他同样有这种感觉，所以不再坚持，只是拍了拍周元的肩膀，道：“给那小娘儿们一点颜色看看。”

周元笑了笑，没有多说，身影一动，来到金光结界前，其身后数十支队伍跟随而至。

周元将掌心摊开，源气光丝延伸开来，一头连接着各支队伍，另一头则落向金光结界的不同地方。

“你们跟随光线进入结界，进去之后不要轻举妄动，手握玉简，一切听我指挥，不可逾越。”周元再次郑重提醒道。

数十支队伍闻言点点头，旋即身影一动，破风声响起，一支支队伍直接没入金光结界之中。

周元抬起头，望着眼前的结界，金光倒映在眼中，似是看见在那深处有一道冷傲的倩影也在注视着他，眼神中带着挑衅与审视。

“想要掂量一下我的水平吗……

“那就跟你玩玩吧。”

他笑了笑，不再犹豫，步伐迈出，身影便在袁鲲、伊秋水等人的注视下被金光吞没。

“终于进来了吗……”金光结界之中，薛惊涛望着某处。

九宫给了薛惊涛一些金光结界的控制权，周元若要破阵的话，得先经过他。

薛惊涛眼中掠过一抹阴冷之色，道：“所有人听着，运转金光结界，激发‘散魄金光’！我要将他们全部变成呆头鹅，任我拿捏！”

他的声音通过结界瞬间传给了紫霄域那些镇守各处节点的队伍。

“是！”

金光结界各处传来回应。

“嗡嗡！”

下一瞬，整个巨大的金光结界内爆发出璀璨光芒，天地源气也变得狂暴起来。

冰山山顶。

九宫优雅地盘坐着，她的面前有一片光幕成形，闪烁着诸多光点，她盯着其中某一处，自语道：“竟然没让袁鲲出马？脾气和胆魄倒是不小，不过就不怕自信过头了吗？”

她手肘抵着膝盖，掌心托着香腮，神情慵懒。

“看来薛惊涛也对周元看不顺眼啊，想要借我的金光结界给他好看吗？

“呵，也罢，就先当看一场好戏吧。

“周元啊周元，你若是连这薛惊涛都玩不过……苏幼微知晓了，该情何以堪呢？”

第九百五十章
九宫出手

当周元踏入金光结界的那一瞬，眼前有璀璨光芒闪动，视野所及，尽是金光。

“嗡嗡！”

突然，结界内传出异样的波动，只见虚空荡漾，大量如实质般的金光从天而降，倾洒向结界内的每一个角落。

那些金光极为奇异，蕴含着特殊的力量波动。

那代表着子午金光结界已经开始运转。

这些金光一旦落在身上，可让神魂眩晕，令其凝滞，而一旦神魂被控制，身躯就再难移动丝毫，到时候就会成为砧板上的鱼肉。

此时进入结界内的各支队伍，全部遇见了金光。

周元从袖中取出一方铜镜，镜内有诸多光点闪烁，那代表着手持玉简的各支队伍。

此时，那些光点尽数黯淡下来，这是因为他们封闭了自身神魂，让散魄金光无法伤害到他们。

但同样的，此时的他们对于外界的感知也变得极为迟钝。

其他人可以封闭神魂来躲避散魄金光，身为主持者的周元却不能做这种自闭耳目的事，否则一切都免谈了。

周元神色不起波澜，他望着笼罩而下的金光，手掌一抬，一道道源纹光芒自掌心升起。

那些源纹在他的身躯之外迅速形成一道光罩，光罩上源纹流动，当那散魄金光落下来时，皆被这些源纹消融、化解。

不过源纹会随着金光的消融而减少，所以周元需要不断补充。

结界的某个地方，薛惊涛望着这一幕，则是冷笑一声，道：“竟然让所有人主动封闭神魂？这就是你的手段吗？简直是可笑。”

封闭神魂后，那些人几乎成了瞎子和聋子，薛惊涛真不明白，他们进入结界能有什么用！当炮灰吗？

薛惊涛眼神闪烁，道：“派一些人准备袭击，专挑御兽域的人下手。”

他这般手段十分阴狠，周元一看就是此次破阵的主持者，如果到时候只有御兽域的队伍出现损伤，天渊域这边却是毫发无损，必然会引得一些人心生怀疑。

到时候双方有了嫌隙，这个脆弱的合作关系恐怕就直接不攻自破了。

他的命令传出，立即有人应下，然后身影一转，消失于金光之中。

金光结界中，周元望着漫天倾洒的散魄金光，轻吐一口气。第一波攻势已经化解，那么接下来该他出手了。

周元手持铜镜，望着其中的光点。

“甲三队，右行百步，全力攻击西方。

“甲八队，直行三百步，攻击正南方。

“乙五队，原地不动，攻击东北方。”

……

一道道命令从周元的嘴中有条不紊地传出，然后经过铜镜，传入进到金光结界内诸多队伍的耳中。

接到命令的那些队伍先是微微犹豫，最终都按照周元的命令行动起来。

他们来到指定的地点时，目光锁定周元说的方向，但那里金光弥漫，似乎跟其他地方没有任何不同。

“攻击。”

周元的声音再度从他们手握的玉简中传出。

各支队伍一咬牙，源气运转，下一瞬，一道道源气洪流咆哮而出，直接狂暴无比地轰在了前方那金光弥漫处。

“轰轰！”

源气波动爆发开来。

只见被源气轰击的地方，金光一圈圈荡漾开来，下一刻竟然退散而去，渐渐显露出金光结界本来的面目。

那是一处处布满冰雪的山岩，一些紫霄域的弟子现出身，他们有些震惊地望着不远处的队伍，不明白为何对方会发现他们的所在。

这些紫霄域弟子的头顶上方，悬浮着一面散发着金光的镜子。

“灭掉他们，击碎金光镜子，那就是金光结界内的节点所在。”周元的声音再度传出。

各支队伍也有点震惊，旋即变得振奋起来，特别是御兽域的队伍，他们此前跟随袁鲲闯过一次，但那一场的结果相当惨烈，如果不是九宫有所留手，他们恐怕会付出极大的代价。

可即便如此，他们也没有找到结界的任何一处节点

然而眼下，周元三言两语就将那些完美隐匿在结界中的节点轻易找了出来，这一对比，周元破阵的手段显然不是袁鲲能比的。

这无疑给予了众人极大的信心，于是下一刻，他们运转起所有的源气，直接爆发出凶悍的攻势，铺天盖地地对着那节点所在的紫霄域队伍呼啸而去。

此次进入结界的队伍乃是两域的核心精锐，而紫霄域这边只不过是薛惊涛率领的二三号队伍，两者碰撞在一起，结果无疑如摧枯拉朽一般。

紫霄域的队伍虽然在竭力抵抗，但最终还是被轰得吐血倒飞，纷纷溃败。

“轰！”

一道道源气洪流轰向那悬空的金光镜子。

“咔嚓！”

金光结界各处，一面面镜子受到攻击，陆续崩碎。

周元微微侧头，听得那些细微的声音，嘴角有着一丝笑容浮现出来。

随着那些节点被破坏，这座金光结界便现出了漏洞，不再完美。

先机，已经开始转移到他的手中。

与此同时，结界某处的薛惊涛，面色陡然变得惨白，他察觉到由紫霄域镇守的那些节点开始纷纷碎裂。

金光开始颤动，这是结界开始动摇的迹象。

“怎么可能……他怎么可能这么快就破了结界？”

薛惊涛忍不住发出低吼声。此前袁鲲入阵时，可是被他戏耍得颇为狼狈，这周元排名还不如袁鲲，怎么却是这般结果?

他眼神变幻，吼道："立刻袭击！"

金光波动，诸多身影消失而去。

结界内，周元眼神闪烁了一下，随着那些节点被破坏，这座金光结界的轨迹运转被他洞察得更为清楚。

他微微侧头，感应着结界内的细微波动，唇角微掀："蠢货。"

"甲五，小心左侧，准备反击。

"乙三，后方三十丈。"

听到周元的提醒，那些队伍毫不犹豫运转源气朝他提到的方向轰了过去。

"砰砰！"

源气爆炸，一道道身影被狼狈地轰了出来，惨叫声回荡于结界。

周元神色淡漠。薛惊涛真是阴险，竟然打算暗中偷袭，不过也挽救不了局面了，而且这种不同于结界的自身运转，反而加快了他发现其他节点的速度。

"继续破坏节点。"

接下来，又是一道道命令传出，越来越多的节点被破坏。

金光结界内，空间颤动，宛如将要破碎。

薛惊涛望着渐渐失控的局面，浑身颤抖起来。他感到头皮发麻，如此强大的结界，竟然连半炷香都没支撑到，就被周元破掉了？

他是怎么做到的？！

冰山山顶，原本慵懒盘坐着的九宫此时猛地挺直腰身，她望着面前光幕上那一道道不断黯淡下来的光点，俏脸终于变得凝重起来。

"这家伙竟然有这么高的源纹造诣？

"薛惊涛真是无能，竟在结界内运转其他力量偷袭，简直没一点脑子。"

九宫舌尖轻轻舔了舔红唇，美眸中有一丝火热的战意涌现。

"不过这才有意思。"

九宫纤细玉指结印，眼眸渐渐闭拢。

这一瞬间，金光结界内的动荡渐渐平息。

身处结界内的周元，眼神此时猛地一凝，抬头望着结界深处。

他知道，九宫已出手拿回金光结界的控制权了。

这位玄机域的顶尖天骄终于忍不住要出手了。

第九百五十一章 顶尖博弈

冰山之外，巨大的璀璨金色结界泛起了剧烈的波动，金光开始一圈圈朝内部回缩，原本被遮掩的冰山一角显露出来。

留在外面的两域队伍见到这一幕，顿时爆发出欢呼声，以为结界开始破碎了。

“这是结界要破了吗？”伊秋水有些惊喜地道。

一旁的袁鲲看了看，眉头却皱了皱，有些迟疑地道：“恐怕没有……这金光结界虽然在收缩，却没有太过动荡，显然是有节奏地在控制着收缩，这种感觉……反而比刚才更危险。”

袁鲲微眯的眼睛中忽然掠过一抹精光，道：“是九宫接手了！”

“九宫？”伊秋水微惊道，“先前不是她在掌控结界吗？”

“先前应该是薛惊涛。九宫这女人性格极为高傲，刚开始恐怕并不认为周元能够破掉金光结界，所以根本没有出手的打算。

“但周元的能力显然超出了她的预料……刚才我们能够感觉到金光结界出现了紊乱的迹象，应该是周元做到的，而这种情况如果继续下去，金光结界必破。

“所以九宫坐不住了，她踢掉了薛惊涛，准备亲自跟周元较量。”

袁鲲摩挲着几乎看不见的下巴，道：“这女人虽然眼高于顶，但本事的确不小，而且极为果断。她一出手，直接主动截断了先前被周元破坏的节点，断尾求生，所以我们才会看见金光结界在收缩。”

袁鲲虽然源纹造诣低，但好歹是神府榜排名第八的人物，眼力还是不凡的，所以很快洞察到了结界内发生的变化。

“原来如此……”伊秋水恍然地点点头。

“可现在结界被周元破掉了许多节点，就算九宫接手，也很难逆转吧？”

袁鲲叹了一口气，道："这座子午金光结界应该分为内外两层，之前薛惊涛掌控的不过是外层而已，现在九宫舍弃了外层，回缩内层，论起危险程度，绝对比之前更棘手。"

他抬起头，望着那在收缩中渐渐稳定，并且金光愈发璀璨刺目的金光结界，面色微肃。

"接下来才是麻烦的时候。"

金光结界中。

周元同样感受到了不断收缩的趋势，他双目微眯，发出一声轻叹："真是一个棘手的对手啊。"

对方的果决，让他无法乘胜追击。

那些被他攻破的节点，如同一个人身上坏死的部分，现在九宫直接挥刀割肉，让坏死的地方无法进一步污染其他好的区域。

而且随着范围收缩，金光结界将会变得更为严密，探测剩下来的节点不会再如先前那样顺利。九宫不是薛惊涛，她对结界的掌控可谓完美，不会有那么多漏洞可循。

虽然情况棘手，但想要周元就此罢手，也是不可能的。

周元双目闭拢，神魂感知蔓延，感受着金光结界内诸多源纹的流转、源痕的成形，下一刻，一道道进攻的命令再度不疾不徐地发出。

"甲四队，前行两百丈，再右行三百丈，攻击西北方。

"甲八队，左行一百步，攻击正南方。

"乙三队……"

……

在周元的命令下，一支支队伍再度展开攻势，迅速赶往周元所说的位置，然后对着指定的方向发动攻击。

同时，山顶上的九宫盯着眼前的光幕，红唇微启，清晰的声音也急促地响起："第九节点，加固防御。

"十三节点，催动金光，攻击西南方的队伍。

"十五节点，攻击北方。"

在她的命令下，金光结界内那些节点顿时运转起来，或进攻，或防御，或隐匿……

周元想要进攻，九宫便迅速防御，并且造成虚虚实实的假象，令周元无法推算出真正的节点位置。

双方虽然未曾碰面，但已经开始了极为激烈的博弈。

“轰轰！”

金光结界内，狂暴的源气波动不断爆发。

周元感觉到来自九宫的阻拦，面色变得凝重。刚才那番进攻，他们仅仅只发现并破坏了两处真正的节点，要知道，周元可是指定了将近十个位置。

所以说，其中八个位置都是九宫制造出的假象，误导周元的推算结果。

而且九宫在那些位置汇聚了磅礴的金光，试图摧毁周元的队伍，如果不是周元反应及时，迅速撤退，恐怕此时他的队伍已出现了极大的损伤。

队伍推进以及节点的破坏速度，比起之前简直慢得令人发指。

不过周元并不焦急，他知道九宫不是薛惊涛可以比的，以她的源纹造诣，再加上结界的优势，自己能够继续破碎两个节点已经算是不错了。

接下来只需要稳步推进，不可急躁，免得落入对方的圈套。

于是，周元开始放缓速度，仔细推演，窥探结界内的细微变化，再渐渐向前逼进。

接下来的一炷香时间，周元与九宫屡屡交锋，双方互有胜负，当一个个节点被破碎，周元的队伍也出现了损伤，一些人甚至直接被结界金光波及，被踢出了陨落之渊。

不过，总体来看，当越来越多节点被周元占据，局面似乎在渐渐朝他这边偏移。

冰山外，袁鲲、伊秋水他们望着激烈翻滚的金光结界，能够感觉到结界的强度在一点点减弱。

“看来是周元取得了上风！”伊秋水欣喜道。

袁鲲没有说话，虽然表面上看起来的确如此，但他有着如源兽般敏锐的感官，看着局势渐渐好转，他反而感觉到一点不安。

九宫可不是好对付的人，这一点他心知肚明。

眼下这情况，九宫是真的支撑不住了吗？

冰山山顶，九宫凝视着那些不断黯淡的节点，清冷的脸上同样有些凝重，但并不显得惊慌失措。

“九宫师姐，第十二节点已被攻破！”突然有急促的声音传来。

九宫明眸中精光闪烁，她挺直了腰背，曲线玲珑，盯着光幕中的某处，红唇微掀，道：“周元，你倒是厉害，竟能将我的子午金光结界搞得如此千疮百孔……

“不过，你莫要忘了，有句话叫作……请君入瓮！

“既然进来了，就不要想走了！”

九宫修长的玉手握着一支源纹笔，笔尖闪电般划过虚空，最后形成一道道古老源纹冲天而起，涌入结界。

当那些源纹融入结界后，九宫面前光幕的最后方，一些光点开始变得璀璨明亮。

九宫眸光火热，低声自语道：“周元，能将我这子午金光结界逼出最后一环，你的能力我承认，但可惜，最后赢的人还是我！

“子午金雷光，爆发吧！”

“轰轰！”

狂暴的声音在结界轰然响彻，毁灭的气息升腾而起。

这一瞬，身处结界之外的袁鲲猛然色变，从结界内涌起的那股波动连他都心头一颤，这一刹那他明白了，这才是九宫最后的手段！

她在诱敌深入，一击溃之！

第九百五十二章
周元破阵

“轰轰！”

金光结界内，狂暴的波动在凝聚，金光汹涌，隐约有雷鸣之声回荡。

一股令人心惊肉跳的力量渐渐出现。

周元同样察觉到了这股力量，当即瞳孔微微一缩，他凝视着金光结界最深处，自语道：“原来如此，故意将我等引至深处，然后一击而溃？

“这是请君入瓮吗？”

周元目光闪烁，旋即笑了笑，道：“倒是个好计谋，但是不怕引狼入室吗？”

他深吸一口气，不理会那剧烈翻滚的金光结界，陡然出声，发出一道道命令，进攻的节奏此时迅速加快。

“轰隆！轰隆！”

而这一次进攻所取得的成果，远比之前更有效。

九宫显然是打算放弃这些节点，她在汇聚所有力量准备着最恐怖的攻击，那绝对不是周元这些队伍能够承受的，足以让局面彻底逆转。

周元似乎对这一点并不知情，依旧不断地占据、破坏着各个节点。

冰山山顶。

“九宫师姐，他们攻占节点的速度越来越快！”急促的声音从各处传进九宫耳中。

九宫却丝毫不为所动，道：“不必理会，将结界的所有力量汇向核心节点，此战胜负，就在此间。”

“是！”

诸多声音应下，金光结界继续收缩着，同时，汇聚的力量也越来越恐怖、越来越惊人。

冰山外，袁鲲与伊秋水的面色变得极为凝重，他们察觉到金光结界内的力量越来越强横。

“这种强度，就算是我，一旦硬撼都会被重创。”袁鲲缓缓道。

子午金光结界乃是九宫的拿手好戏，当其彻底爆发，那种力量非同小可。

“这可真是麻烦了，周元现在恐怕会进退两难。”

正常来说，前方有毁灭般的攻势凝聚，周元应该率领队伍后退，可一旦后退，那些节点就会被九宫迅速夺回，金光结界将彻底复原。

周元之前的努力，就会彻底化为乌有。

破阵，更是无从谈起了。

所以在袁鲲看来，周元如今真正陷入了一种极为尴尬的境地。

袁鲲心中轻叹一口气，体内源气运转，准备随时出手救援。

金光结界内，周元却对那深处凝聚的恐怖力量无动于衷，依旧在指挥着队伍，不断占据节点，一步步推进。

但是随着时间推移，两域的队伍开始渐渐显露惧色，因为他们已经能够清晰地感觉到前方涌动的毁灭力量。

那种力量一旦爆发，他们这里的损失将会极为惨重。

周元察觉到他们的恐惧，当即将声音传来：“这个时候就算是退后也已经晚了，若是不想平白出局，就听我的命令。”

他语气严厉，倒是让各支队伍稍微压制下了恐惧，咬着牙再度推进。

不过就在这一刻，结界深处那种狂暴雷鸣忽然变得安静了。

这反而让所有人心中的恐慌陡然加剧，他们知晓，瞬息的安静只是接下来毁灭反击的前奏。

来自九宫的反扑，终于成形了。

冰山山顶，九宫红唇微张，轻吐了一口如兰香气，美眸冷冽地盯着眼前的光幕，双手合拢，低低的声音带着凛然寒气，在这冰山之上响起。

“结束了。

“金雷……

“飞舞吧！”

"轰隆！"

这一刹那，金光结界的最深处雷鸣炸响，铺天盖地的金色雷霆宛如巨蟒一般咆哮而出，以铺天盖地之势直接对着周元以及他带来的那些队伍轰击而去。

金雷涌过，虚空动荡。

处于结界某地的薛惊涛望着这种攻势，眼中涌现出狂喜之色，这种反扑那周元必然接不下来！

"看你还怎么得意！"他咬着牙，一脸振奋。

周元抬起头，望着结界深处，那里金雷铺天盖地而来，那股威势连他心头都是一震，如果让他单独承受，恐怕真得倾尽全力才有可能自保。

而且这仅仅只是自保，那些队伍恐怕会被直接团灭。

九宫的子午金光结界，的确不凡。

结界中，那些队伍面露恐惧之色，他们还是两域的精锐，否则恐怕此时要忍不住后撤逃跑了。

但即便如此……这种攻势，该如何抵挡？

就在他们望着铺天盖地而来的金雷愈发绝望时，周元平淡的声音再度在他们耳中响起："所有人，此时捏碎玉简。

"放心，既然我带你们进来，自然会全须全尾带你们出去。"

他的声音并不激昂，但那种平静反而带着某种魔力，令众人情绪平复了一些，他们望着手中的玉简，一咬牙，猛然捏碎。

"嗡！嗡！"

那些玉简捏碎的瞬间，只见一道道光柱自他们所立之地冲天而起。

光柱之内有无数源纹飞舞，它们化为光线，彼此交织、相连。

渐渐的，一面巨大的透明龟甲出现在前方。

龟甲之上流淌着无数源纹，反射出光芒，璀璨夺目。

周元立于龟甲之后，凝视着它，唇角有一抹弧度轻轻掀起，紧绷的身躯此时终于缓缓放松下来。

他望着那近在咫尺的金雷洪流，轻声道："龟镜结界。"

"轰！"

金雷洪流重重地轰撞在那巨大的龟镜之上，一瞬间地动山摇。

冰山上，九宫的美眸投向二者碰撞的山腰处，双手轻轻紧握。

胜负，就在此时了。

金雷肆虐，接下来应该会摧枯拉朽地席卷一切。

“轰！”

就在此时，山腰处的金雷洪流忽然震荡了一下，竟有一股本属于金雷的力量反扑回来，与金雷洪流相撞。

“轰轰！”

虚空在此时被撕裂。

九宫的瞳孔猛地一缩，眼中有一丝不可思议。金雷分明是结界的力量，怎么会突然对结界展开反扑？

“怎么回事？！”

她眸中源纹流转，视线穿透金光，终于看见了那突然出现的巨大源纹龟镜。

金雷轰击在上面，直接被它反弹，如海啸般的反扑力量，与金雷洪流相撞。

“龟镜结界？！”

九宫猛然变色：“怎么可能？他怎么可能在我的结界中布置出一座龟镜结界？！”

她的目光扫过先前周元占据的那些节点，目光一闪：“是那些节点！”

正是连接了这些节点，周元才能够如此快速地布置出一座龟镜结界，也就说，周元几乎是在她的结界基础上衍生出了另一座结界。

这并非简单的事！

制造者必须拥有极高超的源纹造诣！

九宫玉手紧握，心一点点沉了下去。原来周元从一开始就防备着她，这座龟镜结界就在等待着她的倾力反扑。

龟镜所拥有的反弹特性，刚好能够将金光结界彻底克制！

被弹回来的金雷，将会反噬！

“狡诈！”九宫银牙紧咬。

“轰轰！”

下一瞬间，山腰处有金雷洪流反扑，首当其冲便是残余的子午金光结界，几乎是在短短数息间，所有节点都被金雷彻底摧毁。

“轰轰！”

金雷呼啸而过，漫天的金光随之消散。

这一刻，山脚下的袁鲲等人目瞪口呆地看见那笼罩冰山的巨大结界崩溃，冰山原本的样貌出现在他们的视线中。

冰山上，紫霄域、玄机域的队伍皆一脸茫然。

子午金光结界就这样被破了？！

第九百五十三章 驱离紫霄

天高无云，冰山如擎天巨柱般矗立于群山间，巍峨壮丽。

此时，不论山内山外，所有目光都带着惊愕望着空旷的天地，先前那狂暴的雷鸣声以及璀璨的金光早已消失得干干净净。

随之消失的，还有那座让袁鲲以及御兽域队伍寸步难行的子午金光结界。

山脚下，袁鲲瞪目看了一会儿，然后深吐一口气，道："周元总阁主，果真能耐不小啊！"

他的眼中掠过一丝郑重与忌惮。周元能够破了这金光结界，足以说明他在源纹上面的造诣极为惊人。

"旁人都说这位天渊域的总阁主名声不显，底蕴不足，如今来看，简直就是可笑。"

袁鲲暗暗摇头。之前他与周元交手，不分胜负，虽说是双方都有留手的缘故，但袁鲲能够感觉出来，就算他倾尽底牌，也不见得能够胜过对方。

更何况，周元还在源纹一道上有着这等造诣。

此时袁鲲再看向周元，感觉到了一丝幽深之意。

"徐暝此前得罪了他，结下恩怨，此人为人狂傲，说不定要在周元身上栽一个大跟头。"

袁鲲细小的眼中掠过一抹幸灾乐祸，旋即他冲着一旁欢喜的伊秋水摆了摆手，道："走，既然周元已破了结界，我们也该进山了。"

声音落下，大地神牛踏着地动山摇的步伐走来，他闪身掠上，神牛便"哞"叫出声，对着巨峰冰山而去。

后方，两域剩下的队伍赶紧跟了上去。

冰山山顶。

在金光结界被破时，九宫便处于怔然状态，她显然无法接受这个事实。

子午金光结界是她的底牌之一，凭借它，她自信神府榜除了前四，其余任何人都能够困住……唔，李通神可能麻烦点，因为对方的源纹造诣比她更强，毕竟玄机域是源气、源纹双修，而圣纹域则将绝大多数精力都投注在源纹上……

所以之前即便强如袁鲲，进了此阵后也是灰头土脸地退走了。

可九宫怎么都没想到，她的结界最终破在了周元的手中……

不是神府榜排名前八的任何一人，而是这个从未入过她眼的后起之秀——周元。

对于周元，九宫虽说谈不上轻视，但她同样觉得周元的底蕴跟其他八域的老牌顶尖天骄相比差了许多，毕竟他冒头太快，而且他所经历的那些对手没有一个能够达到老牌天骄的水准。

而他们这些老牌天骄自然有着自己的骄傲，想要他们承认一个新人能够与自己媲美，不是那么容易的事情。

正因为如此，当九宫看见那般出色的苏幼微竟然和周元的关系那么近时，才会感到一丝不忿。

然而种种心思都在今日随着那金光结界的破碎被直接按灭了。

“唰！唰！”

一道道身影出现在九宫后方，是玄机域众人，他们此时有些垂头丧气，想来士气受到了不小的影响。

薛惊涛也带人来到这里，他快步上前，低声道：“九宫姑娘，那周元能够破阵，不过一时侥幸罢了，算不得什么。

“接下来，不知道九宫姑娘想要怎么做？我等必定以你马首是瞻。”

薛惊涛的目光闪烁着阴沉的光，心中满是不甘，他没想到周元的实力如此强横，与其相比起来，他瞬间就黯淡失色了。

这不仅没有削弱他的嫉恨之心，反而变得更加浓烈。

所以他想煽动九宫。只要双方争斗起来，天渊域与玄机域就算撕破脸皮了，再加上之前周元得罪了徐暝……在这九域大会中，天渊域便已经得罪了两大域！

九宫此时终于渐渐回过神来，美眸中有些复杂。

“咻！咻！”

山林间响起破风声，一道道身影冲天而起，最后落在冰山的山顶上。

领首者正是周元与袁鲲。

袁鲲笑嘻嘻地望着九宫，道："九宫，你之前说的话不会不认账吧？"

然而九宫并没有理会他，只是眼神带着一丝异色盯着未说话的周元，缓缓道："你一开始就打算以龟镜结界来破我的子午金光结界？"

周元平静地道："论起攻击力，你的子午金光结界在同等级结界中当属翘楚，其实如果你不发动最后的攻击，我要破除此阵还会更麻烦。

"说起来，你这阵不是我破的，是你自己破的。"

这是周元的实话。九宫这座结界的攻击力太可怕，但成也如此，败也如此，周元借助金光结界的力量，反向摧毁了它。

九宫沉默了一下，道："能够在我的结界残骸上构建出另外一座结界，你的源纹造诣很厉害。"

旋即她坦然地道："这一次是我输了。周元，我小觑了你的本事。"

周元神色依旧没有波澜，道："那此地的先天灵机？"

九宫微微沉吟了一下，然后目光转向薛惊涛，道："带着你们的人离开此地吧。"

薛惊涛面色一变，道："九宫姑娘，之前可是说好的，这座冰山内部的灵机分我们一半，如今可才采集了十分之一不到！你怎能让我们离开？"

九宫淡淡道："此前此地由我说了算，但如今不是。你若能让他们同意，我自然没有意见。"

袁鲲此时笑呵呵地道："此地灵机虽盛，恐怕不够这么多人分。"

他当然不想薛惊涛留下来，此人还不够资格跟他们平起平坐，除非是苏幼微还差不多。

薛惊涛面色难看，他旋即看向周元，强笑道："周元总阁主，你与幼微师妹相识，还望看在她的面子上……"

周元眼皮微垂，淡淡道："之前阁下似乎并没有看在她的面子上啊！"

先前薛惊涛态度强势，对他们出手毫不留情，如今眼见势弱了，又搬出苏幼微，这般行止实在有些卑劣。

被周元这么一堵，薛惊涛的面色一片铁青，十指紧握，心中简直要被气炸。

最终，他深吸两口气，阴恻恻地道："好，今日各位对紫霄域的所为，我记住了。

后面若是遇见幼微师妹我会如实相告，也好让她知道，她认识的都是些什么人！”

九宫淡笑一声，道：“苏幼微会帮谁可不一定哦。”

听到此话，薛惊涛的太阳穴都在突突地跳，眼睛充血。他轻蔑地看了周元一眼，道：“放心，幼微师妹还是分得清轻重的，不是什么人在她的心中都能够比得过紫霄域，不信等着瞧！”

话音落下，他便直接甩手转身离去，他知道留下来已经没有任何作用了。

紫霄域的队伍沉默地跟了上去，略显狼狈。

周元看了一眼，随后收回目光，丧家之犬而已。他并不觉得今日的举动对苏幼微会有什么不好的影响，因为他知道双方内心都分得清是非黑白。

如同吕霄他们如果遇见苏幼微，且不知天高地厚地设计于她，周元也不会觉得苏幼微采取任何措施就对不起自己一样。

随着紫霄域的队伍被驱离，袁鲲笑眯眯地看向九宫，搓了搓手，垂涎道：“九宫，能说说你在这里采集到了几道先天灵机吗？”

九宫瞥了他一眼，道：“一道都没有。”

袁鲲笑容一僵，道：“九宫，这个时候还说这种话，你以为我们会信吗？”

周元也皱了皱眉头。九宫占据此处这么久，如果有先天灵机的话，应该早就到手了吧？如今她却说一道都没有，的确不可信。

九宫轻哼一声，懒得解释，只是用看乡巴佬的目光看了两人一眼。

“你们真以为先天灵机那么好得吗？

“走吧，带你们去见识见识。”

九宫转身，朝着冰山深处而去。

周元与袁鲲对视一眼，有些惊疑，但还是迅速安顿好队员，然后快步跟了上去。

他们倒是要瞧瞧这先天灵机究竟有何奇异之处！

第九百五十四章
超七千万

周元、袁鲲跟着九宫往冰山深处而行，一路沉默。片刻后，九宫停下脚步，周元目光看过去，只见一座冰窟出现在前方。

冰窟直通地下，显得极为幽深。

九宫依然没有废话，直接一跃而下，周元、袁鲲对视一眼，跟了上去。

他们在冰窟中急速滑落，寒风如刀一般刮在身上。

这般滑落持续了足足一炷香时间，随着愈发深入，周元的面色变得凝重，因为他感到四周的温度越来越低，甚至后来他不得不运转源气抵御寒气。

这种温度，寻常人根本不敢久留。

“嗤啦！”

就在周元心惊时，九宫忽然伸出玉手，对着冰壁猛然一撕，指尖在坚硬的冰壁上留下深深的爪痕，而她的速度一缓，轻飘飘地落了下去。

似乎是到了。

周元与袁鲲脚下的源气一震，降落的速度也减缓下来。

三人落在一座凸出来的巨大冰块上。

周元朝下方看去，只见那里有一座巨大的冰湖，湖面上有巨大冰块漂浮着，隐约可见湖水深处似乎有着约莫十道光点。

他将源气灌注双目，眼神顿时变得锐利起来，视线透过湖水，终于将那十道光点看清楚了。

竟是十朵冰莲!

冰莲栩栩如生，冉冉绽放，每一枚花瓣上都铭刻着奇妙的纹路，仿佛由天地自然所生。而且这冰莲看上去真切，却又有一点虚幻之感，宛如气流所化，神奇异常。

周元看见它时，体内的神府在剧烈震动，渴望的感觉爆发到了极致。

“嘶。”

周元轻吸一口凉气，眼中涌现出震惊与狂喜之色。

能够让神府如此异动，除了先天灵机还能是何物！

那些冰莲，无疑就是先天灵机所化！

“咕噜。”

就在周元欣喜的时候，一旁传来了吞咽口水的声音，只见袁鲲直直地望着冰湖深处，眼中的渴望与垂涎几乎快要溢出来了。

他忍不住踏出两步。

“想死的话就下去吧。”一旁的九宫突然道，语气冷冽。

周元眼神一凝，眉心神魂闪烁，感知蔓延开来。

数息后，他的目光猛地投向一座漂浮在冰湖上的小型冰山，隐隐地似乎看见了冰山内部有一道光影。

一股难以遏制的危险气息从中散发出来，令周元的皮肤都有些刺痛。

周元一把拉住了袁鲲，用眼神示意那个方向。

袁鲲看过去，浑身肥肉一抖，面色凝重起来，低声道：“是一道陨落妖影？”

九宫淡淡地道：“经过我的探测，这道陨落妖影生前应该是天阳境，所以即便如今实力有所削弱，它的源气强度也应该在七千万源气星辰左右。”

听到此话，袁鲲倒吸一口冷气，连周元都眼皮跳动了一下。

“七千万源气星辰……”

这个源气强度，比他们任何一人倾力爆发的都要强悍！

如果单打独斗，他们三人不论是谁，恐怕都会被彻底碾压。高达上千万的源气差距，足以让拥有诸多手段的他们都感到绝望。

九宫冷冷地瞥了袁鲲一眼，道：“现在知道为何我一道先天灵机都没到手了？”

袁鲲有些尴尬，悻悻地反驳道：“既然你明知道自己吃不下，为何之前还要将我驱离？”

九宫微微一滞，哼道：“我是在将你赶走后才发现那陨落妖影的，而且我知道你不会轻易放弃，一定会回来，而且更大的可能是找了帮手回来。”

袁鲲惊愕地道：“原来你是在等着我找帮手回来！那你还这么折腾？！”他有

点气急败坏，感觉自己被这个女人耍了。

九宫淡淡地道："如果你找的是其他几域的主力队伍，或许就不需要破阵了，但你找来的是周元，我当然要测试一下他的本事。"

周元没理会争吵的两人，他眼神凝重地盯着冰山中的陨落妖影，道："我们三人联手，恐怕都不见得能解决它。"

就算是施展秘术，他们三人的源气底蕴恐怕顶多只在五千万与六千万之间。

三个六千万底蕴的人加起来，不一定就比得过一个七千万底蕴的陨落妖影！

袁鲲闻言点了点头，道："七千万的源气底蕴，想要单挑的话，恐怕只有赵牧神、武瑶、苏幼微有这个能耐。"

"王羲应该也可以。"九宫补充了一句。

周元目光微闪，从两人的言语中可知那赵牧神的源气底蕴已经超出了七千万这个数目……的确很厉害，当真是大敌啊！

他的目光掠过周围，忽地眼神一动，看向九宫，道："这里有一些源纹残留，是你做的？"

九宫有些讶异地看了他一眼，道："你的神魂感知还真是敏锐。没错，的确是我之前留下的，本来打算构建一座源纹结界来对付它。"

周元沉吟道："结界倒是一个不错的办法，不过还远远不够，就算你将子午金光结界搬来，都不见得能重创它。"

"子午金光结界需要诸多节点以及人员协助，规模庞大，而此地寒气极盛，除了我们三人，其他人都无法接近。"九宫摇摇头，道。

周元默然，没有子午金光结界，寻常结界恐怕只能起到一点阻拦的效果。

他与袁鲲施展大招，或许能给这天阳境的陨落妖影造成一些伤势，但那并不能就此取得胜势……

到时候战斗一旦白热化，一个不慎，他们甚至有被淘汰出局的可能。

三人都想到了这一点，一时间沉默下来，气氛有些压抑。

他们心中都极为不甘，毕竟先天灵机难寻，而此处竟然有十道，简直是极大的机缘，怎么可能心甘情愿被陨落妖影阻拦？

沉默间，周元目光微闪，缓缓道："不过……也不是完全没办法对付。"

袁鲲与九宫的目光惊愕地投来。

“你有办法？”九宫的语气满是怀疑。想要对付一只源气强度高达七千万的陨落妖影，可不是什么寻常办法能够做到的事情。

周元平静地道：“我有一法宝，拥有封印之力，若是被其命中，可封印一半左右的源气。

“不过此宝是我的底牌，使用次数有限，所以如果最终我们得手了，十道先天灵机，我要其五。”

周元所说的封印之宝，正是之前从卢海等人手中夺来的五灵乾坤塔，此物经过他这段时间的蕴养，能够勉强催动，当然，所谓的次数限制，只是用来忽悠那两人的。

“五道先天灵机？”袁鲲与九宫眉头一皱。面对先天灵机这等宝贝，就算他们是九域的顶尖天骄也不免显得斤斤计较。

周元一人要走一半，袁鲲与九宫皆感到极为肉痛，不太甘心。

周元没有多说什么，只是盯着两人，神色显得极为坚定。

他没有故意要占便宜，按照贡献来分配，他这封印源气的手段将会是至关重要的一环。

袁鲲与九宫都是聪明人，明白这一点，沉默了片刻后，终于一咬牙答应了。

“好，如果那封印真如你所说的那般厉害，事成之后，十道先天灵机你得一半！”

第九百五十五章 三人联手

冰山深处，冰湖上方的冰岩上。

周元静静盘坐，双眼微闭，心神沉入神府内，可见一团源气在滚动，其中有散发着光泽的碎片。

正是五灵乾坤塔的碎片。

当初卢海等人要联手才能够将五灵乾坤塔祭出，周元的源气底蕴远胜他们，凭借一人之力也能够做到。

只不过，短时间内只能够祭出一次。

周元运转源气，蕴养着碎片，如此约莫一炷香后，他方才睁开眼睛。

在他们所处的这座巨大冰岩上，袁鲲坐在一旁，从乾坤囊中掏出肉干，狼吞虎咽地吃着，身旁的大地神牛陪着他大快朵颐。

瞧得周元睁开眼，袁鲲嘿嘿一笑，递过肉干。

周元摇头婉拒，目光抬起望着不远处，九宫的倩影在半空中悄然掠过，寒气弥漫，将她的身影掩盖，她每落在一处，都会留下诸多源纹。

她在布置源纹结界。

眼前的陨落妖影威胁性极大，就算三人联手，也不敢说有多少胜算，所以他们不敢留手，都在竭尽全力地准备着最强手段。

周元尽全力地蕴养碎片，袁鲲连大地神牛都拉了进来，而九宫也在努力地布置她最拿手的结界。

九宫忙活了小半天，身影终于落了回来，胸前轻轻起伏，气喘吁吁。

她瞧着盘坐的周元以及一旁狂吃肉干的袁鲲，顿时柳眉微竖。这两个家伙真是没有一点怜香惜玉的心，看着她忙来忙去，就没人上去帮个忙。

“准备好了？”周元笑问道。

九宫冷哼一声。

周元看了一眼虚空，双目微眯，道：“厉害！这么短的时间就布置出了八重源纹结界，想必那陨落妖影若是闯了进去，就算有七千万的源气底蕴，也会被困上片刻。”

九宫有点讶异地看了他一眼。她这八重源纹结界，可谓一环藏一环，却依然被周元看得清清楚楚，可见这家伙的源纹造诣相当不凡，怪不得能够破了她的子午金光结界。

她雪白的下巴轻轻一扬，道：“还算你有点眼光。”

倒是骄傲得很。

周元一笑，旋即郑重地道：“另外我提醒一下你们，我那封印之术需要你们提前将陨落妖影困住瞬息，否则被它躲掉的话，想要第二次机会就难了。所以我们务必一击得手。”

袁鲲、九宫听到周元的话，并没有失望，反而不可察觉地松了一口气。如果周元那道封印使用起来完美无碍，那实在是一个让人防不胜防的大杀器。

如今大家身处九域大会，彼此是竞争者，他们当然不愿意看见周元拥有如此手段。

“待会儿动手时，袁鲲正面出击，伺机把它引入结界，我以结界将其缠住，周元则寻找机会发动封印术。都没意见吧？”九宫说道。

周元点点头，一旁的袁鲲却面色一苦，要他正面硬扛，无疑是去挨揍的，不要太悲惨！

但他知道这个分工是最合适的，躲避不了。

“若是准备妥当了……”周元深吸一口气，眼神渐渐变得凌厉，道，“那就动手吧！”

袁鲲爬起来，拍了拍肚子，顿时肉浪滚滚，他那细眯的眼睛此时渐渐有一丝危险光芒闪烁。

“轰！”

强大的源气猛然爆发出来。

“兽魔体！”

袁鲲低吼出声，满身的肥肉瞬间变成漆黑色，宛如钢浇铁铸，他脚掌一跺，身影便如炮弹般急射而下，凌空一拳轰出。

“轰！”

那一道拳劲宛如洪流倾泻，重重轰击在那陨落妖影藏身的冰块中。

“砰！”

冰块瞬间爆炸，一道刺耳的尖啸声陡然响彻，音波滚滚而来，竟在冰湖上掀起了巨大涛浪。

冰浪突然被撕裂，一道光影如鬼魅般暴射而出，直接出现在袁鲲的前方。

“轰！”

陨落妖影出招没有任何花哨，直接一拳轰出，带起音爆之声，虚空都被震荡出层层涟漪。

袁鲲怒吼出声，双臂交叉在身前。

“轰隆！”

陨落妖影的一拳再度在冰湖中掀起巨浪。

袁鲲惨叫一声，庞大的身躯倒飞出去，“砰砰”落在冰湖上，划起长长的水浪匹练，将沿途的冰块尽数撞得粉碎。

“扑哧！”

当他稳住身形后，一口鲜血喷出，双臂处鲜血流淌，可见森森白骨。

“这他娘的太凶了吧！”袁鲲怒骂一声，眼神惊惧。他算是够扛揍的了，却差点被一拳活活轰杀，七千万源气底蕴的陨落妖影就这么强吗？

高处的冰岩上，周元与九宫见到这一幕，面色忍不住一变，这陨落妖影凶悍得超出他们的预料。

“牛哥！”

冰湖上，袁鲲望着那猛然间再度暴射而来的陨落妖影，头皮发麻，旋即大吼道。

“哞！”

高空上，大地神牛发出“哞”叫声，四蹄迈动，顿时虚空震荡，宛如化为一道恐怖的钢铁洪流，裹挟着无法形容的力量，直接对着陨落妖影撞击而去。

那一撞，足以将一座山岳拦腰截断。

大地神牛速度极快，陨落妖影转身一握，磅礴源气咆哮而出，化为两只巨大的源气手掌，生生抓住了两只尖锐的牛角。

“咚！”

虚空剧烈震荡，大地神牛的冲撞被硬生生阻拦下来。

“唰！”

袁鲲的身影出现在大地神牛身上，他满手鲜血，疯狂结印，然后一掌拍在牛背上，厉喝道：“牛魔神角术！”

“嗡嗡！”

大地神牛的两只牛角陡然变得黝黑，震颤着让虚空都裂开了缝隙，一股恐怖的力量猛然爆发。

陨落妖影的两只源气巨手瞬间崩裂，大地神牛咆哮而下，重重撞在它的身躯上。

“砰！”

陨落妖影直接被撞飞在一座巨大的冰壁上，顿时有巨大的裂痕蔓延开来。

周元望着这一幕，眼角微微跳了跳，他看了一眼袁鲲与大地神牛，这一人一兽联合起来，战斗力的确恐怖，竟然连陨落妖影都被轰飞了。

不过……似乎没什么用啊！

因为在那冰壁上，陨落妖影摇摇晃晃地落下来，它晃了晃脑袋，身上磅礴的源气波动并没有丝毫减弱的迹象。

“嘶！”

它似乎有些愤怒，尖啸出声，源气波动猛然暴涨，再度冲向袁鲲。

袁鲲见状，头皮又开始发麻，旋即一拍神牛，道：“牛哥，跑！”

他终于确定，凭他一人真的打不过！

大地神牛与他心意相通，顿时四蹄一迈，对着高空暴射而去。

陨落妖影紧追不舍。

一人一牛在前面疯狂逃跑，一道妖影紧随其后。

十数息后，袁鲲冲进那重重结界，不过就在此时，那妖影忽然减缓速度，似乎察觉到了什么。

暗处的九宫与周元见到这一幕，心头顿时一沉。

袁鲲也察觉到了速度变缓的陨落妖影，顿时一咬牙，一拍大地神牛的牛头，喝道：“牛哥，放大招！”

“噗！”

大地神牛的牛尾一甩，只见数十颗如黑色铁蛋的球状物喷射而出，如箭矢一般狠狠拍打在陨落妖影的身躯上。

那黑色铁蛋散发着一股异味，似乎能够引起情绪亢奋，陨落妖影的眼睛仿佛在此时变得通红，下一刻，它再不犹豫，身影暴射而出，一步跨入那重重结界之内。

周元与九宫沉默了一息，然后周元默默出声。

“大鱼入网了……

“收网吧……”

第九百五十六章 瓜分灵机

“嗡！”

陨落妖影冲进结界的那一瞬间，九宫直接启动阵法，顿时无数源纹自虚空中闪烁起来，仿佛形成了无数源纹长鞭。

长鞭铺天盖地地倾泻下来，直接封堵住陨落妖影的所有退路。

那些源纹长鞭缠绕上陨落妖影的身躯、手掌，将它重重掩埋。

“轰！”

下一瞬，狂暴恐怖的源气猛然自陨落妖影体内爆发出来，直接将那层层源纹长鞭震碎。

九宫俏脸一紧，急忙变幻印法。

“哗啦啦！”

只见那些磅礴源纹犹如化为泥沼，环绕在陨落妖影四周，令其难以移动。

“轰轰！”

面对这些阻拦，那陨落妖影怒吼出声，一拳拳轰出，源气如洪流般肆虐，震荡虚空，不断摧毁着一重重源纹结界。

短短不过十数息，八重结界就破碎了五重！

九宫白皙的额头上浮现出细密的冷汗，她忍不住催促道：“周元，还不出手？！”

一旁的周元面色肃然，目光死死地盯着那肆虐的陨落妖影，道：“我只有一次出手的机会，现在还不是最好的时候！”

九宫银牙紧咬，但她没再多说什么，毕竟她也是天骄，实力眼界皆是不凡，当然明白时机的重要性，胡乱出手，浪费机会，那他们最后真的就只能掉头逃窜了。

于是，她继续催动剩下的三重结界，试图困住陨落妖影。

“吼！吼！”

冰湖上空，陨落妖影咆哮如雷，源气肆虐间，上方不断有冰块坠落，将冰湖砸得浪涛滚滚，声势骇人。

剩下的三重结界也开始迅速破碎。

结界之外，袁鲲骑着大地神牛，一脸的担惊受怕，他拍了拍神牛，低声道：“牛哥，情况不对就‘风紧扯呼’吧。”

刚才他可是险些被陨落妖影活活打死，真不想再来一次了。

那神牛回了一声哞叫。

九宫的脸上有晶莹的汗水顺着尖俏的下巴滴落，她明亮的眼眸中血丝攀爬，死死地盯着那即将破碎的最后一层结界。

数息后，她终于忍耐不住，尖声道：“周元，老娘撑不住了！你究竟行不行？！”

能够将一个平日里清冷优雅的美人逼得自称老娘，可见此时九宫内心的压力究竟有多大！

周元眼睛眨也不眨，只是盯着陨落妖影将最后一道结界撕碎，在那一刻，他隐约感觉到陨落妖影周身升腾的源气波动微微停滞了一瞬。

显然，在历经了与袁鲲的战斗、撕碎八重结界后，陨落妖影的源气也出现了波动！

“就是现在！”

周元眼中精光爆发，他看了一眼一旁香汗淋漓的九宫，道：“我可告诉你，不要问一个男人究竟行不行！”

“轰！”

他双手结印，源气光柱陡然自天灵盖冲天而起，光柱之内隐约可见诸多碎片暴射而出，那些碎片迅速融合，最后在陨落妖影上方形成了一座五色光塔。

光塔镇压下来，以迅雷不及掩耳之势将陨落妖影笼罩进去。

袁鲲与九宫见到这一幕，皆眼露喜色。

“轰！”

下一瞬间，光塔之内忽有狂暴源气爆发，一声巨响，整个光塔都爆裂开来。

“怎么回事？失败了吗？！”九宫脸色一变，惊道。

周元目光看去，只见半空中陨落妖影周身的源气波动开始迅速萎靡，它的额头上可见一道五色光塔印记若隐若现。

周元淡笑道："封印成功了。"

他袍袖一挥，只见那些碎片倒射而回，悬浮在他的掌心。

周元看了一眼，不禁眉头微皱。这些碎片此时显得极为黯淡，显然，周元想要再次施展这种封印术，又得在神府内蕴养一段时间了。

"轰！"

当那陨落妖影的源气波动变弱时，袁鲲知晓封印成功了，当即大笑道："风水轮流转，这次该我揍你了！"

他一拍神牛，一人一兽便裹挟着磅礴狂暴的焰气波动，直接对着陨落妖影冲杀而去。

双方在高空中再度交锋，但这一次陨落妖影的嚣张气焰不再，虽然周元那五灵乾坤塔的封印术并没有真的封印住它的一半源气，但三成还是有的。

此时陨落妖影的源气强度已经不比袁鲲强多少，再加上袁鲲有大地神牛的协助，陨落妖影开始后退。

只是，袁鲲这场酣畅淋漓的战斗还没持续太久，他便惊悚地发现，陨落妖影额头上的封印塔纹渐渐淡化了。

它的源气已在开始恢复。

袁鲲骇了一跳，忍不住号叫道："周元，你这封印术太劣质了吧？这才多长时间啊？！"

周元听到这叫声，忍不住翻了个白眼。这家伙，如果此道封印术持续时间够长的话，那也太无敌了。

"谁让你想跟它玩的！"

周元腹诽了一句，然后体内源气爆发，身影陡然掠出。

他也加入了战局。

随着周元加入，陨落妖影终于支撑不住，被两人一兽围殴得不断爆发出凄厉的嘶吼声。

"轰！"

双方厮杀片刻，就在陨落妖影额头上的封印塔纹将要彻底消失时，周元五指紧握，毫毛涌出，化为漆黑拳套。

破源！

周元面色凛冽，一拳轰出，硬生生轰穿了陨落妖影的胸膛。

陨落妖影停止了挣扎，身上浮现出裂痕，最后轰然一声爆成漫天光点。

周元手掌一握，从中抓住一颗光珠，正是核心源珠。

感受着核心源珠内蕴含的力量，周元双目虚眯了一下，他感觉如果将这颗核心源珠炼化，应该能够让那第九重神府壁障消融不少，甚至……或许还可以尝试打通？

“这东西，我以一道先天灵机换取。”

周元抛了抛手中的核心源珠，对落下来的袁鲲、九宫说道。

能够斩杀陨落妖影，凭借的是三人联合之力，所以他不可能一个人独吞。

袁鲲与九宫对看一眼，然后点了点头。他们知道核心源珠蕴含的力量能够帮人打通神府，但他们如今已处于神府境巅峰，九重神府早已贯穿，根本不需要此物。

周元提出以一道先天灵机换取，算起来还是他们赚了。

周元收起核心源珠，下一刻，三人无比灼热的目光缓缓转移，最后锁定了冰湖深处那十朵栩栩如生的冰莲……

他们在这个空间内历经艰苦，眼下总算熬到瓜分战利品的时候了。

第九百五十七章 超级空间

冰山外。

周元手掌轻轻拍着腰间的乾坤囊，脸上带着掩饰不住的笑意，因为其中存放着四道先天灵机。

换算下来，四道先天灵机足以抵得上四千多道普通灵机，远超他们之前所有的收获。

他抬起头，望着前方的袁鲲、九宫，此时两人身后，两域的队伍已经整装待发，准备撤离。

“这一次，合作愉快。”周元笑道。

袁鲲笑眯眯地伸出拳头跟他碰了碰，一旁的九宫则无动于衷，她又恢复了以往的高冷。犹豫了一下后，她还是道：“告诉你一件事，我之前在一个空间遇见过徐暝，你们天渊域有一支队伍被他完完整整地踢了出去，还死伤了十几个。

“那支队伍的队长应该是你们山阁的阁主——韩渊。”

身为玄机域的人，九宫对天渊域的诸多信息了如指掌，能够认出韩渊并不奇怪。

周元脸上的笑容微微一滞。在这九域大会上，虽然彼此都是竞争者，但大多主力队伍还是有着自己的骄傲，一般不会太过赶尽杀绝。

如之前紫霄域的薛惊涛，虽然周元挺讨厌他的，但并没有将对方全员淘汰，更没有下狠手取人性命，这不光是看在苏幼微的面子上……

因为这是一种不成文的规矩。

主力对主力，没必要对其他次要队伍下狠手，除非对方真的不识抬举……

但以周元对韩渊那个墙头草的了解，那家伙绝对是一个能够忍辱负重的人，面对徐暝那种强者，他必然会认㞞。

然而即便如此，徐瞑依旧将他们全部淘汰出局，甚至还出现了死伤……

这就真的有点过分了。

是因为之前那些过节吗？这个徐瞑，真的是凶残狂傲到了极致啊！

周元轻吐了一口气。其实四阁中除了风阁的一些人，其他人他都不太熟悉，要说有多少感情是不太可能的。

但他是天渊域四阁的总阁主，是此次九域大会中天渊域年轻一辈的领袖，他有保护他们的责任。

徐瞑此举……更多的是在挑衅他！

周元眼睛微垂，然后看向九宫，道："多谢了。"

他的言语平淡，然而九宫、袁鲲的眼神却微微一凝，因为他们从周元的声音中听出了一丝森冷的杀意。

显然，徐瞑彻底激怒了他。

"徐瞑这家伙，还是一如既往的不择手段。"袁鲲咧咧嘴道。

九宫盯着周元，道："你别怪我当时袖手旁观就行。"

那个时候她当然有能力出手阻止，但她没有，因为她并没有这个义务。即便是现在，她与周元之间也只有一点合作的情分，还不足以让她去和徐瞑动手。

话虽然不好听，但事实就是如此。

周元摇了摇头，道："我可不是那么没有自知之明的人。"

九宫点点头，知晓周元是个明白人，于是她继续道："这个空间已经被搜尽，我们就此分别吧。下次再相遇，就不知道是敌是友了。"

这个空间内他们选择合作，是因为那陨落妖影太强大，若非如此，九宫必然会选择独占，袁鲲、周元如果要来抢夺，一场大战也在所难免。

因此，之后再遇见的话，是敌是友还真不好说。

"再会。"周元点头。

九宫雷厉风行，直接转身带着队伍迅速离去。

袁鲲则笑眯眯地道："周元，如果下次我们一起碰到徐瞑，可以联手搞他一把，我看那家伙不顺眼很久了。"

面对袁鲲释放的善意，周元轻轻点头。

略做交谈后，袁鲲潇洒地甩手而去。

周元望着两支迅速远去的队伍，微微沉吟，却并不打算立刻离开。他想将那颗核心源珠炼化吸收，试试能否贯穿第九重神府。

有了决定，周元直接转身，在山巅盘坐下来，调整状态，准备炼化核心源珠。

伊秋水将队伍散开，将周元护在最中央。

这一调整，便是半炷香过去。就在周元内心渐渐变得宁静时，他忽然听见外界传来一些异样的波动，还有惊呼慌乱的声音。

他的眼睛猛然睁开。

“怎么了？”他第一时间看向伊秋水，浑身源气涌动。

他发现此时的伊秋水抬起俏脸，惊惶地望着天空，而其他诸多队员也是如此。

周元立即抬头望向虚空，当即瞳孔一缩。

只见在那里，忽然有一道巨大的空间裂缝缓缓撕开，看上去宛如狰狞巨嘴，裂缝中有着狂风呼啸而出，肆虐天地。

仔细感应后，他发现那并非狂风，而是由凝练到极致的天地源气所化！

“这是……”周元面色凝重地盯着那巨大的空间裂痕，沉默了一下，缓缓道，“超级空间开启了？！”

“超级空间？！”一旁的伊秋水等人震惊出声。

在陨落之渊中，天地被分割成一个个如现在周元他们所处的小空间，这些小空间的等级有高有低，现在这座能够诞生先天灵机的空间就算是高级的。

而在高级小空间之上，更有所谓的超级空间。

据说超级空间的开启条件是需要一定规模的队伍都取得先天灵机……也就是说，类似周元他们头顶的裂缝，此时应该还出现在了其他那些得到先天灵机的队伍的空间上方。

这表示将有许多强力队伍通过空间裂痕涌入那超级空间。

当然，超级空间中蕴含着诸多机缘，包括但不限于先天灵机……

可以毫不客气地说，超级空间的开启，象征着九域大会开始进入第二阶段……在超级空间内的争夺，甚至会决定九域大会的最终排名。

周元凝视着那空间裂痕，眼神变得极为火热。

和超级空间相比，现在这个空间简直可以说是贫瘠之地。

当然，诸强在那里汇聚，竞争也会超乎想象的激烈。

“咻！”

当周元眼神滚烫的时候，远处的天地间忽有急促的破风声响起，然后他便见到之前已经离开的九宫与袁鲲正带着队伍朝着这边狂奔而来。

即便隔着远远的距离，他依旧能够见到他们二人脸上的狂热与惊喜。

显然，超级空间此时开启，也出乎了他们的意料。

代表着九域大会的最强之战，将要爆发了。

周元望着火急火燎的两人，忍不住一笑，道：“看来暂时还分别不了呢……”

与此同时，陨落之渊外的虚空上。

十数名盘坐着的法域境强者忽然同时睁开眼睛，他们望着眼前的罗盘，神色微微一震，旋即袍袖一挥，罗盘中光芒绽放，渐渐形成巨大的光幕。

光幕内，似乎是一方浩瀚古老的空间。

诸位法域境强者望着这方空间，皆是双目虚眯，眼中终于出现了一丝饶有兴趣的神色。

“超级空间终于开启了吗？”

“呵呵，好戏总算要开场了……”

第九百五十八章 冲击失败

“超级空间，终于等到了！”

冰山外，匆匆而回的袁鲲、九宫望着天空上那巨大的空间裂痕，忍不住感叹出声，眼神炽热。

他们本已打算离开这个小空间，却突然察觉到天地间的异动，又掉头赶了回来。

超级空间的出现，让他们感到震撼又惊喜。

他们同样清楚超级空间的开启代表着什么。

如果说之前经历的那些小空间，大部分收获是用来安慰各域次要队伍的话，那么超级空间就是各域主力队伍期盼的。

不远处，周元冲着袁鲲、九宫二人笑了笑，但他没有上前去，而是微微沉吟，继续在山巅上盘坐下来。

无论如何，还是必须先尝试能否打通第九重神府。

超级空间的开启，说明其他八域的主力队伍会纷纷出现，他甚至会再度遇见赵牧神，若不想到时候还是只能撤退，他必须想尽办法再度提升自身实力。

打通九重神府，便是眼下最实用也最有力的手段。

周元的手掌一握，核心源珠出现，他双掌虚合，体内的源气奔腾涌动。

核心源珠爆发出璀璨的光芒，一股股磅礴浩瀚的力量宛如洪流一般冲进周元的体内，比起之前吸收的核心源珠强横了数倍不止。

在那种力量的冲刷下，即便是修炼过肉身的周元都感到了微微刺痛。

但这并没有让周元惊慌，他反而暗自惊喜。核心源珠的力量越强，他打通第九重神府的概率也会越高。

核心源珠强大的力量最终汇入神府，在周元的操控下，直接对着第九重神府的壁障冲刷而去。

“轰轰！”

整个神府仿佛都在颤动着。

在那磅礴力量的打磨下，第九重神府的壁障以肉眼可见的速度变得虚薄起来，这让周元分外惊喜。

时间一点一滴流逝，那股力量也在不断地冲刷、打磨。

不过，周元的惊喜并没有持续太久，他发现当神府壁障虚薄到某个程度时，似乎不论如何冲击，它都难以被贯穿。

时间不断推移，核心源珠的力量渐渐被耗尽。

最终，神府内回归平静，虽然漫天的源气星辰变得更加璀璨夺目，但那层薄薄的壁障依然横亘于此，让周元九府同联的期望落空。

周元缓缓睁开眼睛，以他坚强的心性，此时面色都十分阴沉。

“该死！”

他拳头紧握，眼神闪烁不定。第九重神府的贯穿，简直比之前八重加起来还要困难！

而且……周元的眉头紧皱着，不知为什么，他隐隐有一种感觉，那第九重神府内仿佛有什么东西在压制着壁障，导致他屡屡冲击失败，让他的第九重神府贯通得如此艰难！

“是错觉吗？”周元喃喃自语。他不敢肯定自己的感觉是对的，因为从未有人出现过这种情况。

周元的面色不停变幻，半晌后，才终于渐渐恢复平静。虽然这一次失败了，但也不是完全没有收获，他感觉自己距离突破又更近了一步。

只要有更多如此强大的核心源珠，终归还是能够贯穿第九重神府的。

至于如何得到这种级别的核心源珠，周元并不担忧，因为接下来就会进入超级空间，那里蕴含的机缘远非此前可比，从中获取同等级的核心源珠应该不是难事。

只是这样一来，若是撞见了赵牧神，恐怕又得逃了

想到此处，周元忍不住撇撇嘴。他很多年都没有过这种被人杀得只能不断逃跑的经历了，这赵牧神还真是一个狠角色，不愧是混元天神府王者！

不过你高兴不了多久了，等我贯穿第九神府，第一个就斩你泄愤！

而且就算没有贯穿九神府，真的惹急眼了，周元彻底拼上性命，他相信就算无法取胜，赵牧神也必然会付出代价，而这种代价他不一定承受得起。毕竟神府境之中赵牧神并不是无敌的，武瑶、苏幼微的实力足够威胁到他。

周元心中发着狠，然后站起身来。他看向不远处，只见袁鲲、九宫的两支人马还在这里，他们在等待那空间裂缝稳定下来，如此才敢踏足其中。

当周元修炼结束时，袁鲲与九宫也有所感应，投来视线。

他们的眼中掠过一丝惋惜之意，显然察觉到周元的突破失败了。

伊秋水快步走来，明眸有些担忧地看着周元。

周元摆了摆手，神色平静。从他踏足修炼之道至今，历经了诸多磨炼，贯通第九重神府的确暂时失利了，若想就此让他感到挫败，倒有些低估了他的韧性。

他没有说话，只是抬起头望着高空上那越来越庞大的空间裂痕。

裂痕缓缓蠕动着，其中散发出来的源气风暴越来越凛冽、狂暴。

周元微眯着眼，望着空间裂缝深处，似乎想要窥探超级空间内的玄妙，只可惜徒劳无功，他唯一能感受到的是那里蕴含的浩瀚、古老气息。

不知道这超级空间会孕育出何等机缘，对此，周元相当期待。

甚至那期盼已久的天阳境，也未必不能奢望。

在周元心思转动的时候，那空间裂缝开始逐渐趋于稳定，肆虐的风暴也渐渐平稳。眼见情况稳定，袁鲲、九宫二人毫不犹豫地冲天而起，在他们身后，近千人的队伍运转源气，紧随而上。

两支队伍冲进空间裂缝，转眼便消失不见，宛如被黑暗巨口吞没。

周元也没有犹豫，打了一个准备出发的手势，然后掠空而起，率领着队伍冲入那缓缓蠕动的空间裂缝中。

进入的瞬间，周元能够清晰地感觉到所有感官都被剥夺了，天地犹如倒转，空间也在扭曲。

不过这种感觉仅仅持续了数十息便陡然停止，四周的景象出现了变化。

周元的目光扫视而来，他发现自己此时似乎身处星空，周边漂浮着无数残破的岛屿，给人感觉仿佛是一方破碎的天地。

他朝星空深处望去，下一瞬，他的瞳孔忽地微微一缩。

因为在那里，他看见一座座巨大的人形石像静静地悬浮着。

第九百五十九章 群雄再遇

古老的石像矗立于星空深处，散发着神秘的气息。

石像共有九座，依次而立，越往后规模体形越庞大，而最后一座高约万丈，斑驳古老，宛如神祇一般俯视着整个星空。

周元望着那些石像，体内的神府疯狂地震颤着，源气几乎失控。

好不容易将其压制下来，他的呼吸忍不住变得粗重。他知道神府异动，必然是因为感应到了先天灵机的存在。

也就是说，九座神秘石像内蕴含着大量的先天灵机，其数量远非之前可比！

显然，石像越是往后就越高大，其中蕴含的先天灵机也越磅礴。

周元的目光投向最后，那座万丈石像必然会引起此次九域大会最猛烈的争斗，谁能够占据它，谁就有可能夺得魁首！

他的目光闪烁，心中战意升腾。

“咻！”

就在周元打量这九座古老石像时，星空中忽然响起破空声，他目光一扫，便见到诸多队伍自一道道空间裂缝中降落下来。

寂静的星空顿时变得喧嚣起来。

“这么多队伍？”

周元身后，伊秋水忽然惊讶地道：“这是把所有尚未被淘汰的队伍都引进来了？”

周元看了一眼，轻轻点头，道：“九域大会已经进入最重要的阶段，到这个时候，普通队员已经起不了太大作用了。”

他朝星空深处那静静矗立的九座古老石像扬了扬下巴，道：“这些石像才是决定九域大会排名的关键，寻常的人根本连接近它们都做不到。”

他能够感受到九座古老石像内散发出的极端浩瀚的天地源气，它们形成了源气光膜，寻常人根本无法穿透，想要接近古老石像并将其占据，必须要各域神府境中的顶尖强者出手才行。

其他进入此处的队伍，只能在外面当个看客。

“发出信号，将我们的人召集过来吧。”周元对伊秋水说道。

此时，随着所有队伍拥入，星空中诸多信号爆发，各域开始召集人马。

伊秋水闻言，螓首微点，立即取出一截信号烛火，甩手扔上天际。

“砰！”

烛火在半空中炸开，火焰化为一座塔形。

“咻！咻！”

就在信号发出后不久，远处的星空忽有破空声传来，只见两支队伍朝着周元这边疾掠而至。

领头者正是吕霄与叶冰凌、木柳，当他们见到周元，凝重的脸庞顿时如释重负。

“总阁主。”

三队人马来到前方，然后对着周元抱拳行礼。

周元望着他们，看得出来应该历经过苦战，人员皆损失了不少。

瞧得周元的目光，叶冰凌有些惭愧地道：“我们这支队伍收获了一千道灵机，不过折损了一百三十二人，都已被淘汰。”

吕霄也神色复杂地道：“我这支队伍收获了一千三百道灵机，折损了八十九人，皆被淘汰。”

木柳这支队伍的损伤情况和吕霄队伍差不多。

周元轻声道：“辛苦了！此次九域大会我们的实力本就最弱，能够一直留到现在也算尽力了……韩渊的队伍，已经被尽数淘汰。”

此言一出，吕霄、叶冰凌等人面色顿时一变。

整支队伍都被淘汰？！谁下的手，竟然这么狠？

“是妖傀域的徐暝。”伊秋水咬着银牙说道。

天渊域的队员皆面露愤怒之色。徐暝堂堂一支主力队伍，竟然对他们天渊域的次要队伍如此狠辣，真是半点规矩都不讲。

周元摆了摆手，安抚愤怒的众人道：“说到底还是技不如人，此事我自会记下。”

说完，他抬起头望着远处的浮岛。

此时随着各种信号升起，诸多队伍终于尽数汇聚于这个空间内，浩荡之势颇为壮观。

周元忽然感觉到一道森冷的目光正注视着自己，当即望向远处的一座浮空岛屿。

只见那里有诸多人影在不断汇聚，高处的一道身影阴鸷地盯着他，正是妖傀域的徐暝。

瞧见周元看过来，徐暝的嘴角顿时掀起一抹似笑非笑的弧度，嘴唇开合，似有声音响起：“周元总阁主，我送你的礼物可还喜欢？”

所谓礼物，显然说的是被淘汰的韩渊一队。

周元神色漠然，只是看了他一眼，便将视线转向其他方向。他没有在意对方的挑衅，眼下就让他先蹦跶一会儿吧，以后有的是机会报仇。

远处那一座座浮空岛屿上，除了妖傀域外，其他六域也在整合队伍，大批人马不断汇拢。

他看见在紫霄域队伍的最前方，一道熟悉的倩影再度出现，正是苏幼微。

在苏幼微旁边，薛惊涛正不断说着什么，偶有阴狠的目光投向周元所在的方向，恐怕说的正是周元之前驱逐他们的事。

苏幼微那清丽绝美的容颜一片平静，看不出喜怒。

更远处，武神域人马的最前方，武瑶傲然而立，气势凌厉，她那狭长凤目第一时间看向了周元，显然并不意外他能够走到此处。

从某种意义上而言，她才是从未小觑过周元的那个人。

但是，她会打败他的。因为她要证明，自己才是圣龙气运最完美的承载者。

诸多队伍汇聚，万祖域的声势无疑最浩大，在大批人马前方，赵牧神负手而立，气势如虹，散发着深不可测的气息，引得诸多强者忌惮。

在赵牧神的身侧，有一佳人亭亭玉立，正是柳清淑。

此时赵牧神与柳清淑也在盯着周元。

赵牧神深邃的眼中掠过一丝惊讶，深深地注视着周元，对方能够站在这里，说明之前他的截杀被化解了。

一旁的柳清淑咬着银牙恨恨地盯着周元，然后道：“大师兄，你可不能放过那不识好歹的东西，之前我碰上他，本是好意要分他一些灵机，结果他竟然要横，将我们尽数赶走，一点都不给我们万祖域面子！”

“是我低估了他啊。”赵牧神哑然一笑，微微摇头，但眼神越发饶有兴致了。

之前的失手，并没有让赵牧神的情绪有什么波动，周元没死在他那一招的追杀中，那就趁此直接抓个活口带回去吧。

他如深渊般的眼眸凝视着周元，一股惊人的威压缓缓从他体内散发出来。

原本喧嚣的星空顿时微微一静，无数道惊惧的目光投射而来——赵牧神竟然要在这里动手吗？

对谁动手？

他们的视线顺着赵牧神的目光投射而去，然后一惊。

竟然是周元！

赵牧神居然要在这里对周元出手？！

这周元也太倒霉了！

第九百六十章
当软柿子

当赵牧神的源气威压弥漫出来的时候，这片星空中，无数道目光都带着惊惧看过来，毕竟赵牧神在混元天神府一辈中的威望太盛，他想要对谁出手，必然会对如今的局面造成巨大影响。

不过，让很多人暗自松一口气的是，赵牧神的威压是冲着天渊域的周元而去……

诸人心中惊讶，可没听说周元和赵牧神有过节啊……

但这些都无关紧要了，一些人幸灾乐祸地想，眼见九域大会的重头戏就要到了，如果周元在这里就被淘汰，真不知道他心中会多么憋屈。

徐暝望着这一幕，嘴角掀起一抹讥诮的笑意，他摇了摇头，看来这周元是轮不到自己来收拾了……

御兽域的袁鲲则摸了摸白白胖胖的脸庞，忍不住叹了一口气。面对赵牧神这等凶人，就算是他都极其忌惮，赵牧神要在这里对付周元，他也爱莫能助。毕竟他还得对御兽域负责，得罪赵牧神与万祖域可极为不智。

九宫的神色略微有点惋惜。通过之前的接触，她能够感觉到周元的潜力，等打通第九重神府，他的战斗力恐怕能够进入前四。那个时候就算是赵牧神要对付他，都得费一些功夫。

可惜……赵牧神似乎不打算给周元继续成长的机会了。不过，败在他的手中，也不算丢脸。

即便清傲如她，内心深处对赵牧神的战斗力仍带着欣赏之意。

周元未来或许有跟赵牧神交手的资格，但不是现在……而等到周元更进一步时，赵牧神说不定已经突破到天阳境，那时差距就更大了。

修炼之路本就是一步慢，步步慢，想要追赶，并不容易。

武神域，武瑶一身鲜艳红裙，凌厉威严，她双臂抱胸，凤目轻眯，眸光流动，不知在想些什么。

在她的身后，蓝亭与赵云霄并列，此时的赵云霄面色苍白，目光狠狠地盯着周元的身影。在之前那个小空间，他险些被周元轰杀。

不过，他的眼神深处还有着一丝惧色，周元的实力已经让他明白，他们之间早已不在一个等级之上。

那个当年在大武都城不被他重视的青年，如今……已经将他远远地甩在身后。

虽然心有不甘，但赵云霄不得不承认这个残酷的事实。

一旁的蓝亭保持着沉默，他已知晓赵云霄的遭遇，他的实力与赵云霄不相上下，周元能够险些一掌轰死对方，那么他想必也是相同的结果。

两个在九域大会前都是自信满满的人，如今再没了那种傲气。

武瑶的眸光微不可察地扫了两人一眼，暗暗摇头。这点挫折就战心全失，如此韧性，当初还看不起周元，就这一点，他们便与周元比不了。

如果周元经历过的挫折放在他们身上，恐怕这两人没一个能够承受得住，更何况在绝地崛起？

不过眼下赵牧神要对付周元，对周元来说还真是一个巨大的麻烦。

武瑶纤细玉指轻弹，目光闪烁了一下，她可不愿意见到周元在这里就被赵牧神淘汰，因为九域大会是她取回周元体内那一道圣龙之气的最好机会。

赵牧神此人真是会坏事，要不要阻拦一下呢？

星空中，诸多目光汇聚于此，他们正等待着一场好戏上演。

在那些幸灾乐祸的目光中，周元的神色没有什么波澜，眼眸深处反而掠过一抹狠辣之色。他面无表情，袖中的手掌上涌现出银色液体，渐渐覆盖手臂。

不过，就在他体内源气奔涌的那一瞬，忽然又有一股极其强大的源气威压缓缓浮现。

无数道目光惊疑地看去，他们见到紫霄域的苏幼微上前一步，周身的空间微微震荡，那股威压丝毫不逊色于赵牧神，而且直接锁定了赵牧神。

她一言不发，源气涌动，含而不发。

这是一种警示。

警示赵牧神，如果要在这里出手，那么她将会出手干预。

“哗！”

震惊的哗然声低低响起，然后如浪潮般扩散开来。

各方强者皆眼带震惊，谁都没想到苏幼微竟然会在此时挺身而出，为了周元直面赵牧神！

这两个人究竟是什么关系？！

虽说在陨落之城中苏幼微为了周元震退徐暝，但徐暝如何能够跟赵牧神相比？

在苏幼微身后，薛惊涛面色一变，他先前已将周元的所作所为添油加醋地告诉了苏幼微，但没想到她此时竟会针对赵牧神！

“幼微师妹！你在做什么？为什么要为了一个周元去得罪赵牧神？”薛惊涛厉声道，“你别忘记你的身份！”

苏幼微淡淡地看了他一眼，道：“你目光太短浅，赵牧神是我们的大敌，周元留下来，会对他造成巨大的威胁。”

薛惊涛怒极而笑，开什么玩笑！周元能对赵牧神造成威胁？他算什么东西？！

“我才是紫霄域的队长，你若是不服从命令，那就立刻退出九域大会。”苏幼微冷声道，言语间是前所未有的冰冷。

薛惊涛手掌紧握，面庞有些扭曲，最终带着恨意退了下去，道：“好，你就胡来吧，此事看你回去后怎么交代！”

在诸多哗然声中，赵牧神的眼神也微微一凝，他侧过头，望着苏幼微所在的方向，缓缓道：“苏幼微，你这是要对我宣战吗？”

苏幼微道：“如果你觉得是，那就是吧。”

赵牧神微默，又道：“你可知道，这里并不是我们交手最好的地方与时机？”

苏幼微淡声道：“所以希望你能理智一点。”

赵牧神哑然，旋即轻笑一声，举起手来，从他体内释放出的源气威压渐渐散去，道：“好吧，如你所愿。不过，苏幼微……你保不住他的。”

苏幼微值得忌惮，而且除了她，他还感觉到一丝隐晦的气机锁定了自己，面对这种情况，他眼下只能选择退让。

苏幼微摇摇头，道：“等他打通第九神府，你或许就该考虑能否保住自己吧。”

赵牧神笑道：“这么看好他吗？那我拭目以待。”

他并不是轻视周元，也没有小看周元贯穿九神府后的潜力，他只是对自己有着绝对自信。

随着两人的源气威压收敛，星空中剑拔弩张的气氛顿时随之消散，诸多人遗憾地摇头——可惜没打起来。

徐瞑似笑非笑，道：“周元总阁主可真是好福气。”言语间带着讽刺与讥消。

一些看向周元的目光也带着戏谑，内心深处又藏着嫉妒与艳羡。

能够得到苏幼微如此全力相护，简直让人无法接受！

周元袖中手臂上的银色液体渐渐退却，他抬头望向远处的徐瞑，道：“九座石像中不论你看中哪一座，我都要了。”

虽然赵牧神要暂时放在以后再来对付，徐瞑却是可以先用来出口气。

狮子待会儿揍，豺狗现在杀！

徐瞑闻言，眼神顿时变得森冷锐利起来。

“哗！”

刚刚还觉得可惜的众人再度爆发出哗然声，周元直接向徐瞑宣战了！

第九百六十一章 再战徐暝

“哈哈，大言不惭的东西！”

徐暝的狂笑声回荡于星空，他眼神阴鸷地锁定周元，脸上的轻蔑不加掩饰，他没想到周元竟然敢拿自己来开刀！

他目光环视，最后投向赵牧神，道：“赵牧神，这九座石像可有分配规矩？”

谁都知晓，九座古老石像便是此次九域大会的重头戏，越是庞大的石像，其中蕴含的灵机以及机缘就越多！

所以围绕着它们，必定会爆发出极为激烈的争斗。

赵牧神声音温和地道：“如果我说按照神府榜排名来分配，恐怕大家都会嗤之以鼻……”

其他八域的顶尖天骄皆不置可否，这种分配方式他们当然不会认可，按照排名的话，赵牧神直接就可以占据最大的那座。

这一点，排在他之后的武瑶、苏幼微恐怕都不会乐意。

赵牧神微微一笑，脸上的线条如雕刻一般，散发着非凡的魅力。他知晓众人的想法，并没有觉得被冒犯到而动怒。这些人皆是各域顶尖天骄，极为傲气，想要他们心服口服地让出最大机缘，显然不会因为有威望就可以的，终归到底，还是要做过一场。

而他，丝毫不惧诸强挑战。

“既然大家觉得这个方式不可取，就直接用最简单的吧……”

赵牧神轻描淡写地道：“谁看中了哪座石像就站上去，只要能够在其他人的挑战中坚守下来，自然就归属你了。”

此言一出，各域顶尖天骄皆点头，终归还是得以实力来说话。

徐暝笑眯眯地点了点头，旋即瞥了周元一眼，下一瞬，雄浑强悍的源气自他体内爆发，引得虚空动荡。

“唰！”

他身影率先暴射而出，直射星空深处那九座古老石像。

无数道目光汇聚在他的身上，只见徐暝掠过最前方的两座古老石像，直接落向第三座。

身形落下时，徐暝手腕处的手串忽然掉落，白玉珠子迎风暴涨，化为一头百丈白玉巨兽，仰天咆哮间，巨拳裹挟着惊人的力量，狠狠地轰击在石像外笼罩着的源气光膜上。

“轰隆！”

巨声响彻，冲击波肆虐。

源气光膜被白玉巨兽硬生生轰出一道裂缝，徐暝的身躯趁此落下，在诸多惊叹声中，站在了石像那巨大的头顶上。

徐暝选择了第三座古老石像，论起规模在九座之中排名第七，刚好与他在神府榜上的排名相同。

徐暝也是聪明，知晓后面那些石像的争夺必然会更加激烈，他占据这一座，基本是十拿九稳。

他打算略做观测后再做图谋。

立于石像之顶，徐暝阴冷的目光投向周元，道：“想要自取其辱？那我给你一次机会。希望你能够破得了这源气光膜，莫要让天渊域颜面扫地才是。”

古老石像之外有一层源气光膜，若是自身实力不足，根本无法将其破开。

徐暝乐于见到周元前来挑战，在他看来，九人之中周元最弱，正好用来杀鸡儆猴，凝聚气势。

听见徐暝直接点名，星空中诸多目光转向了周元。

九域大会重头戏的第一战，就看周元敢不敢接了……

周元身后，叶冰凌、伊秋水等人神色凝重，她们虽然对徐暝的张狂极为不满，但也知晓他的确有这个本钱。

吕霄沉默了一下，道：“要不我先去会会他？待我失败后，你再上？”

如今他们是一个阵营，一荣俱荣一损俱损。如果周元真的被徐暝第一个就击败，对天渊域的颜面会造成极大的影响，他们所有人都会成为笑话。

周元凝视着第三座古老石像，徐暝立于石像之顶，眼神充满挑衅地盯着他。

他摇了摇头，道："他选的位置不错，我现在需要一个踏脚石，徐暝是最合适的。"

石像内蕴含着大量先天灵机与极为恐怖、精纯的天地源气，周元如果能够占据一座，他就能够借此真正冲击第九重神府。

一旦九神府贯穿，他的实力会出现暴涨，那个时候他才有与赵牧神争锋的资格。

所以，徐暝想要用他杀鸡儆猴，周元又何尝不是需要他这个踏脚石呢？

周元话音落下，再没有任何迟疑，身影一动，便暴射而出，数息之后，他直接出现在徐暝所在的那座巨大石像的上空。

石像外的源气光膜流光四溢，倒映在周元的眼中。

他面色平静，身躯一震，磅礴源气爆发开来，三千八百万源气星辰映照虚空，强悍的源气威压随之席卷而来。

"轰！"

周元身影俯冲而下，五指紧握，一拳轰出。

源气洪流如怒龙般咆哮，重重地轰击在源气光膜之上。

"轰轰！"

星空犹如都在震荡，只见那源气光膜上浮现出裂痕，最后被周元一拳撕裂开。

周元身影一闪，穿过光膜，徐徐地落在石像的头顶之上，此处如一座广场般宽阔。

"哗！"

随着周元落下，这片星空响起低低的惊呼声，周元三千八百万的源气星辰底蕴让不少人略感震动。

徐暝双目微微一眯，道："难怪这么狂，原来是有点底气。"

周元展现出来的源气底蕴显然超出了他的预料。

徐暝手握着白玉手串，指尖拨动，眼神阴冷，旋即屈指一弹，手串陡然崩裂，十二颗白玉珠子迎风暴涨，最后在一道道怒吼声中化为十二头巨型的傀儡兽。

十二头巨兽的模样各不相同，那股凶煞之气却宛如真正的源兽。

"吼！"

十二头巨型傀儡兽盘踞于徐暝身后，他微微偏头，目光盯着周元，玩味地道：

“周元，我给你最后一个机会，现在主动滚出去，或许还能留点颜面……如若不然，可别怪我到时候不留情面。”

他想激怒周元，因为愤怒会让人丧失理智。

周元眼皮一抬，漫不经心地道：“我倒希望你这些玩具能让我认真一些。”

听到周元将他引以为傲的傀儡视为玩具，徐暝眼神顿时一沉，脸庞上露出阴森的笑容。

“希望你被我的傀儡撕碎的时候，还能嘴硬吧！

“给我撕了他！”

“吼！”

十二头白玉巨兽猛然咆哮，天地源气震荡，十二道光影直接暴射而出扑向周元，杀气腾腾！

星空中，无数火热的目光投射而来。

九域大会的重头戏，终于开场了！

第九百六十二章
饲傀之术

“吼！”

十二头白玉巨兽闪电般射出，凶气肆虐间，直接对着周元扑杀而去，巨大的阴影将周元所在的区域尽数笼罩。

杀气腾腾！

周元见状，眼神变得锐利起来，他手掌一握，剑丸升起。

“嗡嗡！”

下一瞬，惊天的剑吟声响彻而起，剑丸一震，衍变出诸多凛冽异常的剑光，当它们掠过时，连虚空都被撕裂出一道道痕迹。

“当！当！”

无数剑光喷薄，直接斩在那十二头白玉巨兽的身躯之上，顿时有璀璨火花溅射，将扑来的傀儡巨兽纷纷击退。

不过剑光攻击仅仅只在那些傀儡巨兽如钢铁般的身躯上留下了道道印痕，对它们而言根本不算什么，转眼间它们便再度扑来，试图将周元撕碎。

只是它们的所图没有什么成效，磅礴剑光宛如形成了光球，将周元覆盖，任由这些傀儡巨兽如何疯狂轰击都难以突破。

“轰轰！”

双方交手的余波倾泻于石像头顶上，然而此处的地面超乎想象的坚硬，如此冲击竟然未能让那地面出现丝毫裂痕。

徐暝立于后方，望着陷入十二头白玉巨兽狂轰猛炸中的周元，大笑出声：“周元，你就这点本事吗？这可跟你的嘴皮子半点都不相符呢！”

剑光之中，周元面无波澜，他只是盯着那十二头巨兽。经过先前的接触，他已探测出这些傀儡巨兽拥有的源气强度几乎都达到了三千万左右。

“不愧是妖傀域，炼制出来的傀儡竟然如此之强。”周元心中感叹。三千万源气强度的傀儡，已经堪比神府境后期的顶尖强者了。

难怪连他的剑光都难以将它们斩碎。

“呼。”

探测完毕，周元深吸一口气，单手结印，四道源纹渐渐变得明亮。

四道源纹！

四灵归源图！

“轰！”

下一刻，周元体内爆发而出的源气陡然暴涨，五千八百万源气在其身后虚空涌现，周元眼中寒芒一闪，手掌握拢，只见一道千丈剑光自掌心蔓延而出。

剑光是如此的璀璨与凝练，森寒之气瞬间席卷开来。

“吼！”

十二头巨兽自四面八方扑杀而至。

周元身影一闪，化为阴影般扑出，同时，那千丈剑光宛如弯月一般暴射而出。

“当当当！”

剑光重重地斩在十二头白玉巨兽的身躯上，下一刻，刺耳的金铁之声响彻，十二头巨兽如遭重击般倒飞出去，在地面上不断翻滚，最终重重砸落。

在它们那如钢铁般的身躯上，一道深深的剑痕从头蔓延到尾，几乎将它们一分为二。

周元突然间的爆发在这星空中引起了惊呼。

特别是当他们见到周元身后那五千八百万的源气星辰时，皆是眼神一凝。这个程度的源气底蕴已经真正跟上神府榜前八那几位的脚步了。

周元锋锐的目光投向徐暝，道：“你这些玩具还真是硬。”

徐暝的视线在周元身后的源气星辰上掠过，眉头微挑，道：“原来这就是你的底气？的确还不错。

“不过，我还是得教你一个道理，你这个新晋黑马对咱们这些老牌神府最好还是多点尊重，想在神府境称王称霸，等我们晋入天阳境再说吧！”

声音落下时，徐暝身躯一震，体内源气喷发，在其身后虚空映照出无数源气星辰，足足有四千八百万之数。

徐暝的源气底蕴比起袁鲲还要强！

“天渊域有四源纹，我妖傀域同样有这般秘法！你就不要妄想用这一招来赶超我等！”

徐暝显露的源气底蕴并没有结束，他一声长啸，双手闪电般结印：“妖傀牵引术！”

只见他身躯之中忽然有十二道光线暴射而出，直接连接到那十二头白玉傀儡兽的身躯上，下一刻，他仿佛与它们彻底地连接在一起。

“轰轰！”

他身后虚空中的源气星辰猛然暴涨，竟达到了六千四百万的数量，比起周元的五千八百万多了足足六百万！

与总量相比似乎并不多，但带来的源气差距却不容忽视。

神府榜第七，的确有些分量。

徐暝望着周元似是变得凝重的面庞，嘴角浮现出一抹诡异笑容，道：“周元，你在那些不入流的人身上取得的战绩，就不要放到我们身上来了，不然，你会吃亏的。

“接下来，就让你见识一下我妖傀域的手段吧！”

他双手印法一变！

“嗡嗡！”

天地间源气震荡，只见徐暝身后那六千四百万的源气星辰开始以惊人的速度消失，不过短短数息，他体内的源气波动就减弱到了一个极为微小的地步。

周元的眼瞳此时微微一缩。

当徐暝的源气减弱时，那十二头白玉傀儡巨兽却开始出现巨大变化。

只见它们的身躯上涌现出鎏金光彩，并迅速覆盖身躯，宛如十二头黄金巨兽。

这当然不是简单的颜色转变，十二头黄金巨兽的身躯此时反而开始一圈圈缩小，最后从百丈化为了二十丈！

体形虽然缩小了，但十二头黄金巨兽浑身散发出一种完美无缺的感觉，身躯上有金色的纹路铭刻，光芒微闪间，神秘而强大。

这些黄金巨兽身躯上的每一根线条都充满着力量感。

“吼！”

十二头黄金巨兽仰天咆哮，音波如涟漪般在虚空中炸开，音浪滚滚，宛如闷雷回荡，对着四面八方席卷而去。

星空中，无数道目光望着那十二头黄金巨兽，皆是眼神惊惧。

就连袁鲲、九宫等人都面色微肃。

因为他们能够清晰地感觉到那十二头黄金巨兽的源气波动，每一头都在六千万的层次。

徐暝将自身那六千四百万的源气以特殊手段分解，换来的是十二头源气强度达到六千万的黄金傀儡兽！

显然，论起作战能力，十二头配合完美、身躯坚硬的黄金巨兽将远超徐暝自身！

徐暝面带微笑地望着周元，旋即阴冷的声音缓缓响起。

“这是我妖傀域的独门之术——天源饲傀术！

“周元……”徐暝含笑道，“死在它们手中，你也不冤了。”

“吼！”

当最后一个字落下的瞬间，十二头黄金巨兽吼声震天，身形如金色闪电般暴射而出，组成近乎完美的杀阵，从天、从地、从四面八方……笼罩了周元的每一个退路。

宛如天罗地网。

第九百六十三章
藏不了啦

“嗡！”

十二道金光在周元的眼中急速放大，那股暴戾的煞气宛如真正的凶兽来袭，肆虐的源气风暴让周元浑身的皮肤陡然紧绷，隐有刺痛。

周元不会轻视任何对手，只见他手掌一握，深吸一口气，五千八百万的源气星辰闪烁，澎湃的源气波动引得天地都在动荡。

“轰轰！”

一头黄金巨兽率先扑杀而至，锋利的兽爪掠过虚空，连空间都被撕裂出细微的痕迹，爪下的空气爆炸开来，宛如空气炮。

周元面色凝重，手握剑光，直接狠狠地斩下。

“当！”

剑光与锋利的金色爪子硬碰，火花四溅，空间颤抖。

碰撞的瞬间，周元能够清晰地感觉到一股恐怖的力量倾泻而来，令他身躯剧烈一颤。

“当！当！”

还不待周元回神，其他十一头黄金巨兽的攻击已呼啸而至，爪影铺天盖地地落下，直接攻向周元身上所有要害。

面对这种围攻，周元不敢尽数承受，当即身影一晃，化为阴影急忙退避。

但十二头黄金巨兽的攻击如影随形，一波接一波，根本让周元没有丝毫喘息的机会。

“当当当！”

火花溅射，周元的身影在碰撞中被不断震退，十二头黄金巨兽联手，那等攻势简直让人喘不过气来。

星空下，各方人马望着这一幕都暗暗咋舌。这妖傀域的傀儡当真是恐怖，这种程度的攻击，恐怕连袁鲲、九宫这些同等级的老牌强者都会颇为头疼。

袁鲲肥腻的脸庞有些凝重，他如何看不出来徐暝的攻势布满杀机，显然打算重创周元。

面对徐暝如此重的杀机，周元如果没有其他手段，想要翻盘恐怕是不太可能的事情。

袁鲲看得出来，其他几域的天骄自然也能看得明白。

九宫暗暗摇头，如此看来，周元虽借助四源纹能将源气底蕴提升到五千八百万，但在手段上似乎还有所欠缺。

“可惜，周元潜力非凡，等他贯穿第九重神府，恐怕徐暝会被他直接碾压。”九宫略感惋惜。或许徐暝也知晓这一点，方才屡屡挑衅周元，试图在他贯穿九重神府前将其淘汰。

对于周元，徐暝内心深处更多的恐怕是嫉妒。

毕竟，凭借八重神府的境界，周元能够与他的九重神府不分上下，足以说明周元的天赋远胜于他。

武瑶略显凌厉的绝美容颜平静地望着庞大石像头顶上发生的战斗，在其身后，赵云霄瞪大着眼睛，咬着牙，似乎在期盼着周元被摧毁的那一刻。

“幼微师妹，你已经得罪了赵牧神，若是待会儿周元被徐暝击败，你可不能再插手了！”紫霄域这边，薛惊涛望着被徐暝彻底压制的周元，心中亢奋不已，旋即又看向身前的苏幼微，沉声道。

“不然一下子得罪万祖域与妖傀域，就算是我们紫霄域也吃不消。”他苦口婆心地劝道。

苏幼微清澈的眼眸静静地看着薛惊涛，对方有些不自然地扭了扭头，道：“我这是为了我们紫霄域的成绩着想啊。”

苏幼微的眸子深处掠过一丝不屑，语气淡淡：“你放心吧，他不会输给徐暝的。”

薛惊涛听到苏幼微如此信任周元，心中有着邪火升起，冷笑道：“哦？眼下他可是被全面压制，那狼狈模样，我可看不出他有什么能力翻盘。”

苏幼微淡声道：“只是因为你跟他之间的差距太大罢了。”

薛惊涛额头上青筋跳动，忍着暴怒，阴阳怪气地道："是吗？那我可想看看他还能搞出什么幺蛾子来。"

"当！"

剑光横扫，直接与十一头黄金巨兽撞击在一起，下一瞬，璀璨剑光竟然被硬生生地轰碎，化为无数光点飞射。

周元的身影被震飞而退，脚掌在地面上擦出了长长的痕迹。

他体内的源气此时都有些浮动，十二头黄金巨兽的战斗力超出他的预料，再加上完美的配合，周元想要凭借五千八百万的源气底蕴与之抗衡，的确难度不小。

周元轻轻撇嘴，看来其他八域的这些老牌天骄，真是一个都不能小瞧，他们使出拿手的手段，确实让人头疼万分。

看来得动真格的啊，那些手段藏不了啦。

"吼！"

当周元微微分神的瞬间，十二头黄金巨兽咆哮声响彻，只见金光闪烁间，它们直接出现在周元周身的十二个方位，将他彻底锁死。

而且它们身躯上有金光涌动，驱逐着阴影，令周元的影仙术难以施展到极致。

在它们的嘴中，暗沉的金光疯狂汇聚，恐怖的源气波动凝聚而生。

四周的虚空都剧烈动荡起来。

不远处，徐暝笑眯眯地望着周元，叹道："周元，这般时候你竟然还有心思分神，既然如此，就怪不得我不留情面了。

"带着你们的人滚吧。

他双手猛然合拢，低沉声音响起。

"十二金武！"

"吼！"

当其声音落下的那一瞬，只见十二道磅礴金光猛然自那些黄金巨兽的嘴中喷发而出，金光疯狂凝聚，数息之后化为十二柄各不相同的金色光武！

剑、枪、矛、斧……每一柄金色光武，都闪烁着无边锋锐，掠出时切割了虚空，带来金戈铁马般的气势。

十二金武的速度快如奔雷，众人只能见到一掠而过的金光，但并不妨碍他们感应到那股令人头皮发麻的锋锐之气。

谁都知晓，这一刻，徐暝动用了杀招。

这般攻击，足以重创甚至斩杀周元!

“咻！”

金光呼啸，周元似乎已无法躲避，只能任由那十二柄金色光武带着可怕的破坏力，重重轰击在他的身躯之上。

“轰隆！”

那一瞬金光爆发，光波肆虐开来。

吕霄、叶冰凌、伊秋水等人见到这一幕，浑身一颤，面色变得苍白。

如此惊人的攻势，周元硬抗的话必然会被重创!

徐暝嘴角掀起一抹弧度，他懒洋洋地伸了一下腰，自言自语道：“果真是一个靠嘴皮子的废物啊。”

他抬起头，目光望向石像之外，那里正是苏幼微所在的方向。他咧嘴一笑，无声之言传出：“苏幼微，我说过，你保不住这个废物！”

这座石像，归他了!

就在徐暝咧嘴大笑的时候，他忽然听见外界响起了一片惊呼声。

徐暝的眉尖微微一抖，猛地转头，看向周元被轰击的地方，只见那里的金光渐渐褪去，一道人影显露出来。

徐暝的瞳孔此时陡然一缩。

因为他见到那里有一道银甲身影静静矗立，一股难以形容的恐怖气息缓缓地释放出来。

十二柄金色光武以破碎之姿落在四方，渐渐化为光点消散。

光点倒映在徐暝的眼中，他望着那浑身散发着凛冽寒气的银甲身影，嘴角微微抽搐，不知为何，一股寒意悄然自他内心深处缓缓升起。

这是什么东西?

第九百六十四章 所向披靡

全身包裹着银色战甲的修长人影，静静矗立于巨大无比的石像头顶之上，银色的光芒宛如具备灵性一般在战甲上流转，略显神秘。

那道银甲身影只是站在那里，隐隐间散发出来的危险气息就已令这片星空中诸多顶尖天骄的眼神猛然一凝。

就连吕霄、叶冰凌、伊秋水等人的眼中都有惊疑之色，他们也是第一次见到周元施展出这银色战甲……

唯有苏幼微见到那银色战甲时，小嘴轻轻荡起一抹笑意，一对清眸中满是怀念。

犹记得当年在大周王朝，齐王作乱时，周元便是借助银色战甲的力量力挽狂澜，平息了齐王之乱。

只是上次一别，转眼已是经年。

当年那个大周的殿下如今已潜龙出渊，她相信就算是在混元天，周元也会爆发出属于他的光芒，不会逊色于任何人！

“银影，好久不见……”苏幼微用仅有自己能够听见的声音呢喃低语。

而在那诸多惊疑的视线中，徐暝面色微变地盯着身披银甲的周元，他没想到对方竟然抵御住了他先前的杀招攻势。

不过转瞬徐暝眼中便掠过阴狠之色。

“装神弄鬼！”

徐暝一声长啸，十二头黄金巨兽再度暴射而出，极为强悍的源气自它们体内爆发出来，引得虚空震荡，音爆声不断回荡。

连绵的凌厉攻势再度笼罩向周元。

银色的面甲下，周元冷冽的眼瞳倒映出带着凶煞之气扑杀而来的黄金巨兽，这一次他脚尖一点，身影陡然暴射而出。

不退反进！

他直接冲向最前方的那头黄金巨兽。

“找死！”徐暝见状，顿时大喜，眼中掠过残忍之色。

“嗤啦！”

一头黄金巨兽出现在周元前方，锋锐的利爪闪烁着金光狠狠撕下，将虚空都撕出了五道淡淡的痕迹。那一爪，足以将一座大山生生撕裂。

周元被银色战甲覆盖的手掌此时陡然上扬，与那金色利爪重重地碰撞在一起。

“砰！”

碰撞的瞬间，源气冲击波荡漾开来。

不过这一次，周元的身躯却犹如磐石一般纹丝不动。

反而是那黄金巨兽在咆哮，疯狂催动着利爪想要撕裂周元的手掌，但利爪划过周元覆盖着银甲的掌心，只带起了刺耳的声响与闪烁的火花。

周元面甲下的嘴角有一抹充满冷意的弧度掀起。

他手臂猛地一震，直接将那黄金巨兽抓起，然后狠狠地对着地面砸下。

“咚！”

地面仿佛都在剧烈颤动，竟有细微的裂痕蔓延。

要知道，先前周元与徐暝那般激战都未能让地面破裂，由此可见周元这一摔的可怕力量！然而周元并未结束，他低吼出声，一手拉住黄金巨兽的脑袋，一手抓住了它的后肢。

黄金巨兽疯狂地挣扎，却无法撼动周元的银色铁掌。

他双手一震，猛然一撕。

恐怖的力量爆发。

“砰！”

下一瞬，无数道惊骇欲绝的目光便见到，那坚不可摧、拥有足足六千万源气强度的黄金巨兽，竟然被周元硬生生地撕裂开来！

整个星空陡然变得死寂一般安静。

无数双眼睛圆睁，黄金巨兽……竟然被周元硬生生撕成了两半？！

这是什么力量？！

那黄金巨兽坚硬无比，足以媲美修炼了肉身的神府境后期，而且其源气强度高达六千万，想要将其一把撕碎，究竟需要何种程度的力量？！

周元的力量怎么会突然暴涨到如此惊人的地步？！

徐瞑的神色出现了瞬息的呆滞，他望着满地的金色碎片，面庞变得扭曲起来，厉声道：“不可能！你做了什么？你怎么可能撕碎我的黄金巨兽？！”

徐瞑有些失态，黄金巨兽是他引以为傲的战斗傀儡，然而现在竟被周元当作玩具一般，硬生生撕成了两半！

这对徐瞑显然是不小的打击！

“杀了他！”

面庞扭曲的徐瞑猛地怒吼出声。

另外十一头黄金巨兽的速度陡然加快，杀气腾腾地扑向周元。

“轰！轰！”

面对着十一头黄金巨兽，身披银甲的周元依然不退，他宛如化为一道银光，直接冲入它们的围杀中。

“砰砰！”

双方疯狂地缠斗在一起，狂暴的源气肆虐，虚空剧烈震颤。

然而，让无数人眼皮急跳的是，在激烈的厮杀中，周元所化的银光身影几乎是所向披靡，十一头凶残无比的黄金巨兽在他那银色铁拳下不断败退。

随着战斗愈发激烈，那些黄金巨兽开始有崩裂的迹象……

“轰！”

一头又一头黄金巨兽在银色铁拳下渐渐碎裂，化为满地碎片。

星空下，无数人满脸震撼。

就连袁鲲都倒吸一口冷气，眼神充满忌惮地望着那道银色光影。周元此时展现出来的破坏力，简直如同杀神！

那银色战甲究竟是什么？是某种小圣术吗？或许是某种圣宝？！

九宫的脸颊上惊疑之色闪烁，旋即美眸略显异彩。这周元还真是让人惊讶，竟然隐藏了如此强大的手段……

“怎么可能？！”

紫霄域的薛惊涛与武神域的赵云霄则不约而同地失声尖叫。

先前周元已在徐暝的攻势下岌岌可危，怎么转眼间反而爆发出如此恐怖的逆转之力?!

难道，这才是周元真正的实力吗?!

武瑶静静地凝视着这一幕，凤目中掠过一丝复杂，虽然她知晓周元藏有手段，可当真正看见这逆转局面时，心绪依然有些波动。

这个大周的殿下，出生就携带圣龙之气的男人……果然没那么简单。

不远处，圣纹域的李通神、血海域的王羲原本对周元与徐暝的战斗并不感兴趣，但这个时候，他们都将目光投向了那道银色光影。

李通神英俊的面庞略显肃然，王羲漫不经心的眼神也渐渐凝重。

天渊域的周元……倒是有点意思了!

“怎么会这样?”万祖域处，柳清淑忍不住咬着银牙，满脸的恨恨之色。

刚才眼见周元要倒霉了，偏偏最后局面又出现了变化。

赵牧神眼眸注视着周元所化的银光身影，轻声道：“他那银甲倒是奇特，并非源术所化，也不是某种源宝……此物出现后，他的力量出现了极为惊人的暴涨。”

柳清淑道：“徐暝能收拾他吗?”

赵牧神想了想，缓缓摇头：“徐暝……怕是要输了。”

“这个周元，能耐不小。”能够得到赵牧神这句话，周元在混元天的神府境中足以屹立顶尖之位了。

“轰！轰！”

就在赵牧神声音落下的那一瞬，石像头顶上有极端惊人的源气风暴爆发。

只听得一道道巨声响彻，然后无数道视线便惊骇欲绝地见到一头头黄金巨兽倒飞出去，它们的身躯在半空中轰然爆裂，化为漫天的碎片。

“扑哧!”

徐暝一口鲜血狂喷而出。

他难以置信地望着前方，只见漫天碎片飞舞间，身披银甲的身影踏着沉重的步伐缓缓走了出来。

一股恐怖气息从那银甲之中散发而出。

银甲下，一道平淡的声音响起。

“你……还有其他玩具吗?”

第九百六十五章
占据石像

金色的碎片遍布如广场般宽阔的石像头顶上。

无数道视线震撼地望着这狼藉的一幕，最终他们的目光汇聚于那身披银甲、踏着漫天光点走出的修长身影，这一刻，就算是其他八域的顶尖天骄，眼中都有了一丝凝重。

周元展现出来的惊人战斗力让人不得不忌惮。

谁都没想到，徐暝的十二金兽竟然会被周元以这种摧枯拉朽的方式尽数轰碎。

“怎么可能？”

徐暝面庞扭曲地望着这一幕。之前他对周元诸多挑衅，本就怀着对对方的一些嫉妒，因为他清楚，周元在八神府时就能够与他们这种老牌天骄对战，一旦等到周元贯穿九神府，源气暴涨，那个时候恐怕周元会远超于他。

可让徐暝没想到的是，即便周元还没有贯穿第九神府就已经击溃了他引以为傲的十二金兽！

这对素来狂傲的徐暝无疑是一种极大的打击。

“玩具？”

听得周元的话，徐暝的面庞变得狰狞起来，他猛地抬头，怒笑道：“你算个什么东西！也敢诋毁我妖傀域之宝！”

他双手猛然结印。

“唰！唰！”

只见那满地的金色碎片忽然铺天盖地地对着徐暝暴射而来，直接刺入他的身躯，鲜血流淌。

“砰砰！”

短短数息时间，徐暝的身躯便膨胀起来，宛如金色碎片堆积起来的傀儡巨人，一股狂暴得近乎暴戾的气息爆发开来。

他脚下的地面都裂开了几道缝隙。

“妖傀术！”

尖利的嘶啸声响彻天地，被金色碎片包裹的徐暝，头部位置开始扭曲，隐隐间仿佛化为了兽形。

“吼！吼！”

徐暝咆哮，下一刻，他脚掌一跺，庞大的身影暴射而起，直接一拳对着周元所在的位置狠狠轰下。

“轰！”

那一拳的力量即便未曾落下，音爆之声已刺耳地响彻起来，地面上甚至出现了一道浅浅的拳印！

“周元，给我死！”他那暴怒的咆哮声随之响起。

身披银甲的周元抬起头，从天呼啸而来的恐怖劲风令他面色微动。妖傀术似乎是将傀儡与自身的力量融合，从某种意义而言，与银影有着异曲同工之妙。

不过显然徐暝的修炼还未圆满，这种融合太过勉强。

现在的徐暝在周元眼中不过是困兽之斗罢了。

周元五指缓缓握拢，只见雪白的毫毛弥漫，将拳头覆盖，宛如拳套。

“破源。”

银甲内，低声响起。

雪白毫毛犹如被墨染一般，黝黑、深邃。

“轰！”

周元脚掌猛地一跺，地面龟裂，下一瞬他的身影直接化为一抹银光冲天而起，宛如银色怒龙，裹挟着滔天之力。

一金一银两道流光，自石像庞大的头顶之上掠过，最后在中央上空轰然硬撼。

“轰隆！”

金银两色的烟花爆发开来。

一道道肉眼可见的冲击波自虚空蔓延开来，撞击在石像之外的源气光膜上，激起一层层狂暴涟漪。

所有目光汇聚于那座石像头顶的上空，他们知晓周元与徐暝的战斗此时将会出现结果。

金银烟花中，两道身影从天而坠，最后皆在地面上划出长长的痕迹方才止住。

一金一银两道身影，遥遥对峙。

周元银拳之上的黑色毫毛尽数褪去，银甲上的光芒也在飞速闪烁，犹如是在化解那股恐怖的对碰之力。

他抬起头，望着那道金色的庞大身影，道："你之前淘汰了我天渊域的队伍，如今我将你淘汰，也算一报还一报了。"

"砰！"

当他声音落下时，那庞大的金色身影顿时缓缓跪倒，金色碎片开始从他的身体上脱落，最终将徐暝的身躯显露出来。

无数道视线震惊地见到，徐暝的胸膛处有一个血洞。

血洞贯穿了胸膛，甚至可见跳动的内脏。

徐暝面色惨白，眼中满是不甘，他无法相信自己竟然败在了周元的手中！而且，还是八重神府境界的周元！

"怎么会这样？

"怎么可能！

"我怎么可能会输？！"

……

徐暝颤抖地喃喃道。他所处的空间开始扭曲，因为他伤势太重，这是身上的印记准备将他送出陨落之渊的迹象。

一旦被送出，就代表着他已被淘汰！

如此一来，妖傀域在此次九域大会的成绩很有可能会垫底！

但这种时候，再如何后悔都于事无补，徐暝只能咬着牙，眼神狰狞地盯着周元，嘶哑道："周元，你不要得意，你很快就会被淘汰！赵牧神不会放过你的！

"我在外面，等着你！"

当那盛怒的声音落下时，身后的空间形成了旋涡，一口将他吞噬进去。

"嘶。"

星空下，无数人倒吸凉气，面上满是震撼，谁能想到周元与徐暝的战斗，结果竟是徐暝被淘汰！

那些妖傀域的人马更是个个面色惨白，如丧考妣。徐暝一淘汰，他们中间还有谁有能力去争夺那九座古老石像？

反观天渊域这边，众人在经过初始的震惊以及难以置信后，爆发出了惊天动地的欢呼声。

叶冰凌与伊秋水的双手紧紧握在一起，眼中满是激动之色。

吕霄与木柳对视一眼，如释重负地松了一口气。周元淘汰了徐暝，起码此次九域大会天渊域不会垫底了！

在无数道震撼与惊叹的目光中，周元身上的银甲如液体般褪去，他的神色没有太多狂喜，依然异常平静。

他抬起头，望向这片星空上的无数人，淡淡的声音响起："这座石像，我暂时占了，谁若是觊觎，尽管上来。"

他的声音回荡于星空间，却引来一片寂静。

周元展现出来的战斗力让人心惊，面对如今的他，袁鲲、九宫都没有兴趣去挑战，毕竟他们还有其他选择。

李通神、王羲则并不满足于这座排名倒数第三的石像，在他们看来，此时没必要和锐气如此之盛的周元争斗。

赵牧神盯着周元，目光微微闪烁，还不待他有什么举动，苏幼微突然身影暴射而出，直接朝着那座最庞大、古老的石像掠空而去。

武瑶见状，凤目微眯，一句话不说，化为流光急追而去。

她们两人的目标，都是那座最庞大的石像！

赵牧神见到二人的行动，有点无奈地一笑，只能将目光从周元身上收回，他不可能让别人把那座最为古老的石像夺走。

与武瑶、苏幼微两人相比，周元的威胁性还差了太多。

"算了，暂且放过他。"

赵牧神有了决议，便不再犹豫，身影一闪，宛如瞬移一般，直接追向武瑶与苏幼微。

三人这般行动，立即引爆了这片星空。

王羲、李通神的身影也向着前方古老的石像掠去。

袁鲲、九宫微微沉吟，迅速跟上去。

谁都想要占据更庞大、古老的石像，那代表着更为磅礴的机缘与先天灵机。

于是，他们一动，就彻底掀起了这九域大会最后的高潮。

周元立于石像头顶。他这里没人光顾，显然这座石像的位置有些尴尬，九座之中排名第七，不高不低，再加上他先前气势慑人，一时间倒是最安静的。

周元见状，直接盘坐下来，看了一眼星空深处爆发的一道道强大源气波动，双眼渐渐垂下。

他的手掌轻触着石像头顶，能够清晰地感觉到深处蕴含着极为磅礴的先天灵机，以及一种精纯而浩瀚的源气波动。

他深吸一口气，眼神果决。

就在这里趁势贯穿九重神府吧！

只有贯穿了九神府，他才真正具备与赵牧神交手的力量！

一个排名第七的石像，可满足不了他！

此次的九域大会，周元的目标可是那第一的位置！

第九百六十六章 混乱星空

陨落之渊外。

诸位法域境强者盘踞虚空，他们的目光望着光镜，光镜之内正映照着陨落之渊深处的那片星空。

此时他们见到的，正好是周元与徐暝的战斗出现了结果。

空间蠕动，徐暝被淘汰出局。

这个结果在他们之中也引起一点异动，数位法域境强者惊奇地看了郗菁一眼，这个结果连他们都有些意外。

以他们的眼力，自然知晓周元潜力极大，如果贯穿九神府，他绝对有资格挤入神府榜前四。

但关键是，淘汰徐暝的时候周元并没有贯穿九神府。那银色战甲的确有些玄妙。

在众位法域境强者惊奇的目光中，郗菁紧绷的身躯微微松缓下来，眼眸深处掠过一抹欣慰之意。她知晓强敌重重，周元必然有不小的压力，但他最终扛了过来。

这个小师弟，能够被师父看重，心性的确极好。

“呵呵，周元身上的银甲倒是有些意思，难不成天渊域将某道圣宝交给了他？”就在此时，忽然有一道笑声响起。

那是赵仙隼。他面带笑意地望着郗菁，然后将目光投向一位法域境强者，道：“若是如此，甄鱼法尊，你们的徐暝倒是输得不冤。”

甄鱼正是妖傀域的法域境强者。

此人皮肤白皙，无眉，手中转动着光珠，此时面色并不好看，他也没想到徐暝会率先被淘汰，如此一来，今年的九域大会他们妖傀域甚至有可能会垫底。

郗菁冷笑一声，赵仙隼显然是想要从中挑拨。不过那甄鱼之前本就和赵仙隼眉来眼去，有联手打压他们天渊域之势，如今徐瞑被周元淘汰，让郗菁心中格外快意。

“赵仙隼，真正的圣宝连寻常法域境强者都难以得到，这些神府境的小辈就算得到了，又能发挥出几分力量？”郗菁淡淡地道，“你好歹也是法域境强者，怎会如此愚蠢？”

赵仙隼脸皮微微抖了抖，淡笑道：“谁知道你们天渊域狗急跳墙的话，会不会亡命一搏呢？”

他摆了摆手，又道：“不过罢了，天渊域的好运恐怕也就止步于此了，等赵牧神腾出手来，那周元是站不住脚的。”

郗菁针锋相对道：“那倒未必。如果周元贯穿九重神府，说不定赵牧神就该把之前欠下的债还一还了。”

赵仙隼闻言，没有再说话，只是眼神轻蔑地轻轻摇头。

星空之下，战火升腾，一道道狂暴的源气不断地冲天而起，整个局面变得异常混乱与激烈。

因为，不仅八域的顶尖天骄开始出手争夺石像，其他的天骄也心生觊觎，只不过他们想要争夺的是那座排名最后、规模最小的石像。

原本正常来说，九座石像，应该只有九域最顶尖的人物才有资格与实力出手。

但谁都没想到，在重头戏刚刚开始时，妖傀域的徐瞑就被周元淘汰了。

如此一来，九座石像便空出来一座，赵牧神、周元等八位顶尖天骄不可能有精力独占两座。为了这最后一座石像，九域其他那些实力不弱的天骄必然会红着眼睛去争夺一番。

所以，围绕着第九座石像，无疑会掀起一场腥风血雨。

而在星空的更深处，赵牧神、武瑶、苏幼微锁定了那座最为庞大与古老的石像。

那座石像尤为不凡，恐怖的天地源气在其外围形成了极为可怕的源气光膜，光膜之厚，即便是赵牧神三人都只能一步步地缓慢推进。

他们的源气一旦稍微变缓，身体就会被那源气光膜生生挤出去。

想要觊觎这座最为古老的石像，首要条件就是自身源气底蕴必须达到某种极为惊人的程度。

而三人之后，在神府榜上排名第四的血海域王羲也在尝试突破这座石像的源气光膜。但让他面色不好看的是，即便已倾尽源气，挤入光膜的速度还不及被光膜排挤的速度，浪费了半天时间，他仍在源气光膜的最外围。

从这一点上就能够看出，他与前面那三人之间还有一些差距。

不过，最起码他有野心尝试，后面的李通神却理智地没有将目光投向这里，反而直接选择了第四座石像。

只是第四座石像这里也不平静，九宫与袁鲲几乎同时到来。

三人目光接触，火花溅射，然后皆开始突破源气光膜。看得出来，等他们突破后必然会交手做过一场，唯有最后的胜者才有资格占据此处。

谁都想要占据更靠前的石像，因为其中蕴含的机缘最大，在没有真正斗过一场之前，没有人愿意主动放弃。

于是，整个星空下，局面分成了三波。

第一波当然是赵牧神、武瑶、苏幼微以及处于源气光膜最外围的王羲，他们是此次九域大会最顶尖的力量。

第二波则是李通神、九宫、袁鲲。

第三波便是第九座石像处，诸多其他天骄正在虎视眈眈。

可谓乱成了一锅粥。

混乱中唯有周元所在的那座石像最为安静，没有任何人上前打扰。

毕竟有这个实力的人此时都在争夺更前方的石像，而那些实力不足的天骄虽有心觊觎，但徐暝的前车之鉴摆在那里，所以也不敢来招惹这个狠人。

于是，周元在这唯一的安静之处静静盘坐着，双眼紧闭，心神渐渐沉入到石像深处。

这里光芒万丈，在那最深处，周元见到一具通体晶莹、骨头宛如水晶的遗蜕。

庞大纯净的源气如海啸般弥漫出来，这些源气经过固化，最后渐渐形成了石像的丝丝毫毫，显然，整座巨大的石像都是由这具遗蜕散发出来的源气固化而成。

周元感受着那股纯净而庞大的源气，内心澎湃翻涌。

他知道贯穿九神府，终于有着落了。

第九百六十七章 群雄行动

石像深处，骨骼宛如水晶般的遗蜕保持着盘坐的姿势，庞大精纯的源气源源不断地释放出来。

周元的心神注视着那具遗蜕，它生前应该是一位源婴境的强者，因为在遗蜕上他并没有感觉到任何法域的波动。

法域境强者的遗蜕必然会更加恐怖。

不知道那座最为古老与庞大的石像深处，是否会有法域境强者的遗蜕？

庞大的源气宛如在石像深处化为了海洋，竟有一尾尾晶莹剔透的游鱼，鱼身上的鱼鳞泛着微微彩光。

其实那并非游鱼，而是一道道先天灵机。

如此数量，几乎成百上千，看得周元都忍不住心跳加速。

不过他没有出手摄取这些先天灵机，眼下时间宝贵，他必须用来贯穿第九重神府，等到功成，自然就可以去那座最为古老的石像处争夺。

那座石像内蕴含的先天灵机必然远非此处可比。

“嗡！”

心中有了决断，周元便不再犹豫，一股源气自他的体内涌出，迅速来到石像深处那深不可测的源气海洋中，在上空旋转，犹如形成了龙卷风暴。

“呼呼！”

风暴旋转，仿佛龙吸水一般，自海洋中抽起了庞大的源气水流，顺着风暴直通而上，最后源源不断涌入周元的身体。

“轰！”

当那庞大精纯的源气涌入体内时，周元的身躯猛地一震，源气之纯净，几乎不用过多炼化，便由透明色化为青金色的镇世天蛟气。

周元操控着那庞大无尽般的源气直接冲进神府，然后毫不犹豫地对着第九重神府壁障狠狠冲刷而去。

“轰轰轰！”

神府内源气翻涌，低沉轰鸣不断，宛如雷鸣肆虐。

当那层壁障被不断削弱的时候，周元心神忽然一动，这一次他再度感觉到了从第九重神府内传出的一种压制感。

那里的确存在着什么，阻挠着第九重神府的打通。

这让周元感到极为疑惑，这种事情可谓闻所未闻，难道有人暗中对他做了什么手脚？

但不太可能啊，那第九重神府从诞生到现在一直处于封闭状态，就连周元这个主人都无法进入，想要做手脚谈何容易？

左思右想，没有答案，周元只能一咬牙，管它是什么东西，他可不信，借助一名源婴境强者的遗蜕，今日还不能将这第九重神府打通！

而等到打通后，他自然会知晓那是什么东西！

“轰轰！”

心中如此想着，周元立即加快了对源气的汲取，越来越磅礴、庞大的源气开始疯狂涌入体内。

在这种源气的灌注下，周元的身躯开始隐隐有所膨胀，一些可怕的源气从体内泄出，几乎在周身形成了源气乱流。

在周元近乎蛮横的源气冲刷下，第九重神府壁障开始变得虚薄，照这种速度下去，被彻底贯穿只是时间的问题罢了。

而在周元竭尽全力贯穿着第九重神府时，位于星空最深处的那座古老石像处也出现了极大的动静。

赵牧神、武瑶、苏幼微三人几乎同一时间打通了源气光膜，然后身形一闪，出现在那座古老石像的头顶之上。

三人呈三角之势，彼此戒备。

他们在混元天这一辈神府境中备受瞩目，所以当三人对峙的这一幕出现时，即便是处于混乱的星空，都有无数道感叹的目光投射而来。

三人之中赵牧神成名最早，而且还是一鸣惊人天下知，而且从他出名的第一天起，就牢牢占据着神府榜第一的位置。

武瑶与苏幼微的时间要晚一点，但二人的声望比起赵牧神丝毫不弱。

武瑶之强，在于她历经挑战，她踏入神府境后经历过无数争斗，无一战败，甚至有传言她曾挑战过天阳境强者，虽说未曾取胜，但也全身而退了。

与武瑶的强势凌厉相比，苏幼微就显得温和许多，但没人敢因此就小瞧她，因为在混元天的神府境中，纯论源气底蕴的话，她当属第一。

这一点，就算是赵牧神也只能甘拜下风。

变异十神府，举世罕见！

他们三人以往没有过交手的记录，唯有武瑶与苏幼微曾经浅尝辄止地碰了碰，但也没有分出胜负。

所以这一刻，当他们三人对峙时，莫说在场的这些人，就连陨落之渊外的那些法域境强者都投来饶有兴致的目光。

三人都是各自域中倾尽全力培养的天骄，未来甚至有可能触及法域境，成为各域真正的顶梁柱。

所以这三人的对碰，就算是他们都提起了一丝兴趣。

在这座古老石像源气光膜之外，满头血红发丝的王羲立于虚空，望着对峙中的三人，眼中掠过一丝不甘，旋即深吸了一口气。

他的身躯突然放弃抵御，任由源气光膜将他挤压出去，然后立于源气光膜之外，凌空盘坐下来。

淡淡的血红光圈从王羲的体内散发出来，那本就血红的头发此时变得更加暗红，犹如鲜血在滴落、流淌。

一股浓郁的血煞之气在渐渐酝酿、汇聚、变强。

有人见到这一幕，顿时一惊，忍不住失声道："那王羲是在施展血海域的'血煞阎罗经'！"

"此术一旦施展，自身血液便开始焚烧，将会产生无边剧痛，可只要忍耐下来，就会让自身的实力大涨。"

"据说此术想要攀至巅峰，必须经历杀戮与战斗……啧啧，王羲这是在酝酿杀势啊，而且他守在这里，谁敢去染指第一座石像，就得先通过他。"

“一旦王羲的杀势达到巅峰，他就能够击破源气光膜，冲进这座石像，与赵牧神三人展开争夺！”

……

无数惊叹的声音响起。九域大会到了这个阶段，就是群雄手段尽出的时候了。

至于最后谁能够成为最大的赢家，恐怕就算是陨落之渊外的众位法域境强者，都无法给出清晰的定论。

一切都得等到尘埃落定时，众人方才知晓，究竟是老王不坠，还是新王现世。

第九百六十八章
三王之战

星空深处，最古老的石像头顶。

此地较周元之前与徐暝争夺之处更为辽阔，立于其上，宛如处于巨大的平原中，一眼看去，不见尽头所在，唯有头顶星空璀璨。

平原上，赵牧神、武瑶、苏幼微三人对峙而立。

赵牧神凝视着风华绝代、各有千秋的两女，线条如刀刻般的英俊脸庞上有一丝感叹之色浮现，他以往从未想到过，这一辈中能够与他当空争锋者，竟然是两位如此娇艳绝色的女子。

内心深处极为自傲的赵牧神对这两个人都相当重视。

“二位，这座石像一定要与我争一争吗？”赵牧神轻声道，“两位若能够退去，今日就算我赵牧神承你们一个人情，往后但有吩咐，无有不从。”

他的声音虽轻，却穿过了平原，清晰地落入武瑶、苏幼微两人的耳中。

武瑶凤目微抬，道：“怎么？堂堂神府榜第一，所谓的神府王者，竟连争斗的勇气都没有吗？”

武瑶的声音略有一种磁性的嘶哑，跟其他女子相比，少了一些柔媚，多了一些凌厉的强硬。

苏幼微道：“我等千辛万苦来到此处，岂有不争就让的道理？”

她的声音倒是清雅柔和，让人有如沐春风之感，与武瑶形成了鲜明的对比。

被两人不软不硬地讽刺了一把，赵牧神也不动怒，只是无奈地笑了笑，道：“二位多虑了，我只是觉得你们如神女般清美，看着极为养眼，到时若是败于我手，终归会有些狼狈，让人心生怜悯。”

他摇摇头，道：“既然两位对我的提议不感兴趣……那就还是先做过一场吧。”

当话音落下的一瞬间，赵牧神袍袖轻轻一挥，只见万丈光彩自他的体内爆发而出，他所处的空间都剧烈地动荡起来。

虚空上，无数源气星辰开始浮现，那般数量达到了……七千五百万！

如此数量的源气星辰，直接引得天地间的源气剧烈翻涌起来，隐有源气碰撞的轰鸣声回荡。

在这之外，无数个望着这里的人，都忍不住咽了一口唾沫。七千五百万的源气底蕴……简直恐怖！而且，还没有施展秘法！

要知道，寻常刚刚突破的天阳境也只是一亿的源气星辰！

如今，赵牧神在神府境巅峰时就已经快要接近这个数字了，这些有着“小天阳”美称的顶尖天骄果真恐怖无比。

对于这种层次的源气底蕴，就算是袁鲲、九宫他们，都感到了一种由衷的无力感。

不过，在赵牧神前方的武瑶与苏幼微，她们那绝色的俏脸上却没有任何波澜，平静得宛如幽潭。

武瑶纤细玉指在胸前结印，黑色雷光自其天灵盖中咆哮而出，雷鸣震荡天地，雷光中有无数源气星辰闪烁出现。

七千四百万！比起赵牧神，仅仅少了百万星辰而已！

武瑶的源气底蕴之深也让人震撼。

无数人惊叹着，然后目光皆不约而同地投向了苏幼微。因为在这混元天中，单纯以源气底蕴相比的话，谁都知晓紫霄域的苏幼微才是当仁不让的第一人。

在无数道视线的聚焦下，苏幼微的身后有亿万紫光涌现，犹如衍变出了一片紫色星空，星空内紫色星辰闪烁，璀璨夺目。

“嘶！”

天地间，似有无数道倒吸冷气的声音此起彼伏地响起。

因为他们见到，在苏幼微身后的紫色星空内有八千三百万的源气星辰在闪烁。

八千三百万！

无数人甚至感到有点窒息，这种源气底蕴简直让人感到绝望！

十神府，果真恐怖！

不只是他们，就连赵牧神与武瑶两人都凝视着苏幼微身后那紫色星空，眼神深处掠过感慨之色。唯有他们最清楚，到了这个层次，想要增加源气底蕴是何等艰难。

苏幼微却能够超越他们足足八百万！举世罕见的变异十神府的确给苏幼微带来了极大优势。

只不过，他们这种程度的交锋，几百万的源气星辰固然能够带来一些优势，但想要决定胜负还是不太可能的事情。

身为各域的顶尖天骄，他们隐藏的手段才是决定胜负的关键。

这片平原上有上亿源气星辰在闪烁，所以天地间的源气都化为了风暴肆虐。大战虽然未启，可那种弥漫的压迫感，寻常顶尖天骄都不敢踏入。

三人的目光碰撞，那一瞬似有虚空震荡。

“轰！”

无数的源气星辰震动，三道光影几乎同时间暴射而出，他们的速度快若惊雷，无数人甚至只能见到三道光线，至于身影则根本难以察觉。

短短数息，三人已跨越了辽阔无尽的平原，如三颗陨石在中央之处轰然相撞。

恐怖的源气冲击波宛如万丈巨浪，层层叠叠向着四面八方席卷而去。

武瑶纤细玉手一握，黑色雷光形成如怒龙般的雷鞭，呼啸而去，将赵牧神与苏幼微都笼罩进去。雷鞭掠过时，连虚空都隐隐碎裂了。

那种破坏力霸道到了极致。

赵牧神嘴巴一张，一道毫光飞出，迎风暴涨，化为一柄暗金色大戟，大戟之上有无数铭文闪烁，缠绕着数条龙纹，栩栩如生，宛如活物。

金色大戟一出现，天地间有龙吟声回荡，一股威压弥漫，赫然是一柄顶尖的天源兵！

赵牧神手持金戟，猛然斩下，虚空碎裂，也将那挥来的黑色雷鞭生生斩裂。同时他力劈而下，万丈锋芒喷吐，趁着苏幼微也被雷鞭波及时，直接狠狠地对着她斩下。

那一斩，虚空尖啸。

苏幼微玉手闪电般结印，紫色源气疯狂汇聚而来，在其双掌下化为两道紫色光轮，光轮之上有八千多万星辰闪烁，绚丽壮观。

她玉手扬起，两道紫色光轮同时迎向雷鞭与金戟。

“当！”

恐怖之声响彻，源气冲击波爆发，下方的平原竟在这一瞬间崩塌了一层！

两道紫色光轮疯狂旋转，化解了那两道恐怖攻势。

冲击波席卷的时候，三人都停滞了一息，不过转瞬便再度暴射而出。

金戟、黑雷、紫轮闪电般碰撞，每次都会掀起风暴。

星空下，无数道视线震撼无比地望着星空深处，即便有源气光膜，依旧无法彻底遮掩住三人混战的惊天动静。

这让无数人感到头皮发麻，浑身战栗。

这一战之激烈，可谓这些年混元天神府境之最！

能够见证这场三王之战，这九域大会便没有白来一场！

而且只要一想到那最后脱颖而出的胜利者，他们的战栗感就会陡然变得更为强烈……

因为，他们将见证一个时代的诞生。

第九百六十九章 商议联手

“轰！”

平原之上，滔天般的源气冲击波在肆虐，整个天地仿佛都剧烈地震荡着。

在那冲击波的源头处，三道光影闪电般交错，每一次对碰都带来了惊天动地的动静，看得外界无数人狂吸冷气。

虽说此时的星空下另一处战圈还有李通神、袁鲲、九宫这等顶尖天骄在交锋，但近乎九成的视线都被牢牢吸引在这里。

因为此处的战局实在太过激烈了。

若是不知情的人，甚至会以为是三位天阳境的强者在交锋……

三人的光辉几乎掩盖了其他所有人。

“轰！轰！”

宛如巨浪的源气冲击重重叠叠爆发开来，三道光影不约而同地微微一滞。

武瑶绝美的容颜充斥着凌厉、强势之色，先前的混战她根本没有半点防御的姿态，完全是在不断地进攻。她所修炼的黑雷，如果单论纯粹的破坏力，当属三人之最。

这般激战引得武瑶那对凤目中的战意愈发炽热，她已经不记得有多久未曾经历这样酣畅淋漓的战斗了。

“既然动手了，就将本事都施展出来吧！”

武瑶叱喝出声，下一瞬，她玉手闪电般结印，娇躯上有无边光芒爆发。

“武神诀！”

武瑶的气势在这一瞬间暴涨，红裙之上光芒流溢，其源气星辰节节攀升，直接从七千四百万攀升至九千三百万，足足涨了一千九百万！

显然，武瑶施展出了武神域的秘法。

武瑶纤手一握，只见两道万丈黑雷从天而降，直接洞穿了虚空，快若闪电般轰向赵牧神与苏幼微。

赵牧神望着如黑龙般咆哮而来的雷霆，脸上划过一丝慎重之色，他不敢怠慢，脚掌凌空一跺，空气爆炸，发出刺耳之声。

“祖魂典！”

只见赵牧神体内忽有一道虚幻的光影凭空而现，那光影没有面目，却散发着一种无法形容的苍茫、古老气息。

光影俯冲而下，直接没入赵牧神的眉心。

“轰！”

下一瞬，赵牧神的源气波动开始暴涨。

短短一息便从七千五百万涨到了九千五百万！

几乎是同一时间，苏幼微的体内也有浓烈的紫光爆发而起。

“紫霄星斗！”

紫光冲天，化为漫天星斗，倒映下来，竟在苏幼微的身后虚空形成了一颗颗源气星辰，她那原本八千三百万的源气星辰随之暴涨。

无数道目光投向这里，因为他们都想知道，以苏幼微的源气底蕴，再辅以秘法的话，将会达到何种程度？

难道会破亿吗？！

但从未听闻过有人能够在神府境时将源气星辰数量突破到一亿，那仿佛是一个界限，再惊艳的天骄都无法逾越。

苏幼微身后的源气星辰，在无数道视线的关注下不断攀升。

然而，就在源气星辰的数量抵达九千八百万时，那攀升之势陡然停滞，仿佛被生生止住了一般。

天地间无数的遗憾声响起。果然如此，当源气星辰的数量将要接近一亿的界限时，增长会变得极为困难，仿佛这就是神府境的极限。

不过，饶是如此，混元天这么多年里，能够在神府境时源气底蕴数量就近亿的人也是凤毛麟角，苏幼微凭借于此，足以留名史册。

而当众人遗憾的时候，赵牧神与苏幼微已闪电般出手，磅礴强悍的源气冲天而起，将轰击而来的黑龙之雷硬生生阻拦下来。

“轰！”

宛如两朵源气蘑菇云自古老石像头顶盛放，那冲击波撞击在源气光膜上，引得涟漪不断。

源气光膜外，王羲凌空盘坐，那渐渐血红的眼眸望着闹出惊天动静的三人，眼神深处有着不甘与渴望。

他也想参与其中，证明自己。

不过他知道，与那三人比自己还稍微差了点火候，所以他需要养气——养杀戮之气。这些年他历经杀戮，杀戮之气封印于神府中，只是解封需要一些时间酝酿。

他相信，等到解封的时候，自己必然能够参与进去！

他要向所有人证明，混元天的神府境王者不止他们三人！

他王羲，同样不弱于任何人！

巨大的源气蘑菇云渐渐平息。

赵牧神凌空而立，他望着苏幼微身后那耀眼至极的九千八百万源气星辰，双目微眯，然后嘴唇轻启，将声音传入武瑶的耳中。

“武瑶，苏幼微源气底蕴极为可怕，混战持续下去对她最为有利。你与她之间似乎有些嫌隙，你我或许可以暂时联手，先将她淘汰。”

武瑶凤目微闪，源气包裹着声音传回：“可。”

两人顷刻间达成协议，下一瞬他们身形一闪，宛如瞬移一般出现在苏幼微前后。

他们这般举动，顿时在外界引起了滔天的哗然声，谁都没想到，率先联手的竟然会是武瑶与赵牧神！

“轰！”

武瑶玉手闪电般结印，她凤目凌厉，无边黑雷在身后汇聚，渐渐形成了一颗黑色的雷蛋，上面的裂痕迅速蔓延。

“唳！”

一道清澈而嘹亮的凤鸣声忽然响起。

只见一只黑色雷凰直接破壳而出，双翼扇动，黑雷跳跃，引得虚空都裂开。

小圣术，雷凰降临！

“去！”

她纤细玉指一点，那拥有着恐怖破坏力的黑色雷凰陡然暴射而出，直指苏幼微。

而在苏幼微的前方，赵牧神仰天长啸，一道巨大的金色光阵出现在他的身后，光阵旋转，古老的声音传出，下一刻，一只苍黄色的斑驳大手陡然自其中探出。

大手乃源气所化，但不知为何散发着一股令人心悸的气息。

小圣术，祖魂之手！

“轰！”

古老大手直接撕破虚空，对着苏幼微狠狠抓下，阴影笼罩之处，连空间都被锁定了，让人无处可逃！

“哗！”

外界，无数人失声哗然。赵牧神与武瑶瞬间祭出杀招，赫然是施展出了两道小圣术，绝对是撒手锏般的攻势！

面对这般局面，就算是苏幼微，稍有不慎都会被重创淘汰！

无数道目光惋惜地望着处于两道恐怖攻势之中的渺小倩影，谁能想到眨眼之间，率先落入危局的竟然会是苏幼微！

第九百七十章
情势逆转

平原上空，苏幼微遭遇了巨大险境，赵牧神与武瑶的实力皆不弱于她，如今突然联手施展杀招，若被击中，就算她的源气底蕴比两人稍强，也必然会付出巨大的代价。

她凌空而立，绝美清丽的容颜此时变得凝重起来。

苏幼微深吸一口气，她眸光一闪，源气翻涌间，纤细的双手合拢，印法变幻，化为无数道残影。

只见无数紫色星辰出现在其周身，星辰隐隐相连，似乎形成了一幅巨大星图。

星图将苏幼微护佑在其中，形成了极其强大的防御。

“小圣术，紫晶星图！”

苏幼微檀口微张，轻吟声响起。

星图层层环绕，远远看去，仿佛一颗紫色的晶石将苏幼微覆盖、笼罩。

面对赵牧神、武瑶的联手攻势，苏幼微选择以最强的防御来抵挡，因为此时周围空间已被赵牧神锁定，撤退并不明智。

“轰！”

层层的紫色星图成形时，来自赵牧神的攻击率先抵达，只见苍黄斑驳的大手捣碎虚空，裹挟着毁灭之力，重重地轰击在星图之上。

“轰隆隆！”

巨声响彻，虚空剧烈地震颤，卷起源气风暴。

层层星图剧烈闪烁，在斑驳大手的轰击下开始破碎。

不过它显然有着修复的功能，在崩碎时也不断有星图凝结而现。

双方进入短暂的僵持中。

“唳！”

就在这个时候，天地间有嘹亮的凤鸣之声响彻而起，虚空破碎，一头巨大的黑色雷凰破空而出，凤嘴中有无边黑雷喷薄而出，凶悍无匹地轰击在星图上。

“轰轰！”

在两股恐怖力量的攻击下，星图崩碎的速度顿时加快了。

远远看去，苏幼微周身覆盖的紫色晶层仿佛处于熔岩中的冰球一般，不断被消融……

赵牧神见到这一幕，知晓只要再下一剂猛药，苏幼微这道最强防御就会摇摇欲坠，于是他心念一动，那古老大手结出一道拳印。

“天拳斩魄印！”

“轰！”

古老拳印直接轰破了空间，然后裹挟着一股极为恐怖的波动，在那无数道心惊肉跳目光的注视下，狠狠地轰在紫色星图上。

“砰！”

这般撞击掀起万丈源气涛浪，只听得一阵噼里啪啦的声音，紫色星图瞬间崩溃大半。

“武瑶，动手！”赵牧神沉声喝道。

“唳！”

凤鸣响彻，黑色雷凰猛然暴射而至，凤嘴巨张，一口便将苏幼微连同即将破碎的星图吞入腹中，其腹部位置有无尽的雷光轰鸣。

赵牧神见状，神色顿时微松。

“好霸道的雷凰。”赵牧神笑道。

不过，他的声音刚落，瞳孔便忽然一缩，只见那雷凰在吞掉苏幼微后，速度不减反增，直接冲撞虚空，笔直地对着他嘶啸而来。

天地间雷鸣响彻，带来狂暴之意。

赵牧神眉头微挑，道：“苏幼微才刚刚被制，你下手也太快了吧？”

不过他并不觉得意外，因为他同样没有撤去那古老斑驳的大手，而且数息之后，他也会对武瑶发动攻击。

之前的联手只不过是为了先淘汰一人罢了。

如今苏幼微落入雷凰腹内，必然会被重创，威胁性已是大减。

“轰！”

赵牧神袍袖一挥，斑驳古老的大手再度结成拳印，裹挟着可怕的力量，轰碎虚空，直接与那暴射而来的黑色雷凰硬撼在一起。

“咚！”

撞击的瞬间，天地间有黑雷溅射，化为无数雷光倾泻下来，将下方的平原轰出万千坑洞。

“轰轰轰！”

虚空上，雷凰长鸣，与那巨手不断互相轰击。

每一次碰撞都引得天地震荡，看得外界无数人头皮发麻。这种程度的交锋，就算强如袁鲲、九宫他们这种顶尖天骄，恐怕都是进去一个栽一个。

神府榜排名前二的两位，战斗力简直可怖。

武瑶立于虚空，她望着僵持的局面，凤目掠过凌厉之色。

她的体内有一股玄妙之气冲天而起，隐隐在身后形成巨大的凤凰虚影，虚影一出现，天地间的源气都异动起来。

而武瑶的身躯犹如时刻能融入天地，借助天地之威。

那是……天凰气运！

武瑶的体内有两道来自周元的圣龙气运，在这些年里与她渐渐契合，隐隐形成了一种属于她的天凰气运。

当然，气运千变万化，如果周元能够将之夺回，自然会化为属于他的圣龙气运。

武瑶立于虚空，伸出玉指，凌空一点。

天地间的源气滚滚而来，最后化为点点晶屑，飘落在黑色雷凰的身躯上。

刹那间，雷凰气势暴涨，那些晶屑仿佛在它的身躯上形成了一层晶鳞。

“唳！”

雷凰爆发出长鸣之声，它双翼合拢，庞大的身躯化为箭矢，黑雷疯狂流溢，最后直接狠狠地撞在那古老巨手之上。

这一次，黑雷形成旋转之势，爆发出极为恐怖的破坏力与穿透力，竟生生将那古老巨手洞穿。

赵牧神眼神微凝，身影一闪，化为道道残影暴射而退。

然而雷凰的速度更快，掠过之处，在虚空留下了淡淡的痕迹。

赵牧神瞧得无法躲避，便立即双手结印，身后虚空里金色光阵再度凝现而出，而且这一次的源气强度比起之前更胜一筹！

“轰轰！”

金色光阵旋转，下一瞬，两只古老大手伸出，双手叠加，化为一座金色巨山！

巨山之上，遍布着古老神秘的纹路。

“轰隆！”

金色巨山一晃，宛如瞬移般出现在已经冲到前方的黑色雷凰上空，然后重重地镇压而下，虚空都在此时崩裂。

当金色巨山落下时，黑色雷凰爆发出尖锐之声，无数黑雷疯狂席卷，试图将它抵御，但没有多大作用。

巨山落下，而且越来越大，犹如要将黑色雷凰覆盖。

然而就在黑色雷凰即将被镇压的那一瞬，雷凰巨嘴忽然一张，一道凝练得宛如黑墨的黑雷匹练猛地喷射而出，对着赵牧神当头劈下。

黑雷极为凝练，显然被压缩到了极为恐怖的程度。

这道黑雷的速度太快，就连赵牧神都无法躲避，他当即厉喝如雷，磅礴强悍的源气汇聚双掌，一把探出，狠狠地抓住了它。

“嗤嗤！”

黑雷匹练吞吐不定，那股霸道的力量令赵牧神满手鲜血。

赵牧神却并不理会，只是死死地盯着那黑雷匹练，它正缓慢地朝着自己的眉心推进。他很清楚这道黑雷的破坏力，如果真的被击穿眉心，就算是他，也必然被重创。

赵牧神的身后，九千多万的源气星辰疯狂闪烁着。

黑雷匹练一点点推进，就在距离赵牧神眉心还有两寸时，终于停了下来。

那一瞬间，赵牧神的心中不禁松了一口气。

但是，这口气还不等他吐出来，就忽然见到黑雷匹练中有一道紫色的光点一闪而过。

赵牧神的瞳孔猛然一缩，浑身汗毛都倒竖起来。

就在他打算施展手段的那一瞬间，黑雷之中一抹紫光闪现，直接化为一道倩影出现在身前。

那是……苏幼微！

她没有被黑凰体内的黑雷重创？！

此时的苏幼微源气依旧饱满强横，丝毫不见受创的迹象！

赵牧神心思闪电般转动，旋即面色微青——他被算计了！

武瑶竟然和苏幼微联手在对付他！

“紫霄青冥！”

然而这个时候，反击已经来不及了，苏幼微玉手间青紫之色闪烁，下一瞬，一柄青紫长剑闪现而出，剑身如星光所化，璀璨神秘。

“噗！”

剑光一闪而来，直接自赵牧神的胸膛穿过。

赵牧神体内的源气剧烈动荡，他掌心一松，黑雷匹练便微微一弯，宛如黑刺，自上而下地从其肩膀处硬生生钻了进去……

苏幼微的倩影出现在赵牧神的后方。

更远处，武瑶屈指一点，黑色雷凰仰天长鸣。她盯着瞪大眼睛的赵牧神，淡淡道：“赵牧神，你才是最危险的那个人，我觉得，你先出局才是最好的。”

其实赵牧神传音于她的时候，她在那一瞬间也传音给了苏幼微。二人虽说以往有些嫌隙，但她们都清楚赵牧神的危险性。

对武瑶而言，如果苏幼微率先被淘汰，她独自迎战赵牧神的话，难度会比独自迎战苏幼微更大。

这一点也正是苏幼微心中所想，所以当她接到武瑶的传音时，立即同意了。

赵牧神怒目而视，但他体内有苏幼微与武瑶的源气在爆发肆虐，让他一句话都说不出，最后缓缓仰天倒下。

在那外界，所有人都傻眼了。

无数道视线近乎呆滞地望着这一幕。原本是赵牧神与武瑶联手对付苏幼微，可谁能想到那只是假象，武瑶明显与苏幼微先一步达成了共识。

武瑶以雷凰吞下苏幼微，二人联手阴了赵牧神一把……

那些人呆呆地望着仰天坠落的赵牧神，这位神府榜第一的王者……难道就这样被淘汰了？！

第九百七十一章 逆转之术

在天地间无数道惊恐与呆滞的目光中，赵牧神的身影从天而坠，最后重重地落于平原之上，“轰”的一声砸出一道深坑，烟尘弥漫。

整个星空下一片寂静，就连源气光膜外的王羲都有些难以置信地望着那深洞。

远处一座石像上，原本正在激烈开战的袁鲲、九宫、李通神三人身形一滞，面色变幻不定地盯着那个方向

谁都没想到，三王之战中最先受创的竟然是赵牧神！

那可是赵牧神啊，混元天神府境第一人！这些年来就算有武瑶、苏幼微这等绝代双骄与之争锋，他依然稳稳地屹立于第一，无可撼动。

对很多神府境来说，赵牧神简直就是他们的标杆所在。

此次九域大会，虽说武瑶、苏幼微的出现能够对赵牧神造成威胁，但还是有超过八成的人认为，最终的赢家依旧会是赵牧神。

因为他是赵牧神！

所以，当他们看见赵牧神被武瑶、苏幼微反向算计的时候，方才感到如此震撼。

果然啊，越是漂亮的女人越会骗人！

武瑶、苏幼微立于虚空，两人隔着不近的距离，周身磅礴强大的源气时刻在翻涌，她们同样在互相防备。

她们看了一眼赵牧神坠落的地方，然后彼此视线对碰，眼神中并没有刚才合作过的情谊，反而充满着凌厉与戒备。

武瑶凤目一抬，道：“看来接下来轮到我们了！”

苏幼微脸颊上泛着淡淡的紫光，清美绝伦：“早就想和你真正交手一场了。”

武瑶红唇轻撇，道：“就因为周元？”

苏幼微道："你先前那气运应该来自殿下吧？你能走到今天，固然有自身天赋卓越的缘故，但这道气运怕是给了你不少帮助。"

武瑶螓首微点，并没有否认。她伸出纤细修长的手掌，指尖上有一股玄妙的气流在流淌，她的眼眸深处浮现出一丝淡漠与厌恶之色。

"不要以为我喜欢这东西，若不是它，我的母后也不会死。"

她看着苏幼微，道："但是你也不必说什么'不喜欢就物归原主'的幼稚言语，如果有一天周元能够从我这里将它夺走，我不介意他直接斩杀我，正如我对他杀了武煌、灭了大武并没有什么怨恨一样。

"这一切，不过是强者为尊。当年我父王从他体内夺走了圣龙之气，是因为他强，大周弱。后来周元翻盘，灭了大武，则是周元强，大武弱。

"所以，他有本事就来将属于自己的东西拿回去，若是拿不回去，就别怪我取走他体内的那份圣龙之气。"

苏幼微微默，道："既然如此，那我就帮殿下将属于他的东西取回吧。"

武瑶盯着她半晌，道："真不知道他哪来的这么大魅力，值得你为他这么做，我原本以为我们能够相交的。"

对于苏幼微，武瑶从未掩饰过对她的欣赏之意，可惜的是，面对她的善意，苏幼微始终未曾理会，如今看来，缘由就是周元了。

苏幼微淡淡地道："你欣赏的只是现在的苏幼微，但你不知道，曾经的苏幼微并没有这么明亮璀璨，她只是淤泥中卑微的小女孩，没有殿下，就没有现在的苏幼微。

"我爷爷教我的道理，便是知恩图报。"

她的玉手缓缓抬起，紫光在掌心流淌，化为一柄星辰长剑，剑锋遥遥指向武瑶。

"动手吧。"

武瑶如玉的面容没有波澜，内心深处却轻轻一叹，然后凤目渐渐变得凌厉起来。既然说不通，那就直接手下见真章吧。

"轰！"

磅礴强悍的源气渐渐自武瑶、苏幼微的体内散发出来，引得天地震荡。

两人之间的气氛剑拔弩张，仿佛随时会彻底引爆。

然而，就在她们即将动手的那一刹，紧张的气氛中忽有一道异声响起。

“呵呵。”

武瑶、苏幼微两人的眼瞳猛然一缩，几乎是不约而同地低头看向平原上原本烟尘弥漫的巨坑，此时那里的烟尘早已散去。

巨坑中，赵牧神静静地躺在其中，此时他正睁着眼睛，面带诡异笑容地望着高空上的两人。

他的眉心处，莲花印记正散发出淡淡毫光。

那道惊悚的伤势几乎洞穿了他的半个身躯，但他似乎并不在意，唇角的笑意反而更盛了。

最令苏幼微与武瑶心头微惊的是，她们感觉到赵牧神的源气竟然没有丝毫减弱，并不像是被重创的样子。

这如何可能？先前两人没有半分留手，那种伤势，换作她们任何一人都必然难以承受！

“联手，解决他！”

武瑶叱喝出声，赵牧神嘴角的诡异笑容让她感到了一些不安。

苏幼微清丽的容颜浮现出一抹凝重，听到武瑶的喝声，当即毫不犹豫地催动源气，倩影暴射而出。

武瑶同样直指赵牧神。

深坑中，赵牧神踉踉跄跄地站起身，他望着暴射而来、杀气腾腾的两人，笑道：“你们算计我，我又何尝没在算计你们？”

他伸出双手，直接刺入身上的伤口中。手指伸出时沾染着鲜血，鲜血中似乎有两股细微的源气波动。

那是属于苏幼微、武瑶的源气。

赵牧神染着鲜血的双手闪电般结印，他唇角的笑容愈发诡异，眉心间的印记开始变得璀璨，莲花徐徐绽放，天地间有一股异样的波动涌现。

他那嘶哑的声音自平原上缓缓响起。

“圣莲！

“逆转术！”

虚空上，身影暴射而下的武瑶与苏幼微面色忽然剧变，她们发现周身忽然有一股诡异的力量降临，那股力量直接在她们身下形成了两朵虚化的莲花光影。

莲花栩栩如生，散发着神妙的力量。

武瑶、苏幼微暴射的身影此时凝滞着，犹如在琥珀中翩翩起舞的蝴蝶，时空似乎都被冻结。

但最诡异的是，苏幼微与武瑶的身躯上开始有两道巨大的狰狞伤痕凭空出现，与赵牧神身上的一模一样！

赵牧神笑吟吟地望着虚空上凝滞的两道倩影，任由身上的伤口鲜血流淌，旋即张开双臂，露出微笑。

“多么漂亮的一幕啊……

“两只蝴蝶，落入掌心了。”

星空之下，无数人望着这一幕，再次被深深震撼。

谁能想到，原以为落入绝境的赵牧神竟然会瞬间翻盘。

他们的眼神变得极其复杂，暗暗摇头：神府境王者果真不是浪得虚名。

万祖域所在之处，柳清淑等人终于将紧绷的心松缓下来，欢呼声响彻而起。

那声音在星空中回荡，传入了一座古老的石像中。

在石像头顶处，盘坐许久的周元仿佛受到了某种感应，一对紧闭的眼睛缓缓地睁开了。

第九百七十二章
饕之气运

陨落之渊外的虚空上。

诸位法域境强者凝视着前方那巨大光镜之内，此时正有两朵璀璨莲花徐徐绽放着，莲花中央，武瑶与苏幼微的身影犹如凝滞了，她们身上有狰狞的伤痕撕裂，直接引得两人体内的源气动荡起来。

“逆转术……”

望着出现在她们身下的莲花，在座的一些法域境强者面色微凝，而武神域的金钟与紫霄域的陆玄罡两位法域境强者更是神色紧绷起来。

以他们的眼力，自然知晓这道逆转术。

这是万祖域一种极为精妙与诡异的顶尖小圣源术，据说一旦修成，可将自身受到的致命重创直接转嫁给攻击者。

只是……从未听说这道逆转术还有凝滞空间的封印能力。

他们看得出来，那圣莲隐隐带着一些法域的波动，极为神妙，难怪能够将苏幼微与武瑶直接凝滞，犹如被封印了一般，霸道到极致。

陆玄罡看了一眼赵仙隼，道：“万祖域的逆转术大名鼎鼎，但此术修炼起来极为艰难，这么多年还从未听说万祖域有低于源婴境的人将其修成。”

赵仙隼微微一笑，道：“赵牧神天赋卓越，举世罕见，能够修成此术并不奇怪。”

武神域的金钟道：“而且也没听说过万祖域的逆转术竟然还有圣莲封印之能？”

赵牧神施展的逆转术显然非常特殊，不仅可以施展封印，而且圣莲出现时，他身上那致命的伤势也开始迅速修复。

如此一来，此术简直逆天啊！不仅将致命伤势逆转给对手，自己的伤势却能快速复原，明显跟正常的逆转术不一样！

赵仙隼含笑道："这是赵牧神自身的机缘，就不方便告知了。"

金钟闷哼一声，却没办法说什么。

他与陆玄罡对视一眼，眉头紧皱，此时的局面对他们两域而言极为不妙……

深坑中，赵牧神仰头望着被两朵光莲束缚住的倩影，微微一笑，身躯渐渐升起，来到两朵光莲前。

"两位，此次终归还是我更胜一筹。"赵牧神轻声道。

光莲中，武瑶与苏幼微的眼神微动，看得出来她们在竭尽全力摆脱圣莲的封印，但一时间难以做到。

赵牧神的视线转向武瑶，凝视着那张绝美的容颜，脸上带着浓浓的欣赏之意，他道："武瑶，你可知道，此次九域大会我真正觊觎的，其实并非这九域第一的位置，而是……你。"

武瑶虽然身处圣莲封印中无法动弹，但眼眸深处释放出无边寒意。

赵牧神摇了摇头，道："你别误会，我并非觊觎你……准确地说，是觊觎你体内的……气运。"

武瑶的瞳孔微微一缩。

赵牧神究竟想要做什么？难道是要夺取她的气运？这根本不可能。气运可不是随随便便就能夺走的。当年父王能够将周元体内的气运抽出灌注于她与武煌，是因为他们同日出生，而且同样身具气运！

但赵牧神显然与她不是同日出生！

赵牧神淡笑道："很奇怪是吗？我并不符合夺走气运的条件。但可惜的是……这个世界上有很多东西，并不需要遵从规则。"

他眉心处的莲花光印此时散发出光芒，似乎有某种玄妙的气息自其中涌出，天地间的源气隐隐异动起来。

然后，天地间无数道视线猛然看见，赵牧神身后有一道虚幻的光影渐渐浮现。

那光影仿佛是一头神秘巨兽，正在仰天咆哮，嘴巴宛如深渊巨口，天地间的源气都被其尽数吞入。

武瑶望着出现在赵牧神身后的神秘虚影，心头微微一震，那是……某种气运？！

赵牧神，竟然也身负气运！

只是，武瑶无法辨认他身上的气运究竟源自何种存在。

赵牧神似是知晓武瑶心中疑惑，当即笑道："我所负气运，名为饕之气运。天地初开时，有一先天圣兽诞生，名为祖饕。

"饕之气运，初生时弱小，但它具备一种其他气运没有的特殊能力，那就是……吞噬其他气运。"

武瑶眼瞳骤缩，她怎么都没想到赵牧神竟然身怀这种特殊气运！难怪他会说此次九域大会，他真正觊觎的是自己体内的气运。

他想要吞噬她的气运！

赵牧神望着武瑶，轻声道："武瑶，你以为我从一开始就是如此优秀吗？你错了，在踏上修炼之路时，我的天赋极为普通，是所有人的踏脚石。是饕之气运，让我一步步走到了今天。

"我即将踏入天阳境，如果能够将你的气运吞噬，想必会让我的突破达到最完美的程度。"

他露出微笑："所以……得罪了。"

"吼！"

他身后那模糊的饕之气运爆发出无声吼叫，巨嘴中有黑光渐渐弥漫，那光如雾般蔓延，一丝丝对着武瑶所在的方向环绕而去。

赵牧神已在做着吞噬的准备。

陨落之渊外。

武神域的金钟见到这一幕，面庞上顿时煞气涌动，他狠狠地看向赵仙隼，道："赵牧神竟敢吞噬武瑶的气运？！"

气运一说，颇为玄妙。它能够直观地影响到修炼的天赋，甚至修炼路上的诸多顿悟，当然，也极有利于修炼源术以及破境。拥有气运的人，一般来说会在修炼之路上走得更远。

赵牧神想要吞噬武瑶的气运，简直就是要毁掉她的前途！

赵仙隼眼睛微垂，道："金钟阁下不必动怒，待得大会结束，我定会斥责他。"

金钟面庞上的煞气更重了。等大会结束？到时候武瑶的气运已被赵牧神吞噬，斥责能有什么用？

然而赵仙隼这般模样，看样子是打算纵容赵牧神的行为了，而在陨落之渊内，就算是他们这些法域境强者都无法出手干扰。他在这里再愤怒，也于事无补。

“好，若是万祖域打算与我武神域交恶，那就由得你！”无可奈何之下，金钟只能撂下狠话。

外界有法域境强者相争，而在那星空之下，气氛同样凝重。

无数道视线望着星空深处那座石像头顶上发生的事情，谁都没想到，赵牧神的手段如此狠辣，竟然打算吞噬武瑶的气运！

武神域的弟子个个面色愤怒，出言怒斥，却毫无办法。

柳清淑面对武神域诸多弟子的愤怒，冷哼一声，道：“成王败寇，武瑶落入大师兄手中，自然该付出代价。再说，不过是一道气运而已，又没要了她的命！”

看到武瑶的遭遇，她的内心深处更多的是快意。武瑶、苏幼微如此出色，她早已嫉妒许久。

因为赵牧神、武瑶他们那里发生的剧变，没有人注意到那睁开双目、从修炼状态中醒来的周元。

周元结束修炼后，他的心神显然还沉浸在自身神府内的变化中。

他手掌轻抚着胸膛，面色有些古怪。

“竟然会是这东西……”

周元内心感慨着，旋即抬起头，望向星空深处那座古老石像的头顶，不由得淡笑一声，道：“能够吞噬别人的气运？倒是奇特。不过……武瑶体内的气运是我的，可由不得你赵牧神来染指。”

他长身而起，身躯微微一晃，三轮混沌光环陡然自其身后涌现，一股极为磅礴雄浑的源气波动宛如洪流般缓缓散发，带来惊天威压。

“唰！”

周元对这座石像没有任何留恋的迹象，身影一闪，直接冲出源气光膜，向着星空深处那座最为古老的石像暴射而去。

周元这般动静，立即引来无数道视线。

当他们见到周元离开了那座石像后，纷纷哗然出声。

“周元竟然放弃了那座石像？！”

“此时离开几乎等于放弃了这里，之后想再返回，就会被源气光膜排斥了！”

“他是冲着最后那座石像去的！嚯，好大的野心！”

“他的源气变强了！应该是贯穿九神府了！”

“难怪野心突然变大……但这可不是什么明智之举啊！”

……

这一刻，众人都发现了周元的去向，袁鲲、九宫两人的神色顿时变得有些复杂，因为他们从周元的身上察觉到一股压迫感。

显然，周元贯穿了九神府，他此时的实力比起之前必然强悍很多！

倒是那柳清淑冷冷一笑，道：“不知天高地厚，真以为打通了第九神府就有资格挑衅大师兄吗？简直愚蠢！连武瑶与苏幼微联手都败在了大师兄手中，你又算什么东西？！”

她的眉宇间尽是轻蔑之色。

然而不论众人如何议论，此时吸引了无数目光的周元掠过星空，来到了那座最引人注目的古老石像之外。

第九百七十三章
震退王羲

在星空下无数道目光的注视中，周元的身影来到星空深处那座最古老的石像之外。

在这里，王羲凌空盘坐，恐怖的杀意如海洋般在周身荡漾，他的双目此刻变得猩红，那股凶煞之气看得无数人头皮发麻。

看到周元到来，王羲那猩红的眼瞳投去视线，森冷的声音响起：“此路不通，滚开！”

周元面无波澜，看了王羲一眼，道：“让开吧，你的实力还不足以争夺这座石像。”

如果是在未贯穿九神府之前，周元遇见王羲，恐怕得倾尽手段才能交锋，但可惜，此一时彼一时。

现在的周元，源气底蕴磅礴得连他自己都怕！

在半个时辰前还能让他有所忌惮的王羲，如今已不足为虑。

在九神府尽数贯穿后，这混沌神府方才真正显露出其恐怖之处。

王羲闻言，面色陡然变得森寒，他眼神如刀般射向周元。要知道他此前根本未曾将周元当作对手，眼下周元竟敢如此挑衅他。

从周元身上，王羲能够察觉到比之前更强的源气波动，想必他已经真正贯穿九神府了。

但王羲还真不信，贯穿九神府就能让周元直接飞天了吗！

“轰！”

王羲没有再说一句废话，他身躯一震，血红的源气猛然席卷，六千六百万源气星辰自虚空映照出现。

显露出自身的源气底蕴后，王羲并没有停手。他猛地仰天尖啸，那一瞬仿佛有滚滚血海自他的体内咆哮而出，翻涌间，再度有无数血红源气星辰升起。

最终，源气星辰的数量稳定在八千五百万的层次！显然，他催动了血海域的秘术！

这种程度的源气强度的确不弱，远胜袁鲲、徐暝这些榜上天骄，甚至可以追逐赵牧神、武瑶、苏幼微三人的脚步了。

“淹天术！”

王羲的厉喝响彻天地，只见磅礴浩瀚的源气席卷而出，化为滔滔血海，弥漫着血腥之气。

“哗哗！”

血海呼啸，宛如要淹没天地，裹挟着巨大的阴影，对着周元笼罩而去。

面对那声势恐怖的血海，周元却立于虚空，身如磐石，纹丝不动。

王羲见到这一幕，顿时心中震怒，旋即一声冷哼，催动血海呼啸而下，直接将周元裹挟进血海之中，引得虚空震荡。

“哗！”

血海淹没周元的时候，星空下传出诸多惊哗声，谁都没想到他竟如此托大，在面对王羲这等强敌时，任由对方的血海将他淹没。

要知道，那血海拥有极端恐怖的侵蚀之力，一旦被卷入其中，同等级的强者都会吃不消。

就在众人惊疑的时候，突然间，血海深处隐约有蛟龙长吟响彻而起。

下一瞬，血海忽然剧烈震荡起来，只见亿万道青金源气光柱自其中暴射而出，短短数息间便将整个血海撕裂得千疮百孔。

无数道震惊的视线望向那里，只见磅礴的青金色源气弥漫虚空，有无数源气星辰闪烁，那般数量——九千三百万！

整个星空都在此时变得一片死寂。

所有目光近乎呆滞地望着出现在周元身后的无数源气星辰！

“怎么可能?！”

袁鲲失声喊道。就连九宫那高冷的性子，都有些失态地张开了红润小嘴。

九千三百万的源气星辰！

而且周元完全没有催动过秘法的迹象，也就是说，这是他自身的源气底蕴！

要知道，就连十神府的苏幼微，自身底蕴也才八千三百万而已！

然而周元竟然比她还要高出一千万？！

这家伙的神府究竟是什么品阶？！

武神域处，柳清淑面色青白交替地望着周元身后的源气星辰，片刻后，她忍不住咽了一口唾沫，喃喃道："怎么可能？"

虽然周元那灰蒙蒙的神府光环一看就是变异神府，但谁都没想到，他在贯穿九神府后，源气底蕴竟会暴涨到这种程度。

之前周元可只有三千八百万啊！现在是多少？

九千三百万！足足暴涨了五千五百万？！

柳清淑觉得自己现在有点疯，从没听说过谁的第九重神府会暴涨这么多源气星辰，就算是苏幼微的十神府也没这么恐怖！

震撼了片刻，柳清淑咬了咬银牙，依旧嘴硬道："九千三百万又如何，到了这种层次，神府境上限就在那里。"

苏幼微的源气底蕴也比赵牧神更胜一筹，但跨入九千万的层次后，两者差距不算多大，终归还是得看各自的手段。

所以，柳清淑相信，赵牧神能够打败武瑶、苏幼微两人联手，自然也能够制伏此时的周元！

在天地间无数道震撼的视线中，周元自己也略有感慨，自身源气底蕴暴涨到这个程度，同样有些出乎他的意料。

原本他以为只要能够达到八千万就已经极为完美了，但如今看来，他还是小觑了这个混沌神府。

这个神府在贯穿九神府之前不见得有多奇异，可谁能想到，第九神府的开辟会令其出现翻天覆地的变化。

周元眼神平静地盯着面色变幻的王羲，此时他即便一言不发，仍然有着恐怖的威压弥漫开来。

王羲深吸一口气，眼神有些复杂。对于周元，他并没有给予太多重视，但怎么都没想到，这个短短不到两年就在混元天声名鹊起的黑马，其实力竟然会达到这种恐怖的地步。

"九千三百万的源气底蕴……周元，你真的很强，或许你是唯一一个有机会打败赵牧神的人，所有人都小看了你。”

王羲周身弥漫的血海缓缓收缩，最后尽数回到体内。他的神色有些颓然，显然周元的强悍给了他不小的打击。

“去吧，希望你能让这次九域大会变得更精彩些。”

王羲让开道路，面对裹挟着九千三百万源气星辰而来的周元，好战如他，都不得不选择退让。

星空下，无数人的视线变得复杂起来。

谁能想到，周元之强竟然能够让王羲这等凶悍之人主动服软避让，由此可见，那九千三百万的源气底蕴带来了多大的压力。

所有人暗叹一声，从今天开始，在这混元天神府境中，一尊巨头怕是要升起了。

只是不知道，新巨头与老巨头碰撞起来，究竟谁能更胜一筹？

在无数道带着希冀与好奇的目光中，周元对着王羲轻轻点头，旋即身影一动，直接冲进了那源气光膜。

那源气光膜并没有给周元带来任何阻力，短短不过数息，他便直接穿透而过。

石像巨大如平原的头顶之上。

赵牧神身后那虚幻巨兽喷出的黑雾缓缓止住，他不得不暂停吞噬武瑶的气运，然后抬起头，望着那道从天而降的修长身影。

他轻叹一声，道：“这次我总算明白，为何连大尊都亲自注意到你了。”

他怎么都没料到，之前轻易放走的小老鼠，如今会变得如此具有威胁性，甚至连他都感觉到了浓浓的危险气息。

这让一向自信的赵牧神生起了一丝后悔之意。早知道当初就不戏耍周元了，直接斩杀就行。

周元看了一眼被圣莲封印住的武瑶与苏幼微，然后转向赵牧神，道：“不属于你的东西就不要胡乱觊觎。”

赵牧神目光奇特地盯着周元，道：“之前我倒没察觉，你竟然也身怀气运。”

他有点懊恼，若是早点发现，先将这周元解决了，就不会有如今之隐患。

不过也无所谓。

他冲着周元微微一笑，道：“你也是来送气运的吗？”

第九百七十四章 还差一点

“九千三百万源气底蕴……”

陨落之渊外，诸位法域境强者望着周元身后的源气星辰，即使以他们的眼界，都面有异色。

他们能够达到法域境，成为混元天的顶尖强者，自然是惊才绝艳之辈，当初还在神府境时，同样号称神府境王者，力压同辈。

但即便是他们，处于神府境巅峰时也未有过如此恐怖的底蕴。

由此可见，天渊域的周元果真不同凡响。这种底蕴，足以与赵牧神相争了。

一些目光投向赵仙隼，此时对方脸上的笑容微微收敛了一些，显然周元的突然杀入，完全打破了他心中所想。

想必他心中有些恼怒，眼见赵牧神就要夺走武瑶的气运了，却偏偏被周元阻拦住。

“哈哈，郗菁，你们天渊域此次倒是出了一个人物，此番看来，说不定九域大会第一的位置会落到你们天渊域头上！”此时，一道洪亮的笑声如雷鸣般响彻。

那是武神域的金钟。

他当然最乐意见到赵牧神的计划被破坏，毕竟武瑶是他们武神域倾尽全力培养的新鲜血液，未来前途无量，当然不可能被赵牧神毁掉。

郗菁凝视着周元的身影，内心同样有些感叹，她从始至终都对周元很有信心，但这种信心是源自师父苍渊的眼光，如今，则是周元用他的表现证明了自己。

周元，的确有资格入苍渊的法眼。

不过对于金钟的话，郗菁只是一笑置之。周元如今虽说实力暴涨，但赵牧神不是省油的灯，没见到之前连武瑶、苏幼微那等优秀的人物都栽到了他的手中吗？

所以，在结果没有出现前，还不能高兴得太早。

赵仙隼面无表情，他当然知道金钟是在故意报复，但他没有过多争辩，只是将凛冽冰冷的目光投向那巨大的光镜。

虽说周元实力暴涨打乱了计划，但他相信，周元最终会被赵牧神镇压下。

混元天神府境这一代的王者，必然会是赵牧神！

平原之上。

天地间无数目光汇聚于那两道修长的身影，谁都没想到，此次九域大会的最终之战竟然是周元挑战赵牧神的神府王者地位。

在亲眼见识到周元那恐怖的源气底蕴后，之前对周元不屑的人，都不得不承认现在的他已足以对赵牧神造成威胁。

所以最终胜负如何，还得看两人真正斗上一场。

在无数目光的注视下，赵牧神姿态从容，即便周元身后九千三百万的源气星辰略显刺目，也没有让他显露出丝毫惧色。

不得不说，光是这份气度，赵牧神就无愧为神府境王者。

毕竟在源气光膜前，即便强如王羲这等桀骜不驯的凶徒，在面对周元那九千三百万源气底蕴的威压时，都主动选择了退避。

“九千三百万的源气底蕴的确很强大，不过还是将你们天渊域那四源纹也施展出来吧，不然你在我的手中讨不到什么好处。”

赵牧神淡笑一声，他的身后，磅礴强悍的源气如海洋般涌动，九千五百万源气星辰闪烁。

周元笑笑：“如你所愿。”

下一瞬间，四道源纹直接在他的身体表面浮现。

“轰轰！”

天地间的源气剧烈地沸腾起来，宛如油锅。

周元的气势此时再度节节攀升，虚空中的源气星辰数量迅速暴涨。

无数道视线眨也不眨地投来。之前连十神府的苏幼微都未能打破神府境界的极限，他们很想知道，底蕴比苏幼微更强的周元是否能够缔造一个奇迹？

源气星辰迅速攀升，当数量抵达九千九百万时陡然凝固，再也难以动弹。

周元面色肃然，他发现源气星辰的数量越接近一亿，阻碍感就越强，若换作以前，施展出四源纹能够提升一千四百万左右，可现在竟然只有六百万！

他等待数息，待四道源纹第一重彻底力竭后，再度印法一变。

“四灵归源图！”

四道源纹蔓延出光线，在周元的身躯表面凝为一道光图，于是，身后虚空中停滞增长的源气星辰再度有了变化。

源气星辰以一种缓慢的速度，近乎是一颗颗地凝练而出。

天地间无数人瞪大着眼睛，想要见证奇迹。

但是，当周元的源气星辰数量达到九千九百九十九万时，波动再度停滞，而且这一次仿佛有一种无法形容的力量形成了桎梏，令源气星辰再无法突破。

就差最后一万源气星辰！天地间响起无数遗憾的声音。

周元心中也是一声轻叹。一万源气星辰放在平时根本就无关紧要，如今在这里却仿佛是一道难以跨越的天堑，足以让人绝望。

虽然惋惜，但谁都无法忽视此时周元那九千九百九十九万源气星辰带来的压迫。

他所处的虚空都仿佛在不断震荡，隐隐有涟漪扩散。

在圣莲封印中，苏幼微与武瑶都看见了这般盛况，苏幼微那清美的眸子中有着欣喜与倾慕之色在轻轻闪烁。

“殿下，我说过，你永远不必妄自菲薄，只要你愿意，即便是在这混元天，你也是最耀眼的那一个。”苏幼微心中有轻声响起。

武瑶的眼神则要复杂许多。想当年在大武都城第一次相见，周元不过才踏入神府境初期，那时候的她也刚刚晋入神府境后期。而曾经那个神府境初期的大周殿下，如今却有可能成为混元天新一任神府境王者。

面对在遭遇了幼年那种毁灭性灾难后依旧能够崛起的周元，即便是武瑶这般傲慢性子，也不得不叹息。

“无怪乎他能够携圣龙之气而生。”

漫天源气威压席卷，赵牧神仰头，眼瞳中倒映着那九千九百九十九万的源气星辰，此时，他那一贯从容的面庞都出现了一丝凝重。

面对这样一位前所未遇的强敌，赵牧神终于感觉到了压力。

不过，这并没有让他感到惧怕，他的眼神反而渐渐炽热起来，那股火热犹如要将对方吞噬。

“周元……

“这样优秀的你，才值得我来吞噬！”

“轰！”

下一瞬，磅礴浩瀚的源气轰然咆哮，虚空震颤，源气如无边巨浪，裹挟着阴影对周元铺天盖地地笼罩而下。

赵牧神，率先出手了。

第九百七十五章 又战牧神

“轰！”

当赵牧神行动的那一瞬，天地间源气滚滚而动，以乌云压顶之势，铺天盖地对着周元呼啸而去。

虚空不断震颤。

赵牧神掌心一旋，浩瀚的源气汇聚，只见一枚闪烁着九彩之光的光梭浮现出来。光梭颤抖间，无边的锋锐之气散发，将附近的虚空都切割出细微的痕迹。

这道九彩光梭周元并不陌生，之前与赵牧神在小空间首次碰见时，对方便是施展此术，将他追杀得上蹿下跳……

不过这一次赵牧神施展的九彩光梭，威力显然远非上一次可比。

“九灵破魂梭！”

赵牧神屈指一弹，闪烁着的九彩光影陡然暴射而出，仿佛穿透了虚空，直指周元而去。

光梭所过之处，刺耳的音爆声不断响彻。

周元望着在眼瞳中急速放大的九彩光芒，面无波澜。赵牧神倒有点意思，竟然以这道源术作为开场，是故意提醒他之前被逼得如何狼狈吗？

周元身后的虚空，九千九百九十九万的源气星辰闪烁，惊人的源气吞吐着。

他没有任何施展源术的姿态，而是任由那九彩光影暴射而来，然后他伸出手掌，磅礴强悍的源气将手臂覆盖，犹如一层青金色的鳞甲。

“砰！”

他一掌抓向九彩光梭。

“吱吱！”

九彩光梭在周元的手中疯狂地释放着强大的力量，但他的手掌如磐石一般纹丝不动，光梭好似落入鹰爪的鱼，不论如何挣扎都无法撼动丝毫。

周元面无表情，手掌狠狠一捏。

“砰！”

九彩光梭直接爆碎开来，化为漫天光点。

周元盯着赵牧神，淡淡道：“如果你想用这个来激怒我，未免让我低看了你这混元天神府境王者。”

他手掌一抬，一枚剑丸缓缓升起。

随着周元贯穿九神府，这枚剑丸如今也有不小的变化，变得更加晶莹闪烁，宛如金刚石一般，给人一种坚不可摧之感。

这是荡魔剑丸术大成的标志。

“剑丸分化。”

周元手掌一抹，只见剑丸一颤，竟化为百枚剑丸，紧接着剑光喷薄而出，化为百柄光剑。

凌厉的剑气肆虐天地，呜啸声不断。

“嗡！”

下一瞬，百道剑光暴射而出，每一道具备的力量都远比之前的剑丸本体更强！

百道剑光浩浩荡荡地掠空而过，那般阵势看得赵牧神眼神微凝。在恐怖的源气底蕴支撑下，如今周元的每一道攻势都让人心惊。

赵牧神手掌一握，金色大戟闪现，他长啸出声，直接正面迎上。

“当当当！”

金戟爆发出璀璨光芒，与诸多剑光重重硬撼，金铁之声响彻虚空。

双方在短短十数息里硬碰了上百回合。

周元的剑光攻势凌厉，赵牧神的金戟同样滴水不漏，任由百道游鱼般的剑光如何刁钻狠辣，都无法洞穿他的防御。

周元见状，不得不赞叹一声赵牧神的实力的确强悍得令人发指，明明此时论起源气强度，应该是他占据优势才对，偏偏对方没有半点落入下风的迹象。

“剑丸，合！”

周元单手猛地结印，那百道剑丸陡然汇聚而来，在虚空上凝结成一柄千丈光剑。

光剑不断地嗡鸣震动，一股近乎恐怖的凌厉气息散发出来。

周元自从修成荡魔剑丸术以来，这是第一次真正将其大成的威力施展出来。

“轰！”

千丈光剑轰然斩下，那一瞬间，虚空仿佛都裂开了一道痕迹，下方的平原上更是直接出现了一道数千丈的剑痕。

这般威力连赵牧神都面色微变。周元这道剑光之凶狠，再配合他那九千九百多万的源气底蕴，让他不敢有丝毫小觑。

赵牧神双手闪电般结印。

“祖魂之手！”

赵牧神身后的虚空中有金光之阵闪现，下一刻，一只古老斑驳的巨手猛然探出，紧握成拳，裹挟着恐怖的源气风暴，与那斩下的剑光直接硬撼在一起。

“轰隆！”

撞击的瞬间，狂暴的冲击波宛如万丈巨浪一般，层层叠叠地自虚空上横扫开来，最后撞击在石像之外的源气光膜上，震荡起剧烈的涟漪。

那般动静看得星空下无数人头皮发麻。

周元与赵牧神交手的动静已经超过了先前的三人混战。

“轰！”

宛如风暴般的源气冲击将赵牧神覆盖，他面色冷漠，手中金戟不断斩下，硬生生将那一道道恐怖冲击波斩碎。

就在此时，赵牧神的瞳孔忽地一缩，他见到前方虚空处有一道阴影闪过，下一瞬间，一道鬼魅般的身影猛然扑来。

是周元!

周元这般阴影身法，赵牧神第一次遇见他时就见过，如今随着周元的实力暴涨，这道阴影身法也更为诡异迅捷。

周元化身阴影，手中剑丸则化为一道三尺青锋，剑气萦绕，引得虚空颤裂。

赵牧神眼神冷冽，他单手结印，只见身后虚空上的金色阵法中又有一只古老斑驳的巨手伸出，直接将赵牧神握在其中，宛如无法摧毁的堡垒。

与此同时，赵牧神印法迅速变幻，酝酿着更强的反击。

周元手中的剑丸暴射而出，重重地轰击在那古老斑驳的巨手上，这一次却只引起了激烈震荡，并未将巨手轰开，显然赵牧神加强了防御。

就在此时，周元察觉到，那巨手之中有一股强大的源气正在凝集。

周元眼中闪过凌厉之色，下一瞬，他的身影暴射而出，一个闪烁间便出现在斑驳巨手之外。

“我倒要看你这乌龟壳有多硬！”

他长啸一声，虚空中九千多万源气星辰爆发出璀璨光芒，同时，银色的液体从体内渗出，短短数息便化为一具充满着视觉冲击力的银色战甲。

周元的气势猛然爆发。

“轰！”

他五指紧握成拳，狠狠地轰在那古老巨手之上。

这一拳没有任何花哨，但那凝聚的力量直接引得拳头下的虚空崩裂出一块块空间碎片……

“咚！”

低沉的声音响起，似有一道涟漪自古老巨手上蔓延开来。

虚空仿佛凝滞了一瞬，紧接着，古老巨手轰然爆碎。

赵牧神的身影直接暴露出来，他那素来从容的脸庞上闪现出一抹惊愕之意，显然没想到周元竟然硬生生打碎了自己的防御。

不过他反应并不慢，身影如电般迅速后退。

“唰！”

然而他的身形刚动，一道银甲身影便如鬼魅般出现在其后方。

“之前你给了我一梭……

“现在先还你一拳！”

周元声音响起，下一瞬间，那覆盖着银甲的铁拳轰然落下，宛如银雷，虚空都在此时炸裂开来。

赵牧神面色阴沉，电光石火间，三道璀璨的神府光环迅速出现。

“砰！”

银色铁拳落下，三轮神府光环顷刻间尽数破碎。

“轰隆！”

周元那一拳结结实实落在赵牧神的后背之上。

虚空中音爆声响彻。

赵牧神的身影如炮弹般暴射而下，最后重重落在那平原上，将平原撕裂出一道千丈痕迹，烟尘弥漫间，连他的身影都被掩埋进去。

这一刹那，星空下几乎是一片死寂。

无数道视线震撼地望着这一幕……这是他们的记忆中，赵牧神成为混元天神府境第一人后，第一次被人捶得如此狼狈……

紧接着，无数道目光投向虚空上那一道修长的银甲身影，齐齐咽了一口唾沫，眼中升起无边的敬畏之意。

如果说之前周元的源气底蕴只是带来一些视觉上的冲击，那么此时他展现出来的真正战斗力让所有人明白——

他，真正具备挑战赵牧神地位的实力。

第九百七十六章 疯狂自残

平原之上，烟尘弥漫。

一条深深沟壑的尽头处，地面呈现塌陷、龟裂之态。

天地间无数道目光汇聚于此，显得极为震撼，毕竟这些年来他们难得见到赵牧神狼狈一次。

而立于虚空的周元并没有因此就显露出欣喜之色，银甲之下的眼睛冷冽地注视着那里。先前的攻击虽说凶狠，但想凭此就解决掉赵牧神，倒是小看了这位神府境王者。

“砰！”

沟壑的尽头处，地面忽然崩裂，一只手臂伸出，一个人影撑着地面缓缓地爬了起来。

此时赵牧神的上身衣衫破碎，嘴角挂着一丝血迹，那对眼睛显得极为阴沉。

他擦去嘴角的血迹，身躯猛地一震，破碎的衣衫直接化为粉末飘散，露出那精壮的上半身。只见他的身体表面隐隐有一些光纹浮现，宛如网状般将他的身躯覆盖。

而且，他的皮肤还隐隐浮现出苍黄之色，一股极为强横的力量在肉身中涌动。

显然，赵牧神修炼过肉身源术。

周元的目光盯着赵牧神皮肤表面那层神异的光网，正是它化解了他大部分的力量。

赵牧神淡淡地道：“此为我万祖域的‘元磁玄网术’，乃是一等一的护身之术，所以你的偷袭对我起不了太大作用。

“而且碰到我的身体，其实不算什么好事。”

当他声落时，双手陡然结印。

“轰！”

天地间有源气轰鸣声响起，周元猛地抬头，只见其头顶上空千丈处，竟出现了一座巨大的金色光阵，光阵旋转，吞吐着天地源气，散发出极为可怕的波动。

“小圣术，落魄金光！”

金色光阵咆哮，下一瞬间，一道巨大的金色光束猛然喷发，以一种惊人的速度对着周元暴射而下，宛如金色怒龙。

“轰轰！”

金光所过之处，虚空裂开了一道道痕迹，一些空间碎片被金光裹挟，更增添了威力。

周元的瞳孔此时微微一缩。赵牧神真不愧是万祖域倾尽全力培养的天骄，修炼的小圣术竟是层出不穷，论起待遇，显然比他这个天渊域大尊的亲传弟子还要高。

金光落下，周元清晰地感觉到其中蕴含的恐怖力量，当即身形一闪，化为阴影凭空消失而去。

然而，他的身影虽然消失，金色光束却落势不减，不断在虚空转折。

阴影中的周元面色微沉，他发现不论自己如何躲避，金色光束都能够将他的位置准确地找出来。

“先前与他肉身接触的时候，被他以特殊手段定位了。”

周元暗暗感叹，这赵牧神当真是个刺猬，怪不得那家伙说碰到他的身体不是什么好事。

“轰轰！”

虚空上，如光龙般的金色光束不断转向，划出道道光痕。望着这一幕，谁都知晓赵牧神真正动了怒，直接一记杀招将周元逼得狼狈遁逃。

柳清淑等万祖域的弟子此时暗中松了一口气，先前赵牧神被周元一拳轰飞，他们都将心提到了嗓子眼，好在赵牧神实力强横，不仅未被周元击伤，反而乘势标记了周元，催动了落魄金光。

这道小圣术在他们万祖域鼎鼎大名，而赵牧神在此术上浸淫多年，实力极为不俗。

如今周元被标记，落魄金光不论如何都会落到他头上，足够他喝一壶，算是将先前丢掉的场子找了回来。

柳清淑咬着银牙，道：“想要赢过大师兄，你就别做梦了！”

在她的心中，赵牧神几乎是无敌的。这些年不论什么样的强敌，最终都败在他的脚下，为他的盛名添上一笔，这一次必然也不会例外！

天渊域那边，叶冰凌、伊秋水、吕霄等人满脸紧张之色，目光跟随那如光龙般的金色光束不断转动。小圣术这等级别的源术，他们平日里连接触的机会都没有，可见其威能绝对不容小觑。

“唰！唰！”

周元的身形不断地化为阴影疾掠，但随着时间推移，他发现落魄金光的速度越来越快了。

“无法躲避吗？”

周元喃喃自语，但他并未显露出丝毫惊慌之色，先前的闪避并非只是在逃窜，而是他需要时间来酝酿反击。

而现在，差不多了。

小圣术不止你会！

周元双手结印，体内源气震荡，如洪流般在体内呼啸起来。

“轰轰！”

天地间忽有雷鸣炸响，无数人见到虚空上周元的身影突然闪现而出。

“不躲了吗？”赵牧神眼露冷意。

“砰！”

金色光束轰然坠下，诡异的嗡鸣震动传出，音波有震碎神魂的力量，若是个神魂稍弱的人在此，恐怕还不待金光落下，其神魂就已被震碎。

金色光束在周元的眼中急速放大，待距离头顶不过百丈时，他袍袖忽然一抖，天地间有雷鸣炸响。

“阴阳雷纹鉴！”

“轰！”

所有人见到，一道黑白神雷自周元袖中暴射而出，迎风暴涨，化为千丈，宛如黑白雷龙，蜿蜒咆哮而上，虚空不断裂开，威能恐怖。

“轰隆！”

金色光束与黑白雷光重重地轰击在一起。

整个天地仿佛都凝滞了一瞬，下一刹那，滚滚光波铺天盖地地肆虐开来，虚空剧烈震颤。

两道小圣术疯狂地碰撞了上百次，每一次都天崩地裂，声势骇人。

不过最终都未能奈何得了彼此，随着源气耗尽，渐渐消散于天地间。

赵牧神望着这一幕，眉头微皱，他没想到竟然连落魄金光都被挡下来了，这家伙还真是麻烦。

看来，还是得用狠的。

赵牧神面色淡漠，盯着远处立于虚空的周元，突然嘴巴一张，一道金戟冲天而起，宛如金蟒般在虚空盘旋，带起尖锐的音爆之声。

金戟闪电般飞舞，下一刻，忽然暴射而下。

赵牧神伸出手掌，似要抓住金戟。

“不对！”周元的眼瞳忽地一缩，察觉到一丝不对劲，因为那金戟笔直而下，去势没有丝毫减缓。

虽然不知道赵牧神在搞什么东西，但周元还是条件反射般袍袖一挥，一道源气洪流直接对着金戟席卷而去。

赵牧神的嘴角掀起一抹诡异之色，金戟落下的速度陡然加快。

“扑哧！”

最后，金戟在无数道惊骇的目光中，硬生生从赵牧神的胸膛处刺下，最后将他整个人狠狠地钉在地面上，狰狞的血洞在肉身上出现，鲜血滚滚。

赵牧神躺在地上，任由鲜血流淌，眉心处的光莲再度闪烁起来。

“圣莲……

“逆转术！”

第九百七十七章
天诛法域

赵牧神眉心的莲花光印绽放出光芒时，无数望向这里的人眼神陡然大变，一个个骇然失色。

“又是那逆转术！”

“怎么可能，这道逆转术难道连自残都能转移？”

“没听说万祖域的逆转术如此霸道啊！”

……

星空下爆发出无数窃窃私语声，众人惊骇不已。如果这逆转术真的连自残的伤势都能转移到对手身上去，那简直太恐怖了，根本不是小圣术级别吧？说是真正的圣源术都不为过！

在万众惊骇间，被金戟狠狠钉在地面上的赵牧神，诡异的眼神锁定着远处虚空上的周元，最后一道印法此时变幻而成。

逆转术，由此而生。

天地间，似有一股神秘的波动荡漾而起。

周元的瞳孔微微一缩，浑身戒备。赵牧神的逆转术的确相当诡异恐怖，武瑶与苏幼微便是中了此招，现在都还处于封印中。

不过，随着逆转术的启动，周元等待了数息，却并未发现身上有伤势出现。

无数投注于此的目光也变得疑惑起来。

“怎么回事？逆转术失败了？”

武瑶、苏幼微中招的时候，身上可是第一时间就出现了伤势。

“噗！”

赵牧神吐出嘴中血沫，然后将金戟从胸膛处缓缓拔出，踉跄着站起身来，道：

"你高估了这道逆转术的能耐，自残的伤势是没办法逆转给对手的。"

周元双目微眯，伤势无法转移？那赵牧神为何莫名其妙直插自己一刀，是被他打傻了不成？

似是知晓周元的疑惑，赵牧神轻笑一声，道："自残伤势的确没办法逆转……不过，我自残可不是为了这个，而是为了……封印。"

周元面色猛地一变，身形化为阴影暴退。

但是，就在他刚要动作的那一瞬间，虚空荡漾，一朵圣莲自他身下迅速绽放，他的身影在这一瞬间陡然凝滞下来。

"哗！"

天地间响起无数哗然声，不少人暗暗摇头：周元还是中招了啊……

如今他也陷入封印，几乎成了砧板上的鱼肉，任由赵牧神宰割。

可惜了……周元虽然在源气底蕴上创造了一次奇迹，但栽在了赵牧神的手中，这位称霸混元天神府境多年的人，果真还是那样让人胆寒……

天渊域处，叶冰凌、伊秋水她们的脸色顿时变得惨白起来。圣莲封印远比逆转伤势更为可怕，伤势虽然使人重创，但好歹能够活动，可一旦落入封印中，就真的没有半点翻身的余地了。

武瑶、苏幼微的前车之鉴就摆在那里！

以柳清淑为首的万祖域队伍则喜形于色，周元被圣莲禁锢，此番争斗的结果几乎已成了定局。

"我说过，没有人能够撼动大师兄的地位，周元九千九百多万的源气底蕴又如何，还不是成了踏脚石！"柳清淑此时大感快意。

袁鲲摇了摇头，肥腻的脸庞上浮现出一丝遗憾，他其实希望周元将赵牧神扳倒，倒不是他和赵牧神有仇，只是不想总被赵牧神压在头上。

九宫清冷的容颜也微感复杂。最开始她从未觉得周元有资格和赵牧神竞争，虽然如今这场大战最终以周元落败而结束，但能将赵牧神逼得如此狼狈，足以让周元自傲了。

"今日之后，你将成为赵牧神之下第一人。"

赵牧神的肉身上玄光闪烁，血肉蠕动，慢慢修复着伤势。

他的身躯掠空而起，缓缓飞向被圣莲禁锢的周元。

十数息后，他来到圣莲之外，淡笑道："逆转术是万祖域名气极响的小圣术，但你们恐怕不知道，我这一道源术乃名为圣莲逆转术……是大尊亲自为我量身创造的。圣莲有一丝法域之力，想要破除也唯有法域之力，所以对天阳境之下的人而言，它几乎是无解之术。"

天阳境的强者则能够凭借绝对强横的源气硬生生挣脱，当然，这只是针对赵牧神在神府境而言，等到他踏入天阳境，再将此术施展出来，想必也足以让无数天阳境强者俯首。

"接下来……就先吞噬你的气运吧。送上门的，岂有不收的道理？"

赵牧神轻笑一声，眼中却毫无笑意，反而是一片漠然与冷冽。

他双手结印。

"嗡！"

天地间源气咆哮，只见那头神秘巨兽般的光影再度自赵牧神的身后渐渐浮现。他打算先吞噬周元的气运。

"送上门的，你不怕有毒吗？"

然而此时，一道低声响起。

赵牧神的瞳孔猛地一缩，他见到圣莲之中，周元竟缓缓抬起了头，面带讥诮地盯着他。

"你没被封印？！怎么可能？！"这个时候，就算是赵牧神都忍不住骇然失声。

周元身躯中有一股神异的力量散发出来，引得虚空扭曲，似乎在他周身形成了一个半丈不到的无形圆圈。

仿佛……一个不到半丈的法域！

只是它没有其他真正法域毁灭天地般的力量，但仍然散发出一股法域波动。

"法域之力？！"赵牧神终于发现了那股从周元体内散发出来的玄妙波动，他对此并不陌生，因为他眉心的圣莲光印中便有这种力量！

但他那点力量根本无法形成周元这种半丈的小法域！

周元周身的虚空剧烈扭曲，然后空间直接塌陷成黑洞，其脚下的圣莲似是无法承受那股力量，竟然一点点迸裂开来，化为漫天光点。

赵牧神通体汗毛倒竖，他虽然不明白周元为什么可以凝练出一个半丈法域，但此时此刻他察觉到了极为可怕的危险波动，于是果断终止了吞噬气运，身形疯狂暴退。

周元明显是在故意设局，引他靠近！

“既然来了，又走什么？”

周元微微一笑，一步跨出，身影直接出现在赵牧神前方，然后张开手掌，轻声道："你请我体验了一下你的圣莲封印，礼尚往来，你也试试我这尘封许久的老朋友吧。"

他掌心一旋，那半丈法域便当头将赵牧神笼罩进去。

与此同时，低声响起。

“天诛圣纹之……

“天诛……法域。”

第九百七十八章
各显神通

“天诛……法域！”

呢喃声响起的一刹那，周元周身半丈区域的空间剧烈扭曲起来，一股无法形容的恐怖力量肆虐。

“砰！”

那里的空间瞬间塌陷，宛如变成黑洞。

那已经不是普通的源气力量，而是一种远远凌驾于周元这种神府境的力量。

是法域之力！

虽然周元这半丈法域不伦不类，但它的的确确拥有一点法域的力量，继而可以爆发出难以想象的破坏与毁灭。

周元凝视着赵牧神周身崩塌的空间，心神也有瞬间的恍惚。

自从当年苍玄天那最为激烈的一战后，苍玄圣印现世，将周元体内的三道圣纹带走，最终苍玄圣印化为碎片散落，与之同时消失不见的还有那四道苍玄圣纹。

周元以为从此以后就无缘再见了……但怎么都没想到，当他贯穿第九重神府时，竟然能够再见到它们。

没错……四道苍玄圣纹没有消失，它们在周元不知道的时候隐匿于他那未曾贯通的第九重神府内。

周元的心神此时内视神府，如今他已彻底贯通第九重，九千多万源气星辰浩荡闪耀，整个神府内都弥漫着难以形容的庞大源气。

此时，神府中央，只见四道古老的圣纹凝结在一起，形成一颗光球，缓缓地旋转。

整个神府内的源气都随着它的转动而澎湃呼啸。

“老朋友们，好久不见了……”

周元的唇角扬起一抹弧度。当他贯穿九重神府、看见四道圣纹的时候，整个人几乎傻掉了，他怎么都没想到，这迟迟难以贯穿的第九神府，竟然藏了这么大一份礼。

当然，也是因为它们的存在，才让第九神府的贯通变得极为艰难。周元对此没有半点恼怒，反而有失而复得的狂喜与激动。

身为曾经的掌控者，四道圣纹的神妙他再清楚不过，它们无疑会成为周元最强的底牌。

心中情绪澎湃着，在外界看来都不过瞬息之间。

身在空间崩塌处的赵牧神，此时眼中终于出现了一抹惊惧之意。他怎么都没想到，周元不仅没有被他的圣莲封印，反而还展开了如此恐怖的反击。

那半丈法域，让赵牧神内心惊骇不已。

虽然那半丈法域显得极为粗糙，可再粗糙的法域也不是神府境能够抵挡的！

从四面八方席卷而来的恐怖力量几乎让赵牧神险些窒息，他体内的源气也变得混乱暴动起来。法域之内，法域之主便是主宰，虽说周元没办法做到如神祇般的掌控，但搅乱他体内的源气还是能够做到的。

这一刻，赵牧神感受到了浓浓的死亡气息，这是他踏入神府境后还未曾感受过的……

“法域旋涡！”

周元的眼神变得更为凌厉狠辣，他没有任何留情的打算，面对赵牧神这等强敌，只要稍稍让他喘口气，恐怕就会施展出极为可怕的反击。

“嗡！”

法域震动，调动着无法形容的源气力量，形成旋涡，对着赵牧神绞杀而去。

这是周元在法域内唯一能够操控的力量，以他如今的实力，还不可能将这半丈法域的真正力量施展出来。

赵牧神望着收缩而来的旋涡，汗毛倒竖，旋即他猛地一咬牙，只见其心脏处有细微的光芒散发，竟形成了一道极为古老与复杂的咒纹。

“轰！”

源气旋涡绞杀而来。

那一瞬间，赵牧神的肉身似乎直接崩碎、湮灭了。

法域之内空空荡荡，唯有周元屹立，赵牧神的身体似乎化为了虚无……

星空下，一片寂静。

无数道视线惊骇无比地望着这一幕，赵牧神这是直接尸骨无存了？

柳清淑脸色呆滞，通体冰寒，其他万祖域的人也吓得毫无人色。如果赵牧神真的在这里被抹杀了，那他们万祖域可就损失太大了。

叶冰凌、伊秋水她们同样忍不住咽了一口唾沫，周元这一手反击，似乎凶狠得过头了。

陨落之渊外。

虚空上众位法域境强者望着光镜内，陷入了片刻沉默，眼神惊疑不定地盯着周元的身影。他们对法域太了解了，自然看得出来周元的半丈法域的确是一种极为原始的法域之力。

可周元只是神府境啊……怎么可能拥有法域？

就算这法域非常初级与原始，但法域就是法域，是只有法域境强者才能掌控的终极力量！

难道是某种圣宝？可没听说过什么圣宝可开辟出半丈法域啊……

一些视线投向郗菁，但此时的她面无波澜，让人看不出心中所想。

倒是赵仙隼的眼皮微微跳动，眼帘下藏着一丝怒意，局面变成这般模样，显然彻底脱离了他的掌控。

他看向郗菁，冷声道："看来你们天渊域为了此子能够取胜，给他准备了不少好东西呢。"

他将那半丈法域当成是天渊域赐给周元的宝贝。

郗菁脸颊如玉，眸子盯着光镜内，心中其实波澜不小，周元这道底牌连她都毫不知情……这位小师弟还有不少秘密啊！

她心中想着，然后将视线转向赵仙隼，讽刺道："比不过你们万祖域，竟然连'替死神咒'都有，应该是万祖大尊亲自炼制的吧？呵呵，真是舍得，此物恐怕连万祖域的源婴境强者都得立下大功才会被赏赐吧？"

赵仙隼嘴角抽搐，面庞阴沉，旋即声音阴冷道："不管你们给那小子准备了多少宝贝，此次九域大会我们万祖域依旧会是第一！"

郗菁冷笑："话可莫要说得太满，否则待会儿又要丢脸了。"

只是嘴上这般说着，心中却微微一沉，她自然看出先前周元的法域旋涡并没能够杀掉赵牧神，对方在最后关键时刻施展出替死神咒，这种神咒唯有万祖大尊才能炼制。

吃了这种亏，赵牧神必然不会再让周元接近他半丈距离。

另外，那赵仙隼虽然恼怒，但仍然信誓旦旦，显然赵牧神还藏着最后翻盘的手段……

希望周元接下来能够挡住才好，不然就要功亏一篑了。

平原上空。

周元望着空旷的法域，神色微凝，自语道："跑掉了吗？"

他眼中掠过惋惜，先前的机会他等待了许久，没想到最终还是没能如愿。这个赵牧神，真的是太棘手了。

他周身的半丈法域渐渐消散，催动天诛圣纹太消耗源气，就算周元有九千多万的源气底蕴，短时间内也只能催动一次……

周元低头望着远处的大地上，那里的虚空泛起波澜，一道神色阴沉的身影缓缓踏出。

正是赵牧神。

两人的目光相碰，火药味几乎要将空气点燃。

赵牧神没有再说半句废话，而是直接盘坐下来，天地间的源气随之沸腾，那神秘的巨兽光影再度出现在他身后，此时那光影渐渐变得清晰起来。

一股莫名的压迫自天地间弥漫开，是赵牧神的饕之气运。

周元凝视着神秘巨兽光影，片刻后眉头忽地微微一皱，不知为何，他从它身上感觉到了一丝熟悉的模样。

那玩意……

似乎有点像……变身后的吞吞？

第九百七十九章 最后手段

神秘的巨兽光影盘踞在赵牧神身后的虚空，即便比上一次要清晰，但仍然无法看清它的模样，只是那种神秘、古老、洪荒般的气息，让天地都在微微颤抖。

周元凝视着神秘巨兽的光影，不知为何觉得跟变身后的吞吞有点相似……

这般想法掠过，周元哑然失笑，旋即暗自摇头压下这个念头，继而眼神冷肃地盯着赵牧神。这个强敌比他想象的还难对付，他怎么都没想到，在祭出了天诛圣纹这般底牌后，竟然依旧没能将他解决掉。

虽然他能猜到，在刚才那最后一刻赵牧神必然施展了某种极为罕见与强大的保命之术，否则凭他自身的实力，是绝对不可能从法域旋涡中逃出来的。

“那接下来……看你还有什么手段？”周元眼神冷厉。

他并不惧怕，反而感到血液有些炽热与沸腾，这种级别的战斗是他渴望的，因为他能够借此一点点地精进自己。

赵牧神盯着周元，目光中充满寒意，之前如果不是最后时刻催动了替死神咒，恐怕他就真的直接殒命于此了。

一想到替死神咒，以他的心性，都感觉到了钻心的肉痛，那可是万祖大尊亲自赏赐的，能够用来躲避必死的危局，而且此术只能施展一次，用完之后就会消失。

他失去了神咒，往后想要再获得，恐怕必须夺得此次九域大会的第一了。

而且……多少年了，自从踏入神府境，赵牧神就再未感受到死亡气息，但这一次，那瞬息间的湮灭让他心头寒意凛凛。

望着凌空而立的周元，赵牧神神色阴沉。没想到这个之前被他追杀得如老鼠般只能逃窜的家伙，如今竟然能够将自己逼到这一步……不过，该到此为止了。

赵牧神盘坐下来，双手闪电般结印，澎湃浩瀚的源气从体内涌出，最后化为一座源气光罩将他笼住。

“扑哧！”

他一咬舌尖，一口精血喷出。

他的手指沾染精血，在虚空上划出诸多血红光纹，落在光罩上，宛如游鱼一般流转起来，令光罩显得格外深沉。

周元见到这一幕，眉头微皱。赵牧神做了一个乌龟壳出来，是打算就这样抗揍吗？这可不是什么明智的选择。

他目光闪烁，旋即袍袖一挥，九千九百多万源气星辰闪烁，磅礴的源气呼啸而至，宛如青金色的巨蛟咆哮而下，狠狠撞击在光罩上。

“轰轰！”

源气光罩被这般凶狠撞击，泛起了阵阵涟漪。

周元催动着强悍源气一次次撞击，他知道持续下去光罩迟早会破。

毕竟论起源气强度，他占据着优势，赵牧神突然放弃诸多手段，以源气铸造光罩，以为凭此就挡得住他吗？这家伙，究竟想要做什么？

源气光罩内，赵牧神抬头望着周元的猛烈轰击，神色淡漠，旋即他双手合拢，轻声传出：“吞噬，转化！”

当其声落的一瞬间，周元立即感觉到天地间有两股极端强大的源气破空而至，直接投入那源气光罩内，光罩上顿时万丈光芒爆发，远远看去宛如实质的水晶罩。

随着这两股强大的源气加入，周元的轰击力道顿时变得薄弱，光罩上连涟漪都不再有。

这般变故令周元吃了一惊。这两股强大的源气从何而来？分明不是赵牧神的源气！

此地还有其他人的源气？

周元心头一动，猛地转头看向武瑶、苏幼微被封印之处，然后他瞳孔微缩地见到此时她们身下的圣莲缓慢地逆转起来，二人体内磅礴强悍的源气被抽出，源源不断地涌入赵牧神身外的源气光罩之中。

赵牧神竟然在借她们体内的源气帮他构筑防御！

如此一来，那源气光罩无疑是聚合了三人之力！

随着两人体内的源气被抽出，她们身下的圣莲似乎达到了极限，一下爆碎开来，化为漫天光点。

二人终于脱困，但那绝美的容颜皆有些苍白。她们摇摇晃晃地操控着体内不多的源气，自天上飘落下来。

武瑶凤目冰冷，浑身散发着让人心悸的寒气，她死死地盯着赵牧神的身影，心中想必对他恨得不轻。

苏幼微的脸色也好不到哪里去。若是和赵牧神正面相斗，就算他能够取胜，也必然会付出惨重的代价，但谁能想到她们被赵牧神摆了一道，被他的逆转术封印住。

赵牧神此次能够封印住她们，有着出其不意之妙，但今日之后，二人必然会时刻防备，甚至会修炼克制它的源术。往后若是再有争斗，赵牧神想如今日这么轻松制服她们恐怕不太可能了。

周元远远地看了两人一眼，然后便将视线转向赵牧神，此时对方正处于璀璨如水晶般的源气光罩内。

他虽然不太明白对方为何费尽心机构建出这么一座难以摧毁的乌龟壳，但这必然是赵牧神准备最后手段的前兆……

“你究竟想要做什么？”

周元深深地看了赵牧神一眼，没有再浪费源气轰击。汇聚了赵牧神、武瑶、苏幼微三人力量的源气光罩，他如果想要强行破开，自身必然会消耗巨大。

赵牧神抬头，目光锐利地盯着周元。

“周元，能将我逼到这一步你真的很厉害，所有人都小瞧你了……

“不过可惜，笑到最后的人，终究是我！

“你的火候，还是欠缺了一些！”

赵牧神双手闪电般结印，然后猛地按住地面，此时他身后的虚空，饕之气运爆发出闷雷咆哮，最终在他头顶上方化为黑色的旋涡，宛如黑洞般爆发出吞噬之力。

大地震动。

只见大地深处有一缕缕先天灵机此时冲破地面，最后被黑色旋涡吞噬。

赵牧神后方虚空有无数源气星辰浮现，那些星辰此时竟渐渐有着融合的迹象。

当这一幕出现时，周元的面色猛地剧变，星空下更有无数人倒吸一口冷气。

此时此刻，所有人都知道赵牧神要做什么了……

他想在这里直接突破，破境踏入天阳境！

第九百八十章 临阵突破

“轰！”

当赵牧神身后虚空那无数的源气星辰开始融合时，星空下，各域的人马面色巨变，心中掀起了惊涛骇浪。

谁都没想到，赵牧神最后的手段竟然是直接冲击天阳境！

一旦成功，他将成为此处唯一一位天阳境强者，那个时候，任何手段都难以弥补等级之间的差距。

天阳境的源气底蕴最低都是一轮天阳，相当于一亿源气星辰！

而且，以赵牧神的底蕴，他如果突破到天阳境，品阶必然不是普通天阳境可比，雪银天阳以及紫金天阳根本不在话下，甚至最为顶尖的琉璃天阳，他也有不小的把握。

虽然他先前在周元的手中吃了瘪，但恐怕此时周元都不敢对赵牧神有丝毫小觑，这位称霸混元天神府境多年的男人，没人敢低估他。

一旦赵牧神踏足天阳境，此次九域大会的最终结果就会出现了。

那个时候，不论周元有何等逆天的手段，都不可能再扭转局面。

王羲、李通神、袁鲲、九宫这些各域顶尖天骄，面色复杂地望着这一幕。赵牧神又走到了他们前面，这个家伙还真是让人难以超越啊！

万祖域处，诸多队员皆屏息静气，柳清淑明媚的脸颊上满是骄傲之意，赵牧神的表现，不愧是神府境王者。

“周元，你能将大师兄逼得如此狼狈，的确低估了你，不过可惜，任你再如何出色，九域大会的第一名都只有一个！”

柳清淑的美目有些迷醉地遥望着赵牧神的身影，今日一旦成功突破，他就会脱离神府境，到时候混元天的天阳榜上恐怕也会掀起波澜。

届时又会开启一段新的王者传说。

那片历经大战而有些狼藉的平原上，武瑶与苏幼微都红唇紧抿地望着这一幕。如果说整个混元天神府境一辈，有谁能够追赶上赵牧神的进度，应该唯有她们两人。

只可惜她们棋差一着，如今体内源气空虚，想要强行突破不太可能了。而且，她们没有赵牧神那种从石像深处直接吞噬足够先天灵机的能力，这也让她们只能晚赵牧神一步。

陨落之渊外的虚空上。

诸位法域境强者见到这一幕，暗感惊异。赵牧神的魄力倒是不小，临阵突破要面临的异变很多，万一出现什么问题，恐怕会带来巨大风险。

不过如今看来，赵牧神应该早有准备，他身外那道光罩汇聚了武瑶、苏幼微的源气，就算周元倾尽全力也难以破坏。

那是一个足以让人撞碎头的铁乌龟壳。

赵仙隼的脸色此时微微缓和，淡淡道：“郗菁元老，此次你们天渊域若是能够获得九域大会第二，比起上一届的倒数第一已算提升很多，你也能交差了。”

郗菁眼眸凛冽，道：“你高兴得太早了吧？就不怕赵牧神突破时出现什么意外，直接当场身殒吗？”

赵仙隼淡笑道：“那你还真是低估了赵牧神的底蕴，此次突破，他当万无一失。”

郗菁眼神微沉，不想再看到赵仙隼那自得的脸庞，眸光转向光镜内。此时赵牧神周身的源气光罩愈发璀璨，源气星辰已经开始有融合的迹象。

正如赵仙隼所说，赵牧神的基础与底蕴太强，他原本早就具备了突破的资格，只是一直压制着，应该就是为了此刻吧。

万祖域为了保住九域第一，可谓费尽了心思。

眼下的局面，周元唯一的翻盘点就是阻止赵牧神突破，否则对方一旦成功，任何手段都会失去作用。

这九域大会第一的位置，就难以染指了。

只是，她很清楚想要打破赵牧神、武瑶、苏幼微三人合力而成的源气光罩有多难，等于是要周元以一己之力抗衡三位最顶尖级别的天骄。

“周元，接下来就只能看你了。”郗菁在心中喃喃道。

“轰！轰！”

虚空上，周元面色冷肃，周身源气洪流翻涌，袍袖间黑白神雷咆哮而出，宛如黑白神龙，重重地轰在那源气光罩上。

光罩上有剧烈的涟漪激荡，但最终还是抵抗住了周元这一道阴阳雷纹鉴。

周元凌空而立，停止了无谓的攻击，连小圣术都难以取得效果，再做什么也只是平白浪费源气罢了。

“必须要阻止他突破！”周元面沉如水。

但想要打碎那层源气光罩、阻止赵牧神突破又谈何容易？

“连九千九百九十九万的源气底蕴都不够吗？”周元目光闪烁，旋即猛地一咬牙，“那就给你再添点料！”

“轰！”

他的身影直接从天而降，重重地落在平原上，脚下的大地都微微龟裂。

他双手结印。

“地圣纹！”

低喝之声自心中响起，神府内那道地圣纹顿时爆发出璀璨光芒。

“嗡！”

一道巨大的无形涟漪以周元的脚掌为源头，猛然间横扫开来。

“轰隆！”

那一瞬间，整座巍峨无比的石像仿佛剧烈地抖动了一下，紧接着，周元面色一变，他感觉到一股极为恐怖的源气自大地深处涌来，最后如洪水般冲进他的体内。

那股源气精纯得无法形容，并且带着一丝浩然之力。

“是来自石像深处遗蜕的力量！”

周元心头微震。这股力量比先前那座石像内的更强，显然，这遗蜕生前恐怕就是法域境强者！

“轰轰！”

洪流般的源气在体内肆虐，周元不敢怠慢，他指引着那磅礴源气涌入神府，神府内顿时剧烈震颤起来，宛如被滔天洪水充斥。

九千多万源气星辰疯狂闪烁，吞吐着洪流源气。周元的皮肤表面开始龟裂，鲜血涌出，整个肉身都仿佛要崩溃。

此时，周元脖子上挂着的一枚绿色吊坠忽然爆发出可怕的生命力，灌注于他的肉身，渐渐止住了崩溃之势。

那是之前木霓元老赠送给他的生生玉髓!

周元的眼中有血丝攀爬，面庞显得极为狰狞，他不管满身的鲜血，将所有心神投入神府内，疯狂吸收着那股浩瀚的精纯源气。

赵牧神想在此刻完成突破，周元自然不会甘于人后。虽然以他现在的底蕴还需要一些时间才能尝试突破，但不代表他就黔驴技穷了。

他还有手段！那就是将自身的源气底蕴再做提升，真正突破一亿!

一旦突破那个限制，周元认为就算赵牧神、武瑶、苏幼微他们三人的源气加起来，都会被他摧枯拉朽地击溃!

周元布满血丝的眼瞳盯着远处源气光罩内的赵牧神，面色扭曲、狰狞。

“那就让我们来看看，究竟谁先突破这极限吧！”

第九百八十一章
率先破亿

周元立于大地，浑身鲜血流淌，面庞扭曲。无数道视线发现了他这般异状，当即神色一变，眼神惊疑不定，不知道他在做什么。

唯有同样身处平原上的武瑶、苏幼微能够察觉到，周元体内的源气似乎再度出现了暴涨。他身后的虚空，漫天源气星辰竟然开始以一种缓慢的速度攀升起来！

二人的俏脸皆忍不住微变，显然猜出了周元的想法。他竟然想要打破极限，将源气底蕴突破一亿?！

这是多么大胆甚至疯狂的想法啊！

“哗！”

源气星辰增长的情况，终于清晰地落入无数人的眼中，顿时整个天地的气氛为之一静，众人骇然失声。他们终于知晓了周元的打算。

无数人目瞪口呆，一脸惊骇欲绝。周元这种疯狂的举动在他们看来，简直比赵牧神临阵冲击天阳境还要让人头皮发麻。

纵观混元天历史，能够在神府境将源气底蕴突破极限达到一亿的人，简直是凤毛麟角，甚至有人自然而然地认为，神府境的源气底蕴永远不可能突破一亿。

如今，周元却要在万众瞩目之下挑战这种不可能！

“这家伙疯了吧。”这是所有人心中的想法。就连王羲、李通神、九宫、袁鲲这些顶尖天骄都是满脸的不可思议。

所有人的视线都死死地盯着周元身后的虚空，这一刻，他们连赵牧神是否能够突破都不是特别在意了，因为就算他真的突破到天阳境，并且直接成为琉璃天阳，在很多人看来，恐怕都没有周元在神府境时将源气底蕴突破一亿更加让人震撼。

琉璃天阳的确惊艳璀璨，但并非当世无双，而神府境破亿却真是千百载难遇，似乎只存在于传说中。

柳清淑望着这一幕，脸颊变幻，然后咬了咬牙，道：“哗众取宠而已！”

她可不相信周元能够完成那传说之举！在她看来，周元只是想以这种方式来分走属于赵牧神的光芒，这实在太可笑了，等到他失败的那一刻，这种自大与狂妄将会让所有人耻笑！

在天地间无数道灼灼视线的注视下，周元身后的虚空微微波荡，源气星辰开始增长，速度并不快，而是以一种缓慢而坚定的步调涨动着。

如今周元的源气星辰距离一亿已不足一万，但偏偏想要填补这几千颗的距离，需要让人感到绝望的源气支撑，好在周元拥有绝好的机缘，那就是地圣纹以及石像深处的法域遗蜕。

一千、三千、六千……每一颗源气星辰的凝练，都会在天地间引起无数惊呼声。

甚至在源气光罩内的赵牧神，额头上都青筋跳动，他虽然目不斜视，但余光也透过光罩遥遥地看向周元的位置。

“这个混蛋！”赵牧神手掌紧握，但旋即强行收回目光。他不能分心，不然就中了周元的计谋，那家伙恐怕就是想用此招让他突破失败！

要将源气底蕴突破一亿，谈何容易？！只要他静心完成突破，周元那边不过是一场闹剧罢了。

“七千八了……”

“八千五！”

“九千三！”

……

星空中，此起彼伏的惊骇声不断响起，无数道震撼的目光望着周元身后虚空那璀璨夺目的源气星辰。

最终，在一道道颤抖的声音中，源气星辰增长了九千九百九十九颗。此时周元的源气底蕴距离破亿，只有一颗了！

所有人浑身战栗地望着这一幕，甚至连陨落之渊外的诸位法域境强者都面色凝重。以他们的层次，这些神府境的小辈如小儿一般，任何作为都难以引起他们的关注。但此时不同，神府境源气星辰破亿，就算是当年惊艳于世的他们，都未曾做到。如果周元能够做到，那足以让他们将其记在心中。

在诸多视线的关注下，周元的源气底蕴距离一亿仅有最后一颗时，增长的趋势彻底停滞下来，似乎不论涌入周元体内的源气是何等磅礴浩瀚，都难以跨越那个难以触及的界限。

无数人暗自叹息一声，分不清楚是遗憾还是如释重负。

看似微不足道的一颗源气星辰却犹如一道天堑，让人绝望，或许以往也有傲世天骄被这一颗源气星辰阻拦住。

周元的面庞此时变得极为扭曲，他的心神全部放入神府中，那里有着翻天覆地般的动静。

浩瀚的源气仿佛化为滔天洪水肆虐于神府内，神府似乎有些难以承受，隐隐的竟有破裂的声音响起。

剧痛自周元的体内涌出，几乎要将他撕裂。

周元的心神注视着神府内悬浮的九千九百九十多万颗源气星辰，心中满是不忿，他不甘心在最后一步被阻拦！

但不论他如何催动源气，最后一颗源气星辰始终无法凝练出来，似乎有一把无形的枷锁在桎梏着神府的极限。

想要打破那层桎梏，已经不是简单的源气充沛能够做到的。

“我不甘心啊！”周元的咆哮在神府之内响彻回荡。

“最后一颗，给我出来！”

咆哮中蕴含着无比的坚决与信念，就在声音响彻间，神府中那由四道圣纹形成的光球仿佛受到某种牵引开始震荡起来，四道圣纹皆绽放出玄妙的光芒。那一直神秘莫测的第四道圣纹也开始发出震颤。

四道圣纹形成的光球倾洒着圣光，光芒涟漪震荡，整个神府都剧烈抖动起来，那般模样，仿佛在和某种无形的桎梏激烈地碰撞着。

那种玄妙的碰撞，周元无法看见，但他有一种感应，如果想要凝练出最后一颗源气星辰，恐怕希望就要落在这圣纹光球上了！

“四圣纹，帮我！”周元在心中喊道。他知道，这四道脱胎于苍玄圣印的圣纹古老至极，并且充满灵性，论起品阶，四灵归源塔内的四道古源纹都远远比不上它们。

似是感应到周元的呼唤，圣纹光球的震动愈发激烈，四道圣纹将圣光铺天盖地地喷发而出。

神府不断震动，双方犹如陷入了某种僵持。

周元心急如焚，此时神府内太过混乱，如果时间持续太久，甚至连神府都会碎裂，那个时候对他而言才是真正的灭顶之灾！

“四圣纹，加油啊！”

周元不断地祈祷，圣纹光球的震动突然停滞下来。

不过这种停滞仅仅持续了瞬息，圣纹光球之内便有极端璀璨的光芒暴射而出，光芒之强烈，掩盖了一切波动，神府内狂暴如洪水般肆虐的源气竟也渐渐平息下来。

周元的心神注视着圣纹光球，不知道是不是错觉，他隐隐察觉到里面似乎有什么东西在转动。

“嘭！”

圣纹光球裹挟着那股神秘的力量，对着神府猛然狠狠地撞击而去。那撞击之处明明是虚无一片，可那一瞬间，似有某种细微的碎裂声响起。

神府内部，仿佛凝滞了。

无尽光芒倾洒，如洪水般的源气竟开始蒸发，化为袅袅气息升腾而上，最后在那九千九百九十九万多的源气星辰上方汇聚，初始有微光绽放，最终猛然大放光芒。

第一亿颗源气星辰出现了！

第九百八十二章 一脚踢飞

神府内肆虐的动静此时戛然而止。前一刻还洪水滔天，现在却风平浪静。

周元的心神没有关注这些，而是凝聚在那颗最为璀璨的源气星辰上。

那颗星辰璀璨夺目，光芒之盛远超其他源气星辰。

一亿！望着那一亿颗闪烁的源气星辰，周元的内心有着无边狂喜涌出。

他做到了！他真的突破了神府境的极限！

更重要的是，原本地圣纹吸收而来的源气只能暂时地增加源气强度，可如今那一亿颗源气星辰高悬，丝毫没有要消失的迹象，也就是说，即便散去了地圣纹，周元的源气都会保持在这个高度，不会退回到最开始的九千三百万。

所以，周元现在自身的源气底蕴就是一亿！

一亿颗源气星辰当空闪烁，流光铺天盖地地倾泻下来。周元察觉到，神府似乎变得更为辽阔，而且尽头处呈现出淡淡的琉璃之光。

整个神府，变得更为浩瀚与坚韧。

“这是琉璃晶壁？”周元望着神府中琉璃之光的边界，有些惊讶。似乎开辟出琉璃天阳后，神府便会绽放出琉璃之光，不仅能够容纳更为浩瀚的源气，还能够加快源气的炼化。琉璃晶壁甚至还有净化的能力，一旦遇见外来的源气侵蚀，想要闯入神府作祟，琉璃晶壁就会将其阻拦、净化。从某种意义上来说，拥有琉璃晶壁的神府，自卫的能力远胜以往。

只是那琉璃晶壁必须在踏入天阳境并且凝练出顶级的琉璃天阳后才会出现，眼下怎么会出现在他的神府内？

虽说有了一亿颗源气星辰，周元还是能够感觉到，自己现在依旧处于神府境巅峰，否则那无数源气星辰应该开始凝练成天阳才对。

心中有些疑惑，但周元没有太在意，毕竟突破了神府境极限，出现一些奇异的事情也不算太过古怪。

周元的心神汇聚向神府内悬浮的圣纹光球，轻声道："谢谢你们。"

此次能够突破极限，四圣纹的作用最为关键。那种与无形桎梏的撞击，绝对不是寻常圣物能够做到的。

自苍玄圣印脱离的四道圣纹的确玄妙无双。

"嗡嗡！"

圣纹光球绽放出一圈光芒，仿佛在回应着周元的感谢。

周元微微一笑，心神退出神府。

平原上，周元静静地立于地面，双眼微闭，其身后虚空映照的无数源气星辰不知道何时消失得干干净净，甚至连体内不断散发的磅礴强横的源气波动也化为无形。

他站在那里，波澜不惊，宛如一个普通人。

无数道惊疑不定的视线汇聚在他的身上。

"怎么回事？源气怎么都消失了？"

"一点波动都感应不到，什么情况？"

"莫非失败了？遭遇反噬，源气直接散尽？"

"不是没有这个可能，突破极限岂是那么容易的事情？"

……

无数窃窃私语声响起。在很多人看来，周元应该是失败了，毕竟他们根本没有想过周元会成功。

王羲、李通神、九宫、袁鲲这些顶尖天骄也面带疑惑，他们同样无法感知到确切的情况。这种突破极限的事情连他们都不敢妄想，所以也完全不知道周元到底是成功还是失败。

天渊域处，伊秋水、叶冰凌等人身躯紧绷，脸上满是焦虑与担忧。

她们明白，周元一旦成功，就会成为混元天最耀眼的那颗新星，可若是失败，想必会引得更多心怀嫉妒的人暗自嘲笑。

"周元，加油啊！"

"成功还是失败了？"

平原上，武瑶柳眉微蹙，绝美的容颜上神色变幻不定，连她都不知道自己究竟应该期待周元成功还是失败。

苏幼微小手紧握，眸子盯着远处那道没有动静的修长身影，轻声道：“一定成功了。”她声音坚定。

在紫霄域中，很多人都说她是顶尖天骄，可她内心深处知晓，殿下才是真正有着天纵之姿，他生来便身怀圣龙气运，即便气运被夺，他依旧一点点地改变自己，最终崛起。

如果连他都无法突破这神府极限，想必没有人能够做到了。

就在无数道视线中，原本双目紧闭的周元终于缓缓睁开了眼睛。

睁开的瞬间，他的一对眼睛竟呈现出青金色，双瞳更是化为倒竖的龙瞳，一股难言的威压之气泄出，引得周身的空间都震荡了一下。

这是体内的镇世天蛟气太过雄浑，进而出现了异象。

周元的手掌轻轻握了握，掌心处的空间微微颤抖，出现了裂痕。

身体内一股强悍得连周元都感到震撼的源气在穿梭流淌，比起之前九千九百多万的源气星辰不知道强悍了多少。

明明只是一万颗星辰的提升，却是近乎质变。

在无数道视线的注视下，周元伸了一个懒腰，然后一步迈出，身影犹如瞬移般出现在赵牧神周身那座璀璨源气光罩之外。

此时里面的赵牧神，目光死死地盯着周元，眼芒闪烁。

“周元，不要装神弄鬼了！此次九域大会，你能获得第二，已经算……”

然而赵牧神的话还未说完，周元便面带笑意地举起手掌，硬生生插进光罩，双掌微微用力，那汇聚了赵牧神、武瑶、苏幼微三人源气的光罩，犹如薄纸一般被随手撕开了。

天地寂静下来，似乎连风声都凝固了。

赵牧神的声音卡在喉咙里。

无数道视线震撼无比地望着这一幕。能够如此轻易地撕碎三位最顶尖神府强者的源气光罩，这已经足以说明什么了。

“他、他、他成功了？！”

这一刻，王羲、李通神他们瞪大了眼睛，一脸的惊骇欲绝。

赵牧神有些震惊地望着撕开的源气光罩，一步步来到面前，面带戏谑笑意望着他的周元。

“你这突破还没完成呢？”周元看了一眼赵牧神身后虚空那些开始融合的源气星辰，笑道。

赵牧神目光闪烁，声音低沉道：“周元，你真的很了不起，竟然做到了传说中的事情！”

赵牧神的眼神有些复杂，他的内心原本是极为骄傲的，但今日，这种骄傲被狠狠挫败了。

他深吸一口气，道：“如果你够胆的话就等我片刻，待我突破后，我倒想看看超越了神府境极限的你究竟有多强！怎么样？敢不敢？”

周元微微歪头，笑眯眯地望着一脸挑衅的赵牧神，然后整个身躯猛地旋转起来，右脚裹挟着一股恐怖的源气震碎空间，如陨石撞击般的在赵牧神陡然睁大的瞳孔中，重重地甩在他的脸上。

那张如雕刻般的英俊面庞瞬间扭曲，鼻子塌下，鲜血横流。

“砰！”

赵牧神身后虚空的无数源气星辰爆裂，突破在此时被生生阻拦下来。

“砰！砰！”

他的身体倒飞出去，在地面上接连砸出一个又一个巨坑，最终，一道长约万丈的痕迹出现在这片平原上。

赵牧神的身体如破烂的皮球，被掩埋在一座深坑中，他满身鲜血，皮开肉绽，奄奄一息。

整个天地间，再度死寂。

周元轻轻拍了拍手掌，望着远处，笑道：“现在不是更干脆利落吗？为什么还要等你突破？”

第九百八十三章 淘汰牧神

平原上，一道长约万丈的深深痕迹裂开，如玉般光洁的脸上出现的一道狰狞伤痕是那样刺目……

整个天地寂静无声。

无数道视线呆滞地望着那道深痕的尽头处，赵牧神躺在那里，满身鲜血，气若游丝，片刻前将要突破到天阳境的豪迈丝毫不见，取而代之的是狼狈无比。

谁都没想到，赵牧神的突破最终是这般结果——

他被周元一脚踢飞，打断了突破。

这一脚，无疑为此次九域大会的争斗画下了句号……

那些目光望着周元立于原地的身影，眼中渐渐涌起敬畏之色，就连王羲那等桀骜的人都面色复杂，眼中浮现出无比的忌惮之意。

他们都知道，从这一刻开始，混元天曾经的神府王者已经落败，一位新的传奇人物将取而代之。

这种取代没有依靠任何阴谋，面对此时打破了神府境极限的周元，没有任何人再敢质疑他的力量。而先前他手撕赵牧神、武瑶、苏幼微三人源气凝结而成的源气光罩，已足以说明一切。

现在的周元，恐怕一个打三个赵牧神，都能够取胜。

天地寂静，赵牧神的身躯动也不动，他所在之处的空间忽然开始蠕动起来，最后形成旋涡，一口就将他吞了进去……

望着这一幕，无数人再度失语。

因为这代表赵牧神伤势太重，其体内的印记被引动，形成空间旋涡将其踢出了陨落之渊，也就是说——他被淘汰了。

原本最有机会夺得第一的赵牧神，被周元淘汰了。

这个结果让无数人心头颤抖，谁能想到称霸混元天神府境这么多年的赵牧神……竟然会在此处折戟。

“不可能……”

万祖域处，所有人都变得失魂落魄。

特别是柳清淑，她脸色变幻，声音都变得尖厉起来：“怎么可能？大师兄怎么可能会输？都是那周元，他不敢等大师兄完成突破，这不公平！”

然而对她这般失态之言，周围万祖域的队员无法附和，他们感受到了其他域的人马听见此话后，眼中露出的鄙夷。

失败就失败，柳清淑竟然还要找借口。

人家凭什么要傻乎乎地等你成功突破？真当九域大会是小孩子过家家玩游戏吗？在这里就算殒命了，也是极为正常的事情！

明明可以一脚解决的事情，为何还要多生事端？那不是自信，是愚蠢！

柳清淑的话说出口后，也在诸多鄙夷的目光中闭上了嘴。她玉手紧握，银牙紧咬，这个结果简直让人难以接受。

甚至，她可以接受赵牧神败在武瑶、苏幼微的手中，却怎么都无法接受打败赵牧神的会是那个讨人厌的周元！

归根究底，还是因为她之前面对周元时都带着一种优越感，毕竟她乃万祖域天骄，还有如此厉害的大师兄。周元呢？不过来自一个没落的天渊域，而且以往毫无战绩。

可柳清淑怎么都料不到，这个被她看不上的人，却直接将她心中的骄傲一脚踩进了泥潭中。

然而，不论她如何难以接受，事实就在眼前，容不得她有丝毫质疑。

远处，袁鲲摸了摸肥腻的脸庞，同样有些瞠目结舌，然后他看向九宫，笑道：“以后这混元天神府境，恐怕就要变天咯。”

他知道九宫极为看好赵牧神，这个结果恐怕对她也是震动极大吧。

九宫的神色的确很复杂，她是神府榜的审核者，几乎是亲眼见证着周元创造出一个又一个惊人的战绩，从最开始的籍籍无名，到如今名震混元天。

而现在，周元更是打破神府境极限，强势击败了赵牧神……

从今往后，恐怕再没人敢小看他。

“我现在很好奇，等他踏入天阳境时，又会在天阳榜上掀起多大的波澜？”九宫轻声道。此次九域大会结束后，他们这些顶尖的天骄都会陆陆续续突破，神府榜将会迎来新鲜血液，他们……则会在那更高层次的天阳境上继续征战。

如今天阳榜上，雄霸榜单的绝大多数是上一代各域中的顶尖天骄，他们资历更老。如果说神府榜上榜者对各域来说是初级新鲜血液，那么天阳榜就是高级新鲜血液了。

至于源婴榜，那是各域真正一流的战斗力；法域没有榜单，因为只要踏足法域，就是一方巨擘。

袁鲲深以为然地点点头，道：“天阳榜上那些上一代的天骄，以往总是俯视我等，视我们的争斗如儿戏，如果周元在初入天阳境就将他们的格局打破，那可就好玩了。”

他的目光又投向了那座最为古老的石像之顶，感叹道：“不过这般结果……起初谁又能够料到呢？”

随后袁鲲又呵呵一笑，道：“所以说还是我的眼光好，没跟周元起冲突，还和他合作了一把。你瞧瞧徐暝和赵牧神，最终都被淘汰了。我发现，跟他作对的人似乎没一个有好下场呢……”

看着他那自得的神情，九宫只能给他一个白眼。

周元同样凝视着赵牧神消失的身影，对方的确是一个非常棘手的劲敌，这次如果不是他兵行险着，搏一把突破极限，恐怕最终胜负如何还真说不定。

不过不管过程如何凶险，幸运的是，最终是他获胜了。

“看来我这圣龙气运比你那饕之气运更胜一筹呢。”周元自言自语。

他微微一笑，然后转过身，身影一闪，出现在苏幼微的面前。

“怎么样？没事吧？”他笑道。

苏幼微笑吟吟地望着他，道：“恭喜殿下，勇夺九域第一。”

如今赵牧神被淘汰，她与武瑶皆是源气空虚，还在等待恢复，这座最为古老的石像显然已非周元莫属。

见到周元在混元天如此璀璨，苏幼微打心底为他高兴。在她看来，以周元的天赋，本就该成为那颗最为明亮的星辰，引万众瞩目、膜拜。

以往的她一直觉得周元能够做到，只是旁人不信，如今恐怕不会再有任何人来质疑周元的能力。

“倒是一不小心抢了你神府境源气第一的名头。”周元玩笑道。

苏幼微抿着红唇笑着，眸光明亮地盯着周元，然后朝另一个方向轻轻偏偏头，道：“那都是小事，现在嘛……你还有一个麻烦要处理呢。”

周元的目光顺着投去，只见不远处，武瑶一袭鲜艳红裙，绝美的容颜平淡无波。

周元微微沉吟，迈步来到武瑶面前。

他望着眼前这张极为美丽而凌厉的容颜，缓缓道：“武瑶，我来拿回属于我的东西了。”

第九百八十四章 了清恩怨

武瑶望着来到面前的周元，绝美的容颜面无波澜，只有一点因为源气虚弱带来的淡淡苍白，但即便这种时候，她那对狭长凤目中依旧没有任何挫败感。

只是有点复杂。

她凝视着周元年轻的面庞。当初在大武都城第一次见面，或许那时候的她从没想到过，数年后，周元会以这般姿态站在她的面前。

这个曾经携带着圣龙之气而生的男人……的确有惊艳于世的资本。

最让武瑶慨叹的却并非周元的天赋，而是他在人生跌落谷底时，依旧秉持的那份坚韧。

虽说她不知道周元从当年的八脉难开到后来踏上修炼之路究竟经历了什么，但可以想象到其中必然充满着足以让寻常人千百次心生放弃的艰难，但是，周元坚持了下来。

所以他完成了崛起，并且最终翻盘!

对这个结果，武瑶谈不上什么难以接受，她轻轻地舒了一口气，感觉整个身躯都在这一刻放松下来，有一种如释重负的感觉。

这宿命般的争斗总算有了结果吗……

她的脑海中闪过武王的脸庞，心中淡淡一笑：父王啊，你当年的谋划，今日算是彻彻底底地失败了……圣龙气运，恐怕不是我们武家承受得了的。

武瑶的眼帘渐渐闭拢，淡声道："拿回去吧。"

以她如今的状态，根本不可能是周元的对手。当然，即便她的源气彻底恢复，面对突破了神府境极限的周元，同样没什么胜算。既然如此，就没必要做出什么不甘心的姿态。

她娇躯修长，玉背挺直，虽然失败了，但她的内心依旧有着骄傲。

周元盯着武瑶半晌，内心同样波澜起伏，从开八脉修行的那一天起，他就一直在等待着今天……

现在，他将把自己失去的东西，彻彻底底地拿回来。

“父王，我做到了……”周元在心中轻声说道。

旋即他伸出手掌，轻轻搭在武瑶纤细的香肩上，那一瞬间，他能够感觉到她轻轻颤抖了一下。

这般模样，足以让百炼钢化为绕指柔，但周元面无表情，内心丝毫不受影响。这是属于他的东西，他为之努力了多少年，今日无论如何他都要拿回。

“吼！”

周元的体内，震荡的龙吟声响起。

只见漫天光芒在他的身后凝聚，渐渐化为一道巨龙般的虚影。

巨龙虚影一出现，便引得天地源气剧烈波荡起来，连周元的身影都有一种要融入天地的迹象。

那是圣龙异象。

光影巨龙对着武瑶张开龙嘴，猛地一吸。

武瑶的娇躯再度剧烈一颤，身上开始出现强烈的光芒，下一刻，一股磅礴而神秘的气息从她天灵盖涌起，化为蜿蜒青烟，对着龙嘴升腾而去。

这股熟悉的气息，正是当初大武被灭时，武瑶截走的那一道圣龙气运！

武瑶光洁的脸颊上苍白更甚，唇角甚至有一丝血迹浮现出来。

她能够感受到，随着那道圣龙气运被剥离，她的生命力似乎也在随之流失，这让她明白，一旦周元将最后那道一直留在她体内的圣龙气运拿走，她应该会随之身殒。

龙凰斗，噬者生。

这一刻，武瑶的心中闪过当初武王被她斩杀时发出的凄厉咆哮声。

“果然如此吗……”

然而，武瑶的内心却没有恐惧，反而一片平静。

此处周元与武瑶的动静落入了星空下无数道视线之中，众人当即爆发出诸多惊呼声。即便隔着如此遥远的距离，他们都能够感受到武瑶生命力的流逝。

武神域所在之处，数千名队员皆面色震怒，下一刻数百道身影腾空而起，迅速朝着最后一座石像冲去。

可谓群情激愤。

王羲、李通神等人都眉头紧皱，他们不太清楚两人之间到底是什么情况，但看起来武瑶似乎的确不妙。

“周元在夺走武瑶体内的气运……怎么回事？他难道也有饕之气运？”九宫忍不住道。可先前赵牧神吞噬武瑶气运的时候，都没见她要殒命，怎么遇见周元就变成这般模样？

“不对，这两人的气运极为相似……仿佛一体而生。”

九宫心中满是疑惑，如果周元真的在这里让武瑶生命力耗尽，势必会惹怒武神域，并不是什么明智的举动。

天渊域处，叶冰凌、伊秋水等人俏脸凝重。

吕霄更是忍不住道：“周元在做什么？都已经取胜了，怎么还对武瑶出手？如果武瑶出事，他可收不了场！”

没有人回答他，所有人先前的欣喜都被此时的惊吓掩盖下去。

如果双方是在战斗中出现生死，那还好说，可眼下武瑶分明已是没有动手的力气，周元如果此时让她身殒，那可就麻烦了。

“殿下……”

苏幼微望着身躯摇摇欲坠的武瑶，眼中掠过一丝担忧，轻轻出声。

她不是担忧武瑶，而是在担忧周元。一旦真的剥离了武瑶的所有生机，引发的后果周元可能难以承受，据说武神域的大尊对武瑶极为看重。

周元面色淡漠地注视着武瑶苍白的绝美容颜，目光闪烁了一下。

就在此时，面前的武瑶闭着眼睛淡淡地道：“周元，这种时候了还要婆婆妈妈吗？当年我父王夺走你圣龙气运的时候可没有犹豫过。

“我当初就和你说过，这圣龙气运是我最厌恶的东西……如果不是它，我的母后不会死，我的弟弟武煌也不会变成那般，我更不会亲手弑父，最后一个人孤独地遗留在这个世上。

“所以……现在，我还给你！”

话落的瞬间，她单手结印，下一刻，体内剧烈震动起来，隐约似有一道凄厉的长吟声响起，有一股神秘气息自天灵盖冲天而起，化为龙影对着周元身后那巨龙嘴中掠去。

她竟然主动逼出最后一道圣龙之气!

圣龙之气离体的那一瞬，武瑶容颜上的光芒彻底黯淡下来，旋即娇躯朝着前方缓缓倒下。

周元伸出手臂，揽住了她的香肩，望着她的侧脸，眼神复杂，轻声道："从此以后，你我两家，恩怨了清。"

第九百八十五章
大尊出手

当武瑶倒下、被周元揽肩搂住的时候，那道自其体内冲天而起的圣龙之气也化为蜿蜒青烟，向着高空上那巨龙虚影的龙嘴升腾而去。

面对主动送来的最后一道圣龙之气，周元没有犹豫，直接催动巨龙虚影准备吞下。

这是属于他的东西，如今他只是拿回来而已。

即便武瑶因此会付出性命的代价，周元也不打算怜香惜玉，正如她所说，或许这就是两人的宿命……

“就让我现在来将这一切终结吧。”

巨龙虚影咆哮，一口咬向那最后一道圣龙之气。

就在即将咬中的那一瞬间，周元突然发现整个天地似乎凝固了。

甚至连天地源气都凝滞了。

巨龙虚影保持着巨嘴张开的姿态，却无论如何都咬不下去，仿佛有一股无法形容的恐怖力量将它的动作凝固了。

要知道巨龙虚影并非源气所化，而是气运的体现，它虚无而缥缈，寻常力量根本无法伤及它，眼下它却宛如琥珀中的蚊虫，被生生控制住了。

周元的面色在这一刻剧变，这种情况，显然表明有一股极为恐怖的外在力量插手了。

而在陨落之渊内，就算是法域境强者也无法干预……也就是说，出手干预的人，必然超越了法域……

是圣者！

是大尊！

是武神域的那位大尊！

周元眼神阴沉，这位大尊的行为无疑破坏了九域大会的规则，但面对这种存在，他不可能愤怒驳斥，因为毫无意义。

他抬头望着凝固的巨龙虚影，此时被武瑶逼出来的最后一道圣龙之气也宛如被某种力量桎梏，缓缓降落下来，再度被压回武瑶的体内。

周元面无表情地望着这一幕，没有继续强行夺回。在一位大尊的注视下，他就是一只蝼蚁，强行挑衅的话，引发的后果他恐怕承受不了。

“周元，此番你已取胜，就不必将圣龙之气尽数取走吧。”

此时，一道宏大而充满着莫可名状威严的声音，在周元的脑海中响起。

周元微微沉默，轻声道：“武神大尊？”

那人没有回答，无疑是默认。

周元道：“想必武神大尊应该知晓武瑶体内的圣龙之气源自谁吧？当年她的父王从我这里取走圣龙之气时，可没有在乎过我的生死。”

武神大尊的声音再度响起：“现在还不是取走武瑶体内那道圣龙之气的最好时候。此次本座插手，的确不符合规矩。不过本座不白占你这小家伙的便宜，只要你此次不取走那道圣龙之气，本座就帮你一件事。”

周元眉头微皱：帮他一件事？他有什么需要帮忙的事情？

“本座会帮你拦住万祖大尊，让他不能亲自出手擒获你。”武神大尊道。

周元瞳孔一缩，声音低沉地道：“武神大尊何必唬我，我一个小小的神府境，哪里值得万祖域的大尊亲自对我出手？”

“呵呵，小家伙，你真以为瞒得过万祖大尊？苍渊以为自己不进混元天，派个小蝼蚁进来就能躲过万祖的眼线？”武神大尊似是嘲笑了一声，道。

周元的面色有些难看，万祖大尊果然已知晓他的身份了吗？

其实这一点能够从他吩咐赵牧神擒住自己猜到一些端倪，只是如今被武神大尊证实了。

周元有些头皮发麻，被一位大尊盯上实在不是什么好事。如今苍渊师父在外，混元天内发生什么，恐怕都远水救不了近火。

“那位好歹是大尊，身份超然，总不可能自降身份来对付我一个小小的神府吧？”周元有些不甘心地道。

“你一个小小神府，的确没人会在意，然而你身后牵扯的却是天大之事，足以让万祖出手了。”

武神大尊淡淡的声音在周元的脑海中回荡：“怎么样？本座的提议你可有兴趣？一位大尊为了你亲自出手，分量不轻了。”

周元眼神变幻，半晌后道：“那大尊是永远不打算让我取回属于我的最后一道圣龙之气吗？”

“时机到了，自会让你取回。”武神大尊语气缥缈。

周元双目微眯，若他只是独自一人，还真不怕那万祖大尊，无非一死。但现在他还不能死，甚至不能被擒住，因为他还有更重要的事情，那就是让夭夭苏醒过来。

为了达到这个目标……圣龙之气虽然重要，但未必不能暂时舍弃。

这位武神大尊无非仗着他的靠山苍渊无法出手，但周元相信，师父迟早有回混元天的那一天，到那个时候，他就不用再担心武神大尊的干预。

于是，他不再犹豫，轻轻点头：“我同意了。”

武神大尊似是淡淡笑了笑，没有多说什么承诺之言，因为光是大尊这个身份，就抵过万千。

此时，那种令天地凝滞的力量消失而去，凝固的源气开始流动起来。

“殿下！”

苏幼微第一时间来到周元身旁，俏脸凝重，显然察觉到了先前的异状。

周元冲她摇摇头，示意无事，然后他袍袖一挥，天空上盘踞的巨龙虚影渐渐化为虚无，凭空消失而去。

此时，那娇躯软倒、脸颊轻轻靠在周元肩上的武瑶，一对狭长凤目缓缓睁开。

她第一时间站直了身子，急急地退后两步。

她绝美的容颜一阵变幻，特别是当她感受到体内那道圣龙之气时，贝齿紧咬着嘴唇，仰起俏脸望着虚空，在心中道：“大尊为何要出手？成王败寇，我输了，大尊不必如此。”

武神大尊的声音在其脑海中响起，似是带着一点无奈：“武瑶，不必在意一时的成败，神府境只是你修炼路上一个微不足道的关卡，真正的较量在于未来。”

武瑶咬着红唇，有些倔强。这个结果她并不喜欢，因为这在周元看来，岂非觉得她武瑶是一个输不起的人？

“武瑶，你并不弱于周元，不必因为一时之败就否定自己，另外……记住我曾经和你说过的话，你拥有圣龙之气这么多年，但其实它并不属于你，也不适合你，你应该寻找本就属于你的东西。”

武神大尊的声音轻渺，渐渐消失。

“蟒雀吞龙，能吞龙之雀，岂是凡雀？它，就真的不如龙吗？”

第九百八十六章 尘埃落定

陨落之渊外。

当那片星空下源气凝滞的时候，在场的法域境强者也有所感应，当即面面相觑，眼露惊疑，谁都没想到这里的事情竟然会惊动一位大尊。

一些目光看向武神域的金钟，会出手保下武瑶体内那最后一道圣龙之气的，必然是武神域的那位大尊。

金钟面无波澜，未对此发表言论。

赵仙隼的面色自赵牧神被淘汰的那一刻起就乌云密布，此时更是忍不住冷笑道："武神大尊对这些小辈保护得还真是不错，竟然舍得亲自出面破坏规矩。"

他的心中满是不爽，本还指望周元将武瑶给折腾死了，让天渊域与武神域的关系降至冰点。但让他失望的是，最后武神大尊竟然会跑出来干预，这如何让他不怒？

金钟淡淡地道："你若是对此有意见，可以亲自去武神域向大尊问责。"

赵仙隼冷哼一声，眼神阴厉地看了郗菁的方向一眼。

郗菁没有理会他，只凝视着光镜，袖中紧握的双手此时缓缓松开。最后一道圣龙之气未被周元取走，反而让她暗自松了一口气。

因为现在不是和武神域撕破脸皮的时候。

对于周元的举动，她也表示理解，毕竟他只是在取回自己的东西而已。

但眼下这种局面对天渊域来说才是最好的。

周元打败赵牧神，夺得了九域大会第一，必然会引来无数窥探。一些势力想必会有所不忿，天渊域处于风口浪尖，此时与武神域交恶，实在有些不智。

"周元，那一道圣龙之气就暂且放在武瑶体内吧，以后还有的是机会。"郗菁在心中说道。等以后苍渊归来，天渊域雄风再振，那个时候只要周元公平地打败武瑶，想必就算是武神大尊也没办法再从中干预。

此时力不如人，终归只能忍让。

平原上。

周元收敛了浑身涌动的磅礴源气，然后看了武瑶一眼，没有多说什么，转身朝着苏幼微走去。

望着他的背影，武瑶咬了咬牙，道："周元，这次算你赢了。以后如果你败在我的手中，我可答应你，不动你体内的圣龙之气。"

在她看来，周元会收手，应该是受到武神大尊的胁迫，这种行为让素来好强的武瑶难以接受。她从来不是那种狐假虎威的人，如果要证明自己，绝对不需要其他力量。

周元没好气地道："败在你手里？口气还真是不小。"

武瑶深吸一口气，道："这一次你的确走到了所有人的前面，但也没必要自信过头。九域大会之后，我们都会陆续突破到天阳境，那个时候你未必还有多大优势。"

周元不置可否。等他将这座石像深处那法域遗蜕诞生的先天灵机尽数取走后，他同样会开始准备冲击天阳境，他就不信，以这突破神府极限的境界去冲击天阳境，最终成果会比赵牧神、武瑶他们弱！

他来到苏幼微身旁，道："你先在这里恢复一下源气吧。"

此时苏幼微与武瑶皆是源气虚弱，这种状态也没办法出去跟其他人竞争另外的石像。

周元低声道："本来可以将这里让给你，但九域大会第一对我很重要……"

苏幼微莞尔一笑，道："这是你用自己实力光明正大赢来的，干吗对我说这些？"

她清美的眸子笑吟吟地盯着周元。就算周元真的将这里让给她，她也不会接受，但他的这种行为让她心中充满着甜意。

周元闻言点点头，然后一屁股坐了下去，脸上闪过一抹疲惫。与赵牧神的争斗实在是惊心动魄，此时彻底放松下来，感觉浑身骨头都在发软。

"那家伙……还真是棘手。"

苏幼微在他身旁优雅地坐下来，吸收着天地源气，她抿嘴笑道："笑到最后的人还是殿下呢，想必今日之后，你的名字会轰动整个混元天。"

周元挠了挠头，道："你不打算改个称呼吗？你现在可是紫霄域的明珠，我那大周殿下的身份放在混元天简直就是一个笑话！"

对此，素来乖巧的苏幼微却是执着地摇摇头，表示不想跟周元争论这个话题。

周元无可奈何。别看苏幼微温和乖巧，实则性子极为坚定，她认定的事情，谁都扭转不过来。

两人坐在一起，有一搭没一搭地聊着天，那般姿态，随意中透着丝丝信任与亲昵。

不远处的武瑶静静盘坐，恢复着体内源气，凤目偶尔投射而来，神色漫不经心，眸子深处却有一丝微羡。自从母后去世，她便彻底的孤单一人，即便来到武神域，也是将所有心思投入到修炼中。

她希望拥有真正能够交心的朋友，可惜所遇之人，心思都并非单纯，所以她很欣赏苏幼微，但因为周元，苏幼微对她的敌意颇深。

武瑶的眼中掠过一丝黯淡，她怔怔地望着远处，眼前隐约有一张慈和的面庞浮现，那是母后。母后的目光如她幼年时一样，依然充满着关切与温暖。

武瑶低头，素来强势坚强的她，在这一瞬间罕见地感到鼻尖微酸。

不过这般软弱的心态仅仅持续了数息，她便深吸一口气，将其压制到内心最深处。

武瑶，你曾经在母后的陵前说过，自己会成为天地间最强的人，这样母后在地下才会真正安心……所以，继续努力吧。

感受着体内渐渐恢复的源气，武瑶长身而起，没有再和周元说什么。她娇躯一动，化为光影冲天而起，冲出了源气光膜。

此时后方有风声传来，武瑶回头一看，只见苏幼微也破空而至。

武瑶看了苏幼微一眼，淡淡道："第二座石像归你吧，我累了，不想与你继续争斗了。"

苏幼微淡笑道："第二与第三可没有多大的意义……武瑶，你很出色，本来我是想和你真正比斗一场的，但此次不行，希望以后能有机会。"

武瑶微怔，因为她敏锐地感觉到，苏幼微对她的敌意似乎削减了很多。

她蜷首轻点，道：“随时奉陪。”

苏幼微没有再说话，娇躯一动，便化为一道流光径直落向第三座石像。

武瑶望着她的倩影，片刻后，落向了第二座石像。

随着二人归位，这片星空下的局势渐渐变得明朗。王羲不再执着于第一座石像，因为那里出现了一个比赵牧神更恐怖的存在，而武瑶与苏幼微也不好惹，所以最后他只能占据第四座石像，跟他的排名一模一样……

不，随着周元此次异军突起，王羲的排名恐怕要掉到第五了。

第五、六、七座石像，不出意外还是李通神、九宫、袁鲲三人。

剩下的最后两座石像竟然全部被万祖域占据，因为赵牧神的淘汰彻底刺激了万祖域的队伍，他们的天骄疯狂出手，经历几轮血战后，付出了不小的代价，最终在这两座石像上站稳了脚跟。

其他域队伍也不想跟万祖域闹得太僵，毕竟此次万祖域丢脸太大，恼羞成怒之下，恐怕什么事都做得出来。

再者，在赵牧神被淘汰的情况下，即便万祖域的天骄抢了最后两座石像，依旧无法改变局势。

到了这一步，九域大会的结果基本确定下来。

第一座石像头顶，周元仰头躺了下去，他望着头顶星空，深深吐了一口气，似要将心中的疲惫尽数吐出来，但双眼之中满是兴奋。

历经足足一年多时间的努力，他终于达成了来到混元天的第一个目标——

夺得九域大会第一！

他望着虚空，夭夭清冷的容颜浮现在眼前，那对清澈的眸子似是会说话一般，看得他心神摇曳。

周元伸出手掌，对着虚空轻轻一握。

夭夭，我拿到九域大会第一了……或许很快，我们就可以再见了。

第九百八十七章 收获满满

在万众瞩目的古老石像头顶上，周元仰天躺倒下去，然后他的双眼渐渐闭拢，此刻是他真正享受战果的时候。

石像深处，一股引力散发出来。

周元的心神随之落下，待得凝定时，发现已身处一道巨大的光团之外，光团中有成千上万如游鱼般的流光缓缓升起，最终变幻成万物——飞禽走兽、花鸟虫草……

宛如一方世界。

周元望着那些变幻成万物的流光，心中炽热，因为这些全部都是先天灵机！

数量比起他之前所在的那座石像不知道多了多少倍。

周元心念一动，源气在身前形成旋涡，只见那成千上万的先天灵机顿时飞快地自四面八方涌来，最后鱼贯般涌入源气旋涡之中……

期间没有受到任何阻碍。

花了约莫一个时辰，周元方才将此处的先天灵机尽数抽完，收获如此之多，让他忍不住心潮澎湃。难怪所有人打破头都想要争夺此处，的确让人难以自制。

将先天灵机心满意足地收下，周元的目光又投向了前方那一道巨大的光团。

他隐约感应到，在光团最深处有一具遗蜕保持着盘坐的姿势，一股难以形容的压迫感若有若无地散发出来，引得虚空微微震颤。

那是法域境强者的遗蜕。

周元心中热切。法域境强者屹立天地之端，仅次于圣者，一位法域境强者的遗蜕无比珍稀，对天阳境、源婴境的强者而言，法域境强者的遗蜕可以说比先天灵机有更大的吸引力。

周元缓缓地靠近巨大光团，随着深入，他见到在那遗蜕周身竟然有一道约莫十丈的玄妙光罩，光罩之内万千金光流动，每一道都散发出让周元心悸的波动。

那些金光似乎具备着某种奇妙的灵性。

周元只是被一些金光反射映照，便有一种茅塞顿开、醍醐灌顶的感觉，一些源术修炼上的阻塞犹如顿悟一般化解开。

周元心头大震，眼神近乎贪婪地望着那万千金光。他知道这是什么了，是法域本源！

法域本源乃是法域境强者的核心，郗菁他们这些法域境强者对自身的法域本源极为珍惜，而眼下那光罩内的万千金光，应该就是这位法域境强者陨落后法域崩碎，本源泄露所化。

这才是真正的好东西！

如果得到此物，周元往后修炼源术以及小圣术，无疑会有事半功倍的效果，甚至……或许他可以凭此将苍玄七术尽数修至大成，融合出真正的苍玄圣术！

而且多多接触这种法域本源，也能为他未来踏足法域，增加更多的了解。

因此，此物若是放出去，恐怕连坐镇在外的法域境强者都会出手争抢。

周元引导出一丝源气，渐渐靠近光罩，就在还有半丈距离时，一道金光忽然折射而出，瞬间就将那丝源气化为虚无，那一刻连空间都隐隐碎裂开来。

而那道金光在蒸发了源气后，仿佛有所感应，又对准了周元。

周元本体此时浑身汗毛倒竖，神魂所化的躯体顿时急忙后退，金光这才缓缓退回光罩中。

见到这一幕，周元有些郁闷。看来这法域本源根本就不是此时的他能够触碰的，仅仅那一道金光，就让他感受到了致命的危机，如果万千道尽数涌动，他恐怕会在顷刻间被蒸发，尸骨无存。

“难怪以往没怎么听说九域大会第一的人得到过法域本源，原来想要收取是如此困难。”

周元心中犯难，难道真的就此收手吗？

实在不甘心啊！宝山就在眼前，岂能空手而回？

但这法域本源就像老虎的尾巴，一摸就要炸啊！

就在周元踌躇不前的时候，他的本体神府内忽然传出一股震动，然后他便惊讶地感觉到，一道光球自神府飞出，一个闪烁间直接来到了石像深处。

“是圣纹光球！”

周元神魂望着出现在面前的光球，表面有四道神秘的圣纹缓缓流转着，然后在他惊讶的目光中飘向了那道光罩。

周元被圣纹光球的举动吓了一跳，却没办法阻止，只能做好撤退的准备，那种力量不是他能够抗衡的。

在周元无比紧张的注视下，圣纹光球接触到光罩时，直接穿透而进。

先前让周元无比忌惮的金光本源见到圣纹光球时，却犹如兔子见到饿狼般纷纷逃散开。

“嗡嗡！”

圣纹光球旋转起来，吸力爆发，直接将那万千金光本源一道道蛮横地扯进光球之内……

周元目瞪口呆地看着这一幕，那些恐怖的金光本源在圣纹光球面前似乎都不敢反抗。

旋即想想也正常，这四道圣纹可是脱胎于苍玄圣印，那是唯有圣者才有资格接触的先天圣宝，其力量足以开天辟地……

短短不过数十息，光罩内的万千道金光本源就被圣纹光球吸收得干干净净。

然后圣纹光球一晃，凭空消失。周元感觉到神府内有动静传出，显然圣纹光球直接回了神府。

周元有些茫然地望着那空荡荡的光罩。随着金光本源被吸走，光罩以一种缓慢的速度在收缩，甚至连那一具遗蜕都有崩坏的迹象。

显然，在失去了法域本源的保护后，遗蜕将会渐渐化为虚无。从此往后，这里恐怕不会再有先天灵机诞生了。

周元有点做了坏事般的心虚，他对着那具遗蜕弯身行了一礼，神魂一转，便赶紧归回本体，不敢再留。

陨落之渊外。

虚空上，诸位法域境强者望着星空下已尘埃落定的局面，出现了片刻安静，他们的眼神变幻，显露着内心的波澜。

这个结果出乎了所有人的意料，谁都没想到，最终占据那座最为古老石像的人，竟然会是天渊域的周元……他打败了赵牧神。

这个结果无疑是震撼性的。

群山间，各方人马赶至此处，他们从虚空上那巨大的光镜中已知晓了最后结果，一时间此起彼伏的震撼声响起。

“天渊域的周元当真是一黑到底啊……太恐怖了！”

“啧啧，此事传出，恐怕整个混元天都得翻腾起来，以后这神府境王者就该是这周元了。”

“是啊，谁能想到，他居然能够突破神府境极限……一亿源气星辰啊！当真不敢想象。”

“我等的神府能有千万源气星辰的底蕴，就足以算是雄厚了，可与人家一比，简直就是萤火与皓月……”

……

这般声音久久未曾停歇，可见此次九域大会最后的结果给他们带来了多大的震撼。

妖傀域的徐暝面色铁青，他的眼中满是嫉恨之色，这个在九域大会之前根本就不被他放在眼中的人，如今却踩着他的头顶登上了神府境王者之位。

而且，更让他感到绝望的是周元如今的源气底蕴。如果两人再交手，他恐怕在周元的手中撑不了一个回合……

不论徐暝如何不甘与恼怒，他都明白自己与周元之间的差距恐怕再难弥补了。

稍微让他松口气的是，赵牧神也被淘汰了，这为他分担了不小的压力。

“哼，周元，你别得意，你此次让万祖域颜面扫地，他们定然不会善罢甘休！”徐暝冷笑一声。神府境王者听起来挺唬人，但在万祖域眼中只是蝼蚁罢了，到时候他们随便派一位天阳榜上的强者，就能把他收拾了。

在天地间无数的感叹声中，时间流逝，然后所有人见到陨落之渊外的虚空忽然开始扭曲起来，犹如旋涡般形成了一个空间通道。

天地间的气氛隐隐有些沸腾，这是各方天骄要从陨落之渊出来的迹象。

此次的九域大会，将会彻底有个结果。

第九百八十八章
变故突生

当空间旋涡自陨落之渊外成形时，天地间无数道目光投射而来。经历了一番极为激烈的争斗后，此次九域大会终于即将迎来结果。

空间旋涡蠕动，下一刻，只见无数道身影如蝗虫般飞掠而出，破风声响彻天地。

此时，群山间响起了无数喝彩欢呼声。不管最终的成绩如何，这些为了各域征战的队伍，都值得他们给予一分尊重。

随着越来越多的队伍拥出，各方人马泾渭分明地落在了一座座山头上。

周元领衔的天渊域队伍无疑成了全场的焦点所在，无数道惊奇、钦佩、嫉恨的目光不断扫来。

从队伍的整体强度与规模来看，此时的天渊域依旧是九域中最不起眼的一支，可一开始谁又能想到，最终在九域大会中大放异彩的就是他们。

当然，准确地说应该是天渊域的周元……

周元立于队伍的最前方，神色淡然，但他身后的叶冰凌、伊秋水等人都眼神狂热地望着他的背影，眼中的尊崇之意几乎快要溢出来。

可以说，在天渊域这一辈神府境中，周元的声望可谓达到了顶峰。即便以往对周元颇有成见的吕霄都心悦诚服，面对周元这种恐怖的战绩，现在的他真是连嫉妒的心思都没有。

如果不是周元力挽狂澜，天渊域此次无论如何都无法取得这种成绩。吕霄明白，这种重担他根本没资格来挑起，所以从大局来说，他很庆幸周元成了天渊域的总阁主……

韩渊带着人马汇聚而来，他面色有些羞惭，毕竟他这支队伍是天渊域唯一一支被淘汰的。

"总阁主……"韩渊神色恭谨，眼中存着一丝敬畏。通过那巨大的光镜，他已将周元的惊天战绩看在眼中，此时他的心中对周元可谓敬畏到了极致。

谁能想到，连赵牧神那般人物都被周元打败了。

周元摆了摆手，道："不怪你们，徐瞑是冲着我来的，你们只是被牵连了而已。"

他看向韩渊身后那些队员，笑道："你们做得不错。"

那些队员听到他的赞扬，顿时面露局促。这支队伍大部分是山阁的成员，但此刻他们在面对周元时，都不敢再如以往那般随意。

安抚好韩渊的队伍后，周元又抬头望向虚空上的郗菁，对方盘坐于光莲上，酒红色的短发随风轻扬，说不出的英姿飒爽。她瞧着周元，露出了一抹赞赏的笑容。

对周元此次的表现，郗菁是无比满意。

随着各方队伍尽数自空间旋涡中走出，虚空上，诸位法域境强者的目光也投射而来，其中不少视线掠过周元，有好奇，也有阴沉……

身为此次九域大会的主持者，赵仙隼面无表情，淡淡道："九域大会已接近尾声，大战落幕，各域队伍统合灵机，进行最后的排名吧。"

此话落下，引起了各域队伍片刻的骚动。

最终御兽域的袁鲲率先站出来，他袍袖一挥，源气形成了一颗光球，光球之内可见数以万计的灵机如游鱼般窜动。这些灵机只是普通灵机，一千道才能换算成一道先天灵机。

袁鲲指尖一点，只见其神府中有两百余道光莲升起，也冲进了源气光球内。

"我御兽域此次九域大会共收获普通灵机两万三千道，先天灵机两百零八道。"袁鲲说道。

随后，九宫声音清亮地道："玄机域此次收获普通灵机两万五千道，先天灵机三百道。"

"圣纹域，普通灵机三万道，先天灵机六百道。"

"血海域，普通灵机五万道，先天灵机九百道。"

苏幼微在那万众瞩目间红唇微启，温润的声音响起："紫霄域，普通灵机六万道，先天灵机一千二百道。"

武瑶绝美的容颜又恢复了以往的凌厉，道："武神域，普通灵机六万道，先天灵机一千八百道。"

当他们尽数报出成绩后，在那万祖域的方向，赵牧神的面色还有些苍白，被踢出陨落之渊后的他现已苏醒过来，只听他声音低沉道：“万祖域，普通灵机九万道，先天灵机八百道。”

这八百道先天灵机是赵牧神被淘汰后，万祖域其他天骄拼命夺下最后两座石像得来的，由此可见万祖域的整体实力的确不容小觑，即便失去了赵牧神，依旧有实力夺下两座石像。

当然，更大的原因是妖傀域的徐暝已被周元率先淘汰。

此时，妖傀域所在之处，徐暝面色铁青，因最先被淘汰的缘故，他此次未能占据石像，所以也没有从石像中收获到先天灵机。

在无数道带着一丝讥诮的目光中，徐暝声音干涩地道：“妖傀域，收获普通灵机三万道，先天灵机……十八道。”

天地间有低低的哄笑声响起，虽然他们能够想到妖傀域此次的成绩会差，但怎么都没想到会差到这个程度，几乎刷新了九域大会的最低记录。

在漫天的哄笑声中，妖傀域的队员皆面色涨红，羞愤不已。

不过这般哄笑没有持续太久，因为无数的目光都投向了天渊域，他们知道，这才是真正的重头戏。

在万众瞩目间，周元上前一步，声音清朗道：“天渊域，收获普通灵机两万道……先天灵机，四千七百道。”

当周元的声音回荡于天地间时，无数人忍不住倒吸了一口气。两万道普通灵机，相当于二十道先天灵机，可以忽略不计，但那四千七百道先天灵机足以碾压所有人了，这就是夺得那座最为古老的石像所得到的收获。

虽说众人早有预料，但当周元亲口报出成绩时，大家还是忍不住感叹，此次九域大会的魁首……出现了。

天地间，无数道视线带着欣赏、惊叹望着周元，谁都明白，天渊域的成绩几乎是依靠周元一人提起来的。

天渊域的队伍早已忍不住爆发出惊天般的欢呼喝彩声。

虚空上，赵仙隼面无表情，但袖中的手掌缓缓紧握，盯着周元的眼中凛冽寒光闪烁。此次他们万祖域的名声与颜面，可谓被这周元狠狠踩了一脚。

郗菁则如释重负地松了一口气，她目光转向赵仙隼，淡淡道：“赵仙隼，成绩已出，还不公布最终结果吗？”

赵仙隼冷笑一声，没有与郗菁争辩，淡漠的声音响彻于天地：“此次九域大会到此结束，最终魁首者——天渊域！”

群山间响起无数感叹声，这一刻方才是真正的尘埃落定。

周元此时露出笑容。他来到混元天，奋斗努力了将近两年，终于等到了这一天。

只要天渊域在九域大会中获得第一，就会得到执掌祖龙灯的资格，能够让夭夭苏醒的第一个目标就算完成了！

虚空上，郗菁轻笑，然后对着赵仙隼道：“既然我天渊域取得了九域大会第一，那祖龙灯也希望万祖域早些交出，由我天渊域执掌。”

听到此话后，赵仙隼的嘴角却掀起一抹诡异之色，然后慢条斯理地道：“虽然天渊域取得了九域大会第一，不过祖龙灯嘛……恐怕暂时还不能交给你们。”

郗菁闻言，面色瞬间变得冰寒。

第九百八十九章 群起响应

“赵仙隼，你什么意思？！”

郗菁脸上布满寒霜，身后有法域若隐若现，她眼神森冷地盯着赵仙隼——这个混账东西，看来又想生事端了。

“你万祖域真当自己称霸混元天吗？连当年九位大尊亲自定下的规矩都敢不遵守？”

其他七域的法域境强者面色各有不同，但他们并没有插话，而是盯着赵仙隼。正如郗菁所说，九域大会的规矩是九域大尊亲自定下，没有任何一方能够视它为无物，即便是万祖域。

赵仙隼淡笑一声，道：“郗菁元老莫要扣这么大的帽子，我可戴不起。”

郗菁冷声道：“那你为何说暂时不能将祖龙灯交给我天渊域？！周元夺得九域大会第一，按照规矩，自当由我天渊域执掌祖龙灯！”

赵仙隼语气漠然道：“没错，按照规矩来说的确如此。”他看了郗菁一眼，眼中的诡异之色更甚，“但是……这是有前提的，那就是执掌祖龙灯的势力必须是九域之一！”

郗菁浑身寒气散发，整个天地间的源气都开始剧烈沸腾起来，群山间无数人的窃窃私语声陡然凝固，一道道惊疑不定的目光投向虚空。

法域之怒，可谓地动山摇。

天渊域这边的人马也都惊疑不定，周元眉头紧皱地望着虚空上，他隐隐感觉到了一些不安。那赵仙隼又在搞什么幺蛾子吗？

虚空上，郗菁声音冰冷，隐约有磅礴杀意在凝聚：“听你的意思，难道是想要将我天渊域开出九域？呵呵，这是万祖大尊的意思吗？我告诉你，就算他是大尊，也管不到我天渊域的头上，有本事就将我天渊域直接抹除！”

郗菁酒红色的短发轻扬，清亮的眸子中满是桀骜，说起万祖域那位大尊时，没有任何惧怕之色。

虽然对方是大尊，但并不代表他可以肆意妄为，如果一言之下就能够将天渊域踢出九域的行列，那也太高看自己的实力了。圣者虽强，但在这混元天可不只有他一位。

而且，天渊域的靠山苍渊并不是真的陨落了！这一点别人或许不知道，万祖大尊必然是知晓的！

紫霄域的陆玄罡皱了皱眉头，淡淡道：“赵仙隼，九域乃由九位大尊所创，并非你万祖域说不是就不是的。”

武神域的金钟也点点头，道：“万祖域可不是混元天的主宰。”

他会开口，算是回报先前周元的点到即止，虽说他明白其中更大的因素是武神大尊的插手。

其他的法域境强者没有说话，但基本默认了他们的话。如果万祖域真的如此霸道，也未免太不将其他各域以及其他大尊放在眼里了。

在诸位法域境强者的注视下，赵仙隼轻笑一声，道：“各位误会了，我万祖域当然不可能把天渊域开出九域，这可半点都不符合规矩……”

他顿了顿，继续道：“不过，诸位知晓，天渊域这些年来实力愈发孱弱，而苍渊大尊失踪多年，半点踪迹也无……呵呵，世间终归得以实力为尊，如果天渊域实力不断减弱，却还霸占着九域之一的位置，享受着庞大资源，对混元天其他势力来说未免不太公平吧？”

其他七域的法域境强者默然，赵仙隼此话究竟什么意思？天渊域虽说这些年实力不断下降，但毕竟雄厚的底蕴摆在那里，整个混元天除了其他八域，没有任何一方势力敢真正对他们发起挑战。

郗菁眼眸充满寒意地盯着赵仙隼，冷声道：“这么说来，你是觉得有哪方势力想对我天渊域发起挑战吗？”

赵仙隼不惧她的目光，道：“九域之位，有实力者居之。天渊域深陷泥潭，若是没这个实力，后进之人挑战也是理所应当。”

“是吗？何方势力想要挑战我天渊域，那就请出来吧！”

郗菁的眸光扫视开来。如今虚空上除了九域的法域境强者，还有混元天其他顶尖势力的领袖。如果说除了其他八域，混元天还有谁具备威胁的话，就是在场的这些人了。

虚空上的气氛近乎凝固，压抑得让人喘不过气。

群山间，各方势力噤若寒蝉，他们察觉到了虚空上的争锋。这一次似乎不是小打小闹，而是真正有可能翻脸……

这个情况，足以震动整个混元天！

在郗菁能够将海水冻结般的冰冷目光下，诸多法域中忽有波动浮现，只见一名脚踏赤红光剑的人影缓缓飘上前来。

“呵呵，赤云剑派洪九院，见过郗菁元老。”来人一身赤袍，面白无须，笑意吟吟，其身后虚空震荡，火红的法域若隐若现，其中滔天的剑吟声回荡，单是传出的音波就让虚空有被燃烧的迹象。

洪九院，正是赤云剑派的掌教！

郗菁冰冷的目光停在这赤袍男子的身上，缓缓道：“原来是赤云剑派……你们打算与我天渊域宣战吗？”

洪九院望着郗菁那令人心悸的目光，微微一笑，道：“我赤云剑派这些年发展虽然不错，但如果说与天渊域相比，还是有不小的差距……呵呵，所以……”

“所以，还有我龙蛊宫！”一道低沉的声音响起，一名枯瘦的老者脚踏龙影而来，干枯的身躯中有一种恐怖的力量散发。

“还有我噬魂阁……”那是一个浑身萦绕着黑气的身影，他的容颜无法看清，但在黑气中仿佛有无数神魂在凄厉尖啸。

“擎雷山。”一个身躯壮硕如巨人般的身影当空而立，浑身雷光闪烁，引发天地轰鸣。

四方顶尖势力显露敌意，整个天地间，无数人心中颤抖：混元天要掀起大地震了吗？

然而，这并未结束。一位白发白须的老者出现，他仙风道骨，含笑道：“如此盛事怎能少得了我三山盟？”

“哗！”

这一刻，就连其他七域法域境强者的眼瞳都微微一缩，他们没想到连三山盟都掺和进来了。三山盟在诸多顶尖势力中可以算是拔尖，法域境强者就足足有三位！

陆玄罡、金钟的神色凝重起来，他们看了赵仙隼一眼，心中明白：这一切必然是万祖域在暗中推动。

看来，万祖域那位大尊已不打算继续隐忍，开始对天渊域展露獠牙……

他们隐隐间感受到，一股震动整个混元天的血雨腥风已在酝酿。

五方顶尖势力联合，论起整体实力，已经具备撼动天渊域的资格了！

第九百九十章
天渊宣战

五位法域境强者当空而立，他们身后的法域若隐若现，散发出恐怖的波动。整个天地仿佛都在这一刻凝滞。

虚空上，郗菁的脸上没有任何表情，她只是盯着洪九院以及三山盟的归源山主等人，缓缓道："几位，你们确定要对天渊域宣战吗？我在这里郑重地奉告你们，这将会被视为对天渊域发动的战争。"

郗菁平静的声音之下，蕴含着令人心悸的寒意与杀气。

如果五大顶尖势力真的要联合挑战天渊域，那么就是真正的战争了，其规模强盛，将是混元天千年来之最，因为这么多年来，第一次有其他势力敢挑战九域。

洪九院笑道："郗菁元老，天渊域掌控八百州，占据着无数修炼资源，这对我们来说实在是不公平啊。"

三山盟的归源山主道："如果郗菁元老愿意分五百州出来，我等自然不敢再有所冒犯。"

郗菁的唇角掀起一抹讽刺的弧度，缓缓道："好，好得很，若是师父归来，见到这一幕，应该会为你们的勇气赞叹。"

听到此话，洪九院、归源山主等五位法域境强者面色微微有些不太自然，眼眸深处掠过一丝惧意，毕竟天渊域的苍渊大尊是混元天最为强大的存在之一。

如果不是这些年苍渊失踪，天渊域颓势不减，再加上万祖大尊的支持，恐怕他们还不敢来捋虎须。

"呵呵，苍渊大尊若是能够轻易回到混元天，这些年又岂会置之不理？"赵仙隼似笑非笑道。

郗菁眼神冰寒地盯着赵仙隼。她如何看不出，五大顶尖势力此次宣战天渊域，背后就是万祖域这只黑手。为了驱使五大顶尖势力卖命，万祖域定是允诺了天大的好处。

为了这一天，万祖域筹备了许久。

但万祖域无法亲自出手，否则性质就不同了，那将是九域之间的内斗，其他几域的大尊不会坐视不理。于是他们驱使、操控五大顶尖势力联手攻击天渊域，一旦天渊域真的被击败，万祖域就有足够的理由将天渊域踢出九域的行列。

有时候，表面文章也很重要。

当然郗菁也知道，万祖大尊的这些谋划最终只是为了逼出苍渊……而有这个打算的，恐怕不止万祖大尊一位。前些年的打压力度似乎太弱了，苍渊久不现身，如今万祖大尊已开始不耐，开始以毁灭天渊域为筹码，逼得苍渊现身！

赵仙隼对郗菁那充满杀意的目光视而不见，他看向其他七域的法域境强者，微笑道："诸位，天渊域如今面临挑战之局，若最终被倾覆，难道还能位列九域吗？如果能的话，呵呵，恐怕混元天无数势力都要心生不忿，到时候乱起来，对我们混元天不是什么好事吧？"

其他七域的法域境强者沉默不语。九域可以说是混元天的统治者，必须保证自身实力强大，如果哪一域极为颓弱，甚至被后来者超越，的确只能归咎于自身实力问题。

见到他们沉默，赵仙隼嘴角的笑意更浓。他的目光转向郗菁，慢条斯理地道："所以，若是天渊域被倾覆，自然算不得位列九域，那么……当然就没有执掌祖龙灯的资格。"

他目光诚恳地道："郗菁元老，不是万祖域不将祖龙灯交给你们，而是打算等天渊域把自身面临的问题尽数解决，彻底坐稳九域之位后，我们自当将祖龙灯双手奉上。那样，天渊域才能更加名正言顺，不是吗？"

郗菁冷冷地注视着赵仙隼，道："赵傻鸟，万祖域今日之举，我天渊域牢记心间，日后定有回报。"

听到郗菁这称谓，赵仙隼的面色变得阴沉。这名字郗菁不是第一个叫，第一个这么叫的是郗菁的师兄，那个叫作颛烛的混账东西！

郗菁的眼眸森冷地转向洪九院、归源山主等五位法域境强者，道："你们若要对我天渊域宣战，那我就代天渊域接下了。从现在开始，你们五方势力被列入我天渊域的敌对名单，只要你们的人敢接近天渊域范围……格杀勿论！"

最后四字，杀意凛然。

五大顶尖势力联合，光是法域境强者就不下八位，但郗菁没有任何惧怕。洪九院这些法域境强者底蕴太浅，若是真的对上，天渊域的五位法域境强者，每一位都足以以一敌二。

五大顶尖势力固然能给天渊域带来压力，但想动摇天渊域的根基，郗菁会让他们明白需要付出多么惨重的代价！

随着郗菁的声音落下，一股肃杀的气息自天地间弥漫开来。

她玉手猛地一握，只见其身后法域陡然扩张，最后青光一卷，直接将周元等所有天渊域的人卷入法域，旋即她的身影渐渐变淡，直至彻底消失。

“你们要战，我天渊域就奉陪到底！就看是你五大势力烟消云散，还是我天渊域就此崩塌！”

她那冰冷的声音带着杀意回荡于天地。

整个天地，寂静无声。

就连洪九院、归源山主等法域境强者的面色都微微紧绷。其他七域的法域境强者深深地看了他们一眼，最后袍袖一挥，法域扩张，将各域的人马卷入其中，转身消失不见。

洪九院、归源山主等五位法域境强者将视线投向赵仙隼，对方对着他们微微点头，身影也变淡消散。

“呼。”

洪九院、归源山主他们对视一眼，深吸一口气，旋即眼神渐渐变得凛冽。现在的天渊域是最弱的时候，正是他们狠狠咬上一口的机会，而且万祖大尊已允诺，只要他们完成任务，未来甚至会指点他们感悟圣者。

如果他们之中哪怕有一人成了圣者，到时候就算苍渊归来，又能如何？！

想到此处，他们再无丝毫犹豫，身影一转，消失于空中。

随着各方法域境强者离去，群山间，各方势力的人马才渐渐从压抑的气氛中回过神来，然后个个头皮发麻，疯了一般朝着四面八方疾掠而去。

他们知道，当这个消息扩散出去时，整个混元天都会掀起巨大震荡。而与这个比起来，九域大会又算得了什么呢……

一场波及九域的超级战争，带着血腥气，正在拉开帷幕。

第九百九十一章
身份公布

青色法域中。郗菁负手而立，周元正站在她的身后。

“五大顶尖势力对天渊域宣战了？”当周元听到郗菁此话时，面露震动之色。

他很清楚这意味着什么，一场规模惊人的战争或将展开。

这种规模的战争是他以往从未见过的，虽说在苍玄天时，圣宫的圣元宫主曾发动了苍玄圣印之争，波及了其他几大圣宗，但论起规模，如果不算圣元宫主那半圣的实力，圣宫恐怕还比不上天渊域。

但三山盟、赤云剑派、龙蛊宫等顶尖势力联合起来，整体实力不会比天渊域弱。

正因为如此，这场战争必定会极为惨烈，整个混元天都会为之失色。

郗菁的脸色布满着寒霜，道：“这一切应该都是万祖域在暗中推动，那位万祖大尊为此准备了很久。三山盟、赤云剑派这些顶尖势力的崛起时间都是在师父失踪之后……所以，这一天早就在万祖大尊的计划之中。

“再加上如今你取得了九域大会第一，如果真的让祖龙灯落在天渊域手中，让我们有了一道让人畏惧的手段，恐怕这不是万祖大尊想要见到的，所以一切谋划都开始展露出来。”

周元的面色有些阴沉，咬着牙道：“这老狗！”

他费尽心机，努力了将近两年，好不容易才夺得九域大会第一，眼见祖龙灯就要到手，偏偏被万祖大尊硬生生阻挠下来，如何能不让人心中恼怒?

郗菁安抚道：“不必沮丧。万祖域碍于规则无法亲自出手，只能倾尽全力扶持三山盟、赤云剑派这些顶尖势力，如今万祖大尊将这些牌掀开，只要我天渊域抵御下来，他最终还是得将祖龙灯交出。”

周元深吸一口气，低沉地道：“万祖大尊恐怕最终是想将天渊域赶到绝路，然后逼得师父现身混元天。”

郗菁轻轻点头，道：“一旦师父提前现身，恐怕就要落入万祖大尊的算计之中。他们这种层次的斗争，只要出现一点破绽，就有可能带来无穷后患。所以，绝不能让他们得逞！”

郗菁看向周元，道：“我已传信其他几位元老，待回到天渊洞天后，就会启动战争信号。这场大战，天渊域只能胜！”

周元点点头，他微微沉吟了一下，将陨落之渊中武神大尊与他的交易说了出来。

“当时果然是武神大尊在干扰你……不过也算是好事，如今我们天渊域情况不妙，实在是不能得罪素来中立的武神域了。”郗菁有些歉意地看了周元一眼，她这个师姐也没有能力帮他讨回公道。

周元则洒脱一笑，表示理解，而且此次他并非完全没有收获，最起码还是从武瑶那里夺回了一道圣龙之气，接下来他只要找个时间将其融合，想必他的祖龙经能够更进一步。虽然不至于将源气提升到九品的乾坤圣龙气，但从七品晋入八品应该问题不大，那样一来，他的实力必定会为之暴涨。

当然更重要的是，他还能够借此突破，真正踏入天阳境！

此次九域大会之后，灵机大量涌现，混元天内的这些神府境巅峰必然会大批开始突破，各域的顶尖天骄更是会冲击高品质的天阳。如果周元不趁此突破，他就会再度被人抛在身后。即便他突破了神府境极限，也不可能真的跟天阳境比。

所以，此次他必须突破到天阳境。

“另外还有一件事……既然你说万祖大尊、武神大尊这些人已察觉到你的身份，那么继续隐瞒就没有太大必要了。此次元老会议我打算公布你的身份，因为按照当年师父制定的规则，他的弟子皆能够成为天渊域的元老。”郗菁再度说道。

“而且……值此大战来临，公布你的身份也能安抚人心，让天渊域的人都知道，师父并非陨落，只是未曾归来。”

周元闻言一愣，忍不住挠了挠头。天渊域元老之位，可谓最高的权力执掌者，论起地位，比起他现在这总阁主之位不知道高到哪里去了……

他若是成为元老，就算是那些源婴长老都得对他行礼。

最终周元还是沉吟着道：“公布身份激励人心可以，但元老之位暂时还是不必了。”

这个位置太高、太引人注目了，现在的他就算突破了，也只是天阳境。一个天阳境的元老……会让天渊域多少强者心生异样？到时候就算他们嘴上碍于苍渊的威望不敢说什么，难保心中不会有所芥蒂。

这一切如果是苍渊坐镇天渊域，其实不是什么问题。但现在的天渊域即将面临一场大战，人心必须稳定，周元可不愿意为了个人的权力而坏了天渊域的大势。

再者说，只要公布了他这苍渊亲传弟子的身份，就算不去当那元老，天渊域内恐怕也不敢有人对他指手画脚。

郗菁见到周元婉拒，愣了愣，旋即明白过来，忍不住多看了他一眼，伸出修长的手，轻轻揉了揉周元的脑袋，道：“还是你考虑周到，师姐有些鲁莽了。”

她眼中对周元的欣赏意味变得更浓。天渊域元老的位置代表着什么，她再清楚不过，但周元能够抵御住这种诱惑，由此可见其心性，难怪会被师父看重。

“此次回到天渊洞天，你就准备闭关冲刺天阳境吧。”郗菁微笑道，“至于这场战争，你不用担心。天渊域即便这些年颓败，也不是什么跳梁小丑都能挑衅的。”

周元轻轻点头。他知道事情当然不会如郗菁所说的这么简单轻松，只是这种规模的战争，不是他一个神府境能够影响的，眼下，他的当务之急还是突破到天阳境。

天阳境的强者放在混元天内，都算是真正的顶尖精锐。而在苍玄宗，甚至已经是长老了……

此次五大顶尖势力对天渊域宣战，法域境强者是最顶尖的力量，双方短时间内应该不会轻易交手，源婴境则是次顶尖的力量，然而真正的主力碰撞，却是在天阳境这个层次！

双方阵营中的天阳境，必然会爆发出极为激烈的战斗。

为了能够尽快结束这场战争，将祖龙灯名正言顺地拿回来，周元不介意到时候试探一下五大顶尖势力中的那些老牌天阳强者……

第九百九十二章
第三亲传

郗菁以法域穿梭空间，用最快的速度赶回天渊洞天。随后，她将法域内的四阁成员放出。她身居高空，望着辽阔的天地，无数身影来回穿梭，一派繁华强盛的景象。

“天渊洞天，自此时起，封闭全部传送点！所有神府境、天阳境、源婴境即刻起退出闭关，等待命令！”郗菁冷冽的声音回荡于天地。

“轰！”

整个天渊洞天掀起滔天哗然声，无数道惊疑的目光投向虚空上的郗菁，不知道她突然间如此大动作究竟意欲何为。

不过郗菁暂时没有做出过多解释，命令发布后，自然有诸位长老去执行。刹那间，整个天渊洞天都兵荒马乱起来。

第一时间颁布备战的命令后，郗菁身影一闪，出现在一座大殿中，殿内有一方圆桌，此时四道身影正端坐其中，正是天渊域另外的四大元老。

天灵宗的玄鲲宗主率先看向郗菁，沉声道：“究竟怎么回事？为何五大顶尖势力会突然向我们天渊域宣战？”

他们已在片刻前接到了郗菁的传信。

木族的木霓元老、白族的族长白夜、玄晶族的族长边昌同样神色凝重地看过来。

郗菁淡淡地道：“周元打败赵牧神，夺得了九域大会魁首。”

此言一出，玄鲲宗主四人一怔，忍不住道：“周元夺得了魁首？”

太不可思议了！虽然知晓周元的天赋极高，但没想过他竟然能够打败赵牧神！

郗菁道：“你们应该清楚，这只是个诱因，真正的原因是万祖域那位大尊的旨意，只有他，才驱使得了五大顶尖势力甘愿冒着巨大的风险得罪天渊域。”

玄鲲宗主四人面色微微一沉。那位万祖大尊不待见天渊域，几人早就知晓，他们这些年不断颓弱，最大的原因便是那位大尊。

“真是欺人太甚！”连木霓元老这般好脾气都忍不住冷声呵道。

玄鲲宗主紧皱着眉头，缓缓道：“郗菁元老你太气盛了，我们天渊域没有大尊坐镇，凡事能忍则忍，何必一口应了这场战争？”

他有点不满，觉得郗菁太年轻气盛，换作他的话，未必会给赵仙隼发难的借口。

木霓淡淡道：“玄鲲宗主，以往万祖域使出暗中手段，比如扶持三山盟崛起，你都选择息事宁人，可最终呢？三山盟有丝毫感恩戴德吗？如今他们壮大起来，第一口就毫不犹豫咬向我们。这些年万祖大尊一直在谋划，你以为当缩头乌龟隐忍下去，他准备好的刀就不会落下来了？”

玄鲲宗主的面色变幻，最终沉默下来。

“呵呵，此事也怪不得玄鲲宗主，说到底还是我天渊域缺少大尊坐镇。”白族的白夜族长笑呵呵地道。

玄晶族的边昌族长语气淡漠道：“不过木霓元老说得对，此事不是我们躲避便能够解决的。既然那五大顶尖势力要当别人手中的刀，我天渊域自然不能怕了，不然当真会成为混元天的笑话。”

玄鲲宗主最终点点头，沉声道：“既然对方已经宣战，我们当然不能示弱。他们想战，天渊域奉陪到底！”

虽说几位元老平日里会有争执分歧，但他们明白，面对外来的挑衅，大家一荣俱荣，一损俱损。

郗菁面无表情地点点头，道：“这场战争如何打，接下来会交由长老院商讨。我已发出征召命令，凡是我天渊域内的神府境、天阳境、源婴境皆要备战。”

言语间战火气息升腾，神府境、天阳境、源婴境都被调动，可想而知是何等规模。

这一次玄鲲宗主等人没有反对。五大顶尖势力联合宣战天渊域，接下来必然会掀起一场腥风血雨，双方不知道会有多少人殒命于此。这就是战争，无比残酷。

郗菁的目光环视一圈，道：“另外还有一件事。”她手一扬，身后法域荡漾，玄鲲宗主他们见到一道修长的身影从中走出，正是周元。

“周元？”玄鲲宗主眉头皱了皱，面色淡漠地盯着来人。

玄鲲宗主对周元还是抱有一些成见，毕竟周元的出现打破了他曾经的谋划，还让天灵宗这一代的神府境尽数被压制。

“郗菁元老，这里是元老会议，连各大长老都没资格进入，你将他带来做什么？还有没有规矩了？”玄鲲宗主面带威严，声音低沉地道。

白夜族长也淡声道：“虽说周元夺得九域大会魁首有功，但自有论功行赏的时候，郗菁元老将他带到此处，的确不合规矩。”

边昌族长没有说话，他面色淡漠，只是看了周元一眼便收回目光，毕竟双方身份的差距太大。

郗菁语气平淡地道：“在这里我想告诉大家周元的真正身份。”

她一字一顿：“周元有资格来到这里，因为他是师父收的第三位亲传弟子。”

大殿内流动的空气在这一瞬间似乎凝滞下来。

玄鲲宗主有些佝偻的身躯此刻猛地挺直，他面色变幻地看了看周元，道：“苍渊大尊的第三位亲传弟子？郗菁元老，你在跟我们开玩笑吗？！”

白夜族长和边昌族长眼神闪烁，震惊地盯着周元，哪还有先前淡漠的姿态。

郗菁看了周元一眼，对方微微点头，眉心间神魂之光闪烁，下一瞬，他的身后似有一道混沌神磨缓缓转动，传来古老苍茫的声音。

望着那混沌神磨，玄鲲宗主三人的瞳孔微微一缩。

“混沌神磨观想法？！”玄鲲宗主艰难出声。他们自然认识这道由苍渊大尊创造的顶尖锻魂术，世间唯有他的亲传弟子方能修行。

周元手掌一握，斑驳黑笔闪现而出，上面有古老源纹缓缓闪烁。

“天元笔！”

白夜族长和边昌族长的眉头跳了跳。这可假不了，没有人能够从苍渊的手中强行得到混沌神磨观想法和天元笔！

玄鲲宗主三人对视一眼，神情复杂。特别是玄鲲宗主，面色格外精彩，哪能想到这个屡屡破坏他的谋划、让他大生肝火的年轻人竟然是苍渊大尊的亲传弟子！

如此一来，按照苍渊大尊订下的规矩，眼前这个神府境巅峰的周元竟然能与他们平起平坐，成为天渊域的第六位元老？！

想到那一幕，饶是以玄鲲宗主的定力，一时间都觉得有点窒息。

简直无法直视！

（未完待续）

YUANZUN

元尊 14 · 陨落之渊

作者
天蚕土豆

选题策划
知音动漫图书 · 时代坊

封面插图
Dr. 大吉

封面 & 内文设计
方茜

策划编辑
陈婧

执行编辑
杨鸿

责任发行
周冬梅

出版社
长江出版社

总出品
湖北知音动漫有限公司

制作出品
知音动漫图书 · 时代坊

平台支持
知音漫客 漫客小说绘

图书在版编目（CIP）数据

元尊 .14，陨落之渊 / 天蚕土豆著 .

—武汉：长江出版社，2019.10

ISBN 978-7-5492-6700-2

Ⅰ.①元… Ⅱ.①天… Ⅲ.①长篇小说 - 中国 - 当代 Ⅳ. ① I247.5

中国版本图书馆 CIP 数据核字（2019）第 215729 号

元尊 14 · 陨落之渊 / 天蚕土豆 著

出　版	长江出版社 （武汉市解放大道 1863 号）
发　行	湖北知音动漫有限公司
作品企划	知音动漫图书 · 时代坊
责任编辑	钟一丹
特约编辑	陈　婧　杨　鸿
装帧设计	方　茜
印　刷	长沙鸿发印务实业有限公司
版　次	2019 年 10 月第 1 版
印　次	2019 年 10 月第 1 次印刷
开　本	700mm × 1000mm　1 / 16
印　张	18.5
字　数	300 千字
书　号	ISBN　978-7-5492-6700-2
定　价	32.80 元